BIANCA.

AF274444

SUSANNE JAMES

LEGADO
ENVENENADO

HARLEQUIN™

Editado por Harlequin Ibérica.
Una división de HarperCollins Ibérica, S.A.
Avenida de Burgos, 8B - Planta 18
28036 Madrid
www.harlequiniberica.com

© 2025 Harlequin Ibérica, una división de HarperCollins Ibérica, S.A.
N.º 504 - 22.8.25

© 2012 Susanne James
Legado envenenado
Título original: The Theotokis Inheritance

© 2012 Michelle Reid
El hombre que lo arriesgó todo
Título original: The Man Who Risked It All
Publicadas originalmente por Harlequin Enterprises, Ltd.
Estos títulos fueron publicados originalmente en español en 2012

I.S.B.N.: 979-13-7000-578-8
Depósito legal: M-11577-2025
Impreso en España por: BLACK PRINT
Fecha impresión Argentina: 18.2.26
Distribuidor exclusivo para España: LOGISTA
Distribuidores para Argentina: Interior, DGP, S.A. Pienovi 211 - Avellaneda
Cap. Fed./Buenos Aires y Gran Buenos Aires, VACCARO HNOS.

MIXTO
Papel
FSC   FSC® C159065

Capítulo 1

HELENA comprobó la hora al llegar al aparcamiento del bufete de abogados Messrs Mayhew and Morrison, en Dorchester. Eran las tres menos cinco minutos de una fría tarde de abril, lo cual significaba que llegaba con cinco minutos de adelanto y que el trayecto desde Londres había sido rápido.

Sin embargo, tenía una sensación de nostalgia. Siempre la tenía cuando volvía a Dorset, su localidad natal. Y esta vez, llevaba mucho tiempo sin volver; exactamente cuatro años, desde el entierro de su padre, Daniel.

Abrió su bolso, sacó la carta del abogado y la leyó una vez más. Se limitaba a confirmar la fecha de la lectura del testamento de la señora Isobel Theotokis.

Cuando devolvió la carta al bolso, los ojos se le habían humedecido. La señora Theotokis, empleada de su padre durante muchos años, no se había olvidado de ella ni había olvidado la promesa que le había hecho en su infancia: que algún día, le regalaría su preciosa colección de figuras de porcelana.

Helena se miró en el retrovisor del coche. Sus veteados y grandes ojos azules parecían brillar con algunos tipos de luz, hasta el punto de que alguien había dicho en cierta ocasión que parecían sacados de la vidriera de una catedral. Era de rasgos regulares, nariz pequeña y piel clara. Y aquel día, se había recogido su densa melena rubia en un moño.

Salió del coche y se dirigió al bufete de abogados. La recepcionista alzó la cabeza al verla y sonrió.

–Buenas tardes. Soy la señorita Kingston.

–Ah, sí... buenas tardes, señorita Kingston –la chica se levantó y la llevó hacia uno de los despachos–. El señor Mayhew la está esperando.

John Mayhew, socio principal del bufete, se levantó para saludarla y estrecharle la mano. Era un hombre bajo, de cejas tan pobladas como blancas y bigote tan blanco como las cejas.

–Gracias por venir, Helena.

A ella se le hizo un nudo en la garganta. John era un viejo conocido de Helena; el hombre que había llevado los asuntos legales de su padre.

–Siéntate, por favor –continuó el abogado–. Tenemos que esperar a la otra parte interesada... pero supongo que llegará enseguida.

John acababa de terminar la frase cuando la puerta se abrió. Helena giró la cabeza y su mente se llenó inmediatamente de recuerdos.

No lo podía creer.

Era Oscar. El sobrino nieto de Isobel, el chico

del que una vez había estado enamorada, el chico con quien se había iniciado en el amor.

Pero desde entonces habían pasado diez años; toda una vida.

Intentó controlar su nerviosismo y lo miró. Seguía siendo el hombre más guapo y más sensual con quien había estado. Su corte de pelo era algo más formal de lo que recordaba, pero sus labios, que la habían besado tantas veces, no habían cambiado en absoluto. Llevaba un traje que hacía justicia a su cuerpo delgado y poderoso y una camisa blanca con el cuello abierto.

Oscar le devolvió la mirada y ella tragó saliva.

–Creo recordar que os conocéis –dijo John–, pero por si acaso, permitidme que haga las presentaciones.

–No te molestes, John –intervino Oscar–. Nos conocimos hace muchos años, cuando yo iba a visitar a mi tía abuela en vacaciones. ¿Qué tal estás, Helena?

John le estrechó la mano y el corazón de Helena se aceleró al sentir el contacto de sus largos dedos.

–Bien, gracias –contestó con naturalidad–. ¿Y tú?

–Muy bien.

Oscar se sentó en uno de los grandes sillones que estaban frente a la mesa de John y lanzó una mirada rápida a su vieja amiga.

La pálida y, a veces, lánguida Helena se había convertido en una mujer refinada y extraordinariamente atractiva que exhibía todos los atributos de la naturaleza femenina. Llevaba una chaqueta azul, una camisa de color crema y unos pantalones negros, con zapatos de tacón alto. Al ver que la miraba, abrió la boca como si estuviera a punto de decir algo; pero John volvió a hablar y Oscar no tuvo más remedio que prestarle atención.

Tras los preliminares de rigor, el abogado abrió una carpeta y sacó el documento que contenía.

–Aquí tengo el testamento y las últimas voluntades de Isobel Marina Theotokis, firmados en Mulberry Court, en el condado de Dorset...

John inició la lectura del testamento, cuya primera parte eran detalles de carácter legal. Mientras leía, Helena se tranquilizó un poco; albergaba la esperanza de que la reunión fuera breve y pudiera marcharse enseguida. El despacho se estaba calentando con la luz del sol de tarde, que entraba por la ventana, y tenía que hacer verdaderos esfuerzos para no mirar a Oscar.

Al cabo de unos minutos, John carraspeó. Había llegado el momento crucial.

–«Lego a mi querido sobrino nieto, Oscar Ioannis Theotokis, la mitad de la propiedad conocida como Mulberry Court, en el contado de Dorset; en cuanto a la otra mitad, se la dejo en herencia a mi querida y vieja amiga Helena Kingston. Los bienes y muebles se repartirán de forma equitativa entre las dos partes mencionadas».

Helena se quedó tan asombrada que estuvo a punto de levantarse del sillón. Jamás habría imaginado que tenía intención de dejarle la mitad de Mulberry Court; creía que solo iba a recibir las figurillas que decoraban la biblioteca de la casa.

Si en ese momento hubiera caído un cometa y le hubiera dado en la cabeza, no le habría sorprendido más.

Helena estaba tan desconcertada que tuvo que hacer un esfuerzo para escuchar los nombres del resto de los beneficiarios. Formaban una larga lista e incluían a personas como Louise, el ama de llaves de Mulberry Court, quien iba a recibir una suma bastante generosa de dinero. Pero lo más importante se quedaba en manos de Oscar y en las suyas.

–Además de lo que ya habéis oído –continuó John–, la señora Theotokis dejó algunas instrucciones.

El abogado hizo una pausa antes de seguir hablando.

–Pidió que Mulberry Court no se ponga en venta hasta un año después de la fecha de su fallecimiento y que, llegado el caso, se haga lo posible para que la propiedad quede en manos de una pareja con hijos. Sé que el señor y la señora Theotokis no llegaron a tener descendencia... supongo que le hacía ilusión que la casa se llenara de niños algún día.

Helena se emocionó al oír las palabras de John. Isobel, una mujer amable y encantadora que se llevaba bien con todo el mundo, siempre había sido muy generosa con ella; y ahora, como acto final, le dejaba parte de la casa que tanto había amado.

Más que un regalo, era un honor.

Sin embargo, se preguntó cómo le afectaría ese regalo a corto plazo. Y qué significaría para Oscar, aunque daba por sentado que no desperdiciaría su tiempo con ese asunto; a fin de cuentas estaba totalmente centrado en el famoso imperio empresarial de los Theotokis.

Tras unos segundos de silencio tenso, Helena decidió hablar.

–Me siento abrumada, pero también muy agradecida. Me emociona que la señora Theotokis me quisiera hasta el punto de dejarme la mitad de su casa... y como es lógico, haré lo que sea necesario por facilitar el proceso.

Durante los minutos siguientes, Helena apenas se pudo concentrar en lo que estaba hablando. De repente, era propietaria de la mitad de Mulberry Court, una propiedad llena de tesoros. Y cuando el abogado les dio un manojo de llaves a cada uno, ella se quedó mirando las suyas con desconcierto.

Por fin, se levantaron de los sillones. Oscar la miró a los ojos y Helena se dio cuenta de que él también se había quedado atónito. A continuación, se despidieron del abogado y salieron del edificio.

–Menuda sorpresa... –empezó a decir Oscar, que se encogió de hombros–. Pero estoy seguro de que podremos llegar a un acuerdo que nos satisfaga a los dos.

Helena quiso hablar, pero él no había terminado.

–Me encargaré de que valoren la propiedad; así sabremos a qué atenernos el año que viene, cuando la vendamos... Es una lástima que mi tía abuela nos impusiera ese plazo. Habría sido mejor que lo solventáramos cuanto antes.

Ella lo volvió a mirar, incapaz de creer que se encontrara en aquella situación con Oscar. Con el hombre del que se había enamorado en su adolescencia. Con el que le había enseñado lo que significaba desear y ser deseada.

No había olvidado sus encuentros románticos bajo las ramas del sauce que estaba detrás del huerto de la casa; ni había olvidado que Oscar les puso punto final de repente y sin demasiadas explicaciones. Después de una de sus visitas, simplemente desapareció y se llevó su corazón con él.

Tragó saliva e intento no pensar en esos términos. Era agua pasada y, por otra parte, ahora tenía cosas más importantes entre manos.

Justo entonces, cayó en la cuenta de que Oscar no había mostrado ningún agradecimiento por la herencia de su tía abuela; pero no le sorprendió, porque era miembro de la dinastía fabulosamente rica de los Theotokis. Para él, la mitad de Mulberry Court y de sus bienes debía de ser poco menos que calderilla.

–Creo que tenemos que discutirlo, Oscar –declaró con naturalidad–. Me consta que las propiedades personales de Isobel eran muy importantes para ella...

–No te preocupes por eso. Sobra decir que la valoración de la propiedad y de su contenido estará a cargo de un grupo de expertos en arte y en antigüedades. Se asegurarán de que todo se venda de forma adecuada.

Ella frunció el ceño.

–No me has entendido bien. No dudo de los expertos que pretendes contratar; simplemente creo que eso debería ser responsabilidad nuestra, tuya y mía. Al fin y al cabo estamos hablando de la propiedad de Isobel.

Oscar arqueó una ceja.

–Sí, bueno... tal vez tengas razón –dijo a regañadientes–. Pero no ando sobrado de tiempo. Tengo que estar en mi oficina de Londres hasta finales de mes y luego me voy a Grecia. Además, supongo que tú también tendrás tus propios compromisos. Isobel mencionó en cierta ocasión que vivías y trabajabas en la capital.

Helena asintió.

–Sí, actualmente dirijo el equipo de la agencia de empleo Harcourt, aunque estoy buscando otro trabajo.

–¿Por qué? ¿Es que no estás contenta con tu empleo?

–No es eso... es que necesito un cambio.

Oscar la miró con interés, pero no dijo nada al respecto.

–Bueno, si tú puedes, yo podría volver el fin de semana. Un par de días serán suficientes para hacernos una idea de lo que se debe hacer.

–Sí, por supuesto que puedo –dijo ella–, pero deberíamos tomarlo con calma. Quiero hacerlo bien, sin prisas... para honrar la memoria de Isobel.

Helena caminó hacia el lugar donde había aparcado el coche, con Oscar pisándole los talones. Al llegar al vehículo, sacó una tarjeta y dijo:

–Si me necesitas antes del fin de semana, me puedes localizar en este número.

Él se guardó la tarjeta de Helena y le dio la suya, que ella metió en el bolso.

–Será mejor que me vaya –continuó–. Se está haciendo tarde y el tráfico será bastante peor que esta mañana, cuando vine.

Oscar le abrió la portezuela. Helena se sentó al volante y se preguntó si debía pedirle disculpas por la situación en la que se encontraban, pero pensó que disculparse carecía de sentido. Isobel Theotokis tenía derecho a dejar su casa a quien quisiera.

–Volveré el viernes por la noche –siguió Helena–. Así tendremos el sábado y el domingo para charlar tranquilamente y ver la propiedad. Supongo que me alojaré en alguno de los hostales de la zona –le informó.

–Yo también necesito alojamiento, así que me puedo encargar de reservar las habitaciones. Te llamaré por teléfono para darte los detalles.

–Ah... –dijo, sorprendida–. Gracias.

Helena arrancó el coche y se puso en marcha. Al mirar el retrovisor, vio que Oscar seguía en el aparcamiento y se preguntó qué estaría pensando. Había reaccionado a la noticia con naturalidad, sin mostrar emoción alguna, pero suponía que habría preferido ser el propietario único de Mulberry Court.

En cualquier caso, se alegraba de volver sola a Londres. Así tendría ocasión de pensar en lo sucedido.

Ella, Helena Kingston, acababa de heredar una fortuna. Era como ganar la lotería sin haber comprado un billete. Y no sabía si estaría preparada para tener tanto dinero. Ni siquiera había tocado la modestia herencia que le dejó su padre, quien había enviudado cuando ella solo tenía diez años.

Pero, al margen de ese asunto, había otro problema: que Oscar y ella tendrían que estar juntos en unas condiciones de lo más extrañas. Ya no eran los jóvenes enamorados que habían sido diez años antes. Ahora, hasta la mención de esa época sería embarazosa para los dos.

Habría dado cualquier cosa por saber si Oscar se acordaba de sus paseos, de sus caricias y de sus besos. Y también habría dado cualquier cosa por saber si recordaba que la había abandonado.

Oscar estaba bastante agitado cuando subió a su coche. El encuentro con Helena había despertado emociones que creía olvidadas.

Frunció el ceño y apretó el volante con tanta fuerza que los nudillos se le pusieron blancos. En cuanto la vio en el despacho de John, se sintió dominado por un intenso sentimiento de pérdida. Se arrepentía de haberla abandonado diez años atrás, de haber permitido que el destino gobernara sus vidas.

Con el tiempo, Oscar se había convencido de que no se volverían a ver; pero pensaba en ella con frecuencia y se preguntaba si se habría casado y si tendría hijos. Y aquella tarde, al notar que no llevaba anillo de casada, había sentido la necesidad de tomarla entre sus brazos y probar su boca.

Pero naturalmente, refrenó sus impulsos. Helena no tenía motivos para quererlo a su lado otra vez.

Además, estaba muy sorprendido por la decisión de su difunta tía abuela. Aunque sabía que Isobel apreciaba mucho a Helena, no imaginaba que tuviera intención de dejarle la mitad de la propiedad. Sin embargo, tampoco le importaba demasiado; el dinero nunca había significado nada para él. En ese sentido, lo único que le interesaba era el éxito de la empresa familiar. Por lo menos, desde asumió que la empresa era su destino.

Al pensar en ello, Oscar sonrió sin humor. Había cumplido todas las expectativas de su familia menos una, la de encontrar una esposa adecuada. Y si su padre se salía con la suya, sería una esposa de la familia Papadopoulos, que tenía importantes lazos financieros con el clan de los Theotokis.

–Ya es hora de que te cases y sientes la cabeza –repetía Georgios cada vez que surgía la conversación–. Una esposa griega sería una inversión magnífica... Hay dos jóvenes preciosas que están esperando a que te decidas. Cualquiera de ellas te haría feliz. ¿Se puede saber qué te pasa? ¿Cuál es el problema?

El problema de Oscar era muy sencillo; por muy atractivas que fueran Allegra y Callidora Papadopoulos, no estaba enamorado de ellas. Y tampoco había otra mujer con quien quisiera compartir su vida.

Si alguna vez se casaba, sería por amor; un factor completamente ajeno a la inversión que su padre veía en el matrimonio.

Arrancó el motor y echó los hombros hacia atrás. De momento, el problema de Mulberry Court y los bienes que contenía era más inmediato que el de su matrimonio. E inevitablemente, implicaba pasar bastante tiempo con Helena y, conociéndola como la conocía, discutir hasta el último detalle.

Oscar ya había tomado una decisión sobre su alojamiento. Y al salir de Dorchester, condujo rápidamente hasta llegar al hotel Horsehoe Inn, que se encontraba a pocos kilómetros de distancia.

Era un hotel pequeño, pero cómodo y discreto, donde podrían charlar y hacer negocios sin que nadie los distrajera. A Oscar siempre le habían disgustado los grandes hoteles. Cuando estaba en Londres, se alojaba en su piso, que le ofrecía la tranquilidad que necesitaba y un garaje con capacidad suficiente para sus coches.

Y ahora, mientras aparcaba su elegante deportivo, se acordó de lo bien que Helena había sacado su coche del aparcamiento del bufete de John. Un coche viejo, aunque en buen estado. Y sin duda alguna, perfecto para moverse por Londres.

Aquello le dio una idea. El coche viejo indicaba que Helena tenía poco dinero; y la elección del coche, que era una mujer pragmática. Cabía la posibilidad de que diera su brazo a torcer si le ofrecía una suma mayor que el valor combinado de la casa y de los bienes que contenía. Además, su solución tenía la ventaja de que le evitaría la molestia de ir a Mulberry Court para valorar personalmente la propiedad.

Pero era imposible. Helena había dejado bien claro que no lo aceptaría. Estaba decidida a hacerlo en persona.

Oscar gimió y se dijo en voz alta:

—Siempre te quise, Isobel; pero, ¿por qué me has hecho esto?

Capítulo 2

AL LLEGAR a casa, Helena se preparó una tostada y un chocolate caliente y, a continuación, se desnudó y se metió en la ducha.

Mientras el agua caliente borraba la tensión de sus cansados músculos, pensó en los sucesos de aquella tarde increíble. Su vida y su mundo habían cambiado por completo. A partir de entonces, nada sería igual.

Pero Helena también sabía que las formalidades de ese día y el hecho de haber heredado una fortuna eran poca cosa en comparación con lo que había sentido al volver a ver a Oscar Theotokis.

Se apartó el pelo y se enjabonó lánguidamente el cuello, los hombros y los brazos, consciente de que el simple hecho de pensar en él bastaba para que se sintiera sexual y peligrosamente sensible. Se acordó de cómo se había ruborizado cuando Oscar la miró a los ojos y de cómo se le había acelerado el pulso. Quería apartar la mirada, pero no podía. Estaba tan paralizada por su cercanía física que quiso gritar.

Ya no era una adolescente ingenua y sin experiencia. Había crecido y se había liberado de la influencia de Oscar. Su necesidad de él había desaparecido ante las obligaciones de la vida; obligaciones como salir adelante y mantener un trabajo que le permitía sobrevivir en un mundo tan duro como el de la capital inglesa.

Pero el destino los había unido otra vez. Y en esta ocasión, por un asunto de negocios.

Suspiró, alcanzó la toalla y pensó en los problemas que tenía antes de que John Mayhew leyera el testamento de Isobel.

Ya habían pasado dos meses desde su ruptura con Mark. Había sido una separación tan inesperada como dolorosa, que le dolía aún más porque lo veía constantemente en compañía de su nueva pareja, con quien se llevaba muy bien. Y por si eso fuera poco, también estaba el asunto de Simon Harcourt; el interés de su jefe por ella era tan irritante que, al final, no tendría más remedio que dejar el trabajo.

De haber podido, habría dejado Londres y se habría marchado a un lugar completamente distinto. Por lo menos, hasta que las aguas se calmaran. Pero no podía.

Justo entonces, tuvo una revelación.

Isobel no le había dejado Mulberry Court porque la quisiera mucho, sino porque estaba al tanto de sus problemas y había querido ofrecerle una vía de escape.

Si se quedaba allí, aunque solo fuera una temporada, tendría ocasión de replantearse las cosas y de encontrar la paz necesaria para recuperarse de sus desengaños amorosos. Hasta le daría una excusa perfecta para quitarse de encima a Simon. Podía decir que las circunstancias habían cambiado y que dejaba el trabajo porque la herencia de Isobel la obligaba a permanecer en Mulberry Court.

Helena se entusiasmó al instante. Solo sería una solución temporal, pero tenía dinero suficiente para sus necesidades inmediatas y, llegado el caso, estaba segura de poder encontrar un empleo en Dorchester.

Pero había un problema. Oscar.

Y ya estaba pensando en lo que diría al conocer sus intenciones cuando el propio Oscar le envió un mensaje al móvil; un mensaje que decía así: «He reservado habitaciones en Horseshoe. Nos vemos el viernes».

Helena dejó el teléfono a un lado y se preguntó dónde estaría y si se sentía tan confundido como ella por el bombazo de Mulberry Court. Pero supuso que no. Para él, sería un asunto insignificante; solo un detalle menor, aunque molesto, en su importante vida de problemas importantes.

Se metió en la cama y se tapó con el edredón. Desgraciadamente, no tenía ni hermanos ni hermanas con los que compartir la noticia. Y en cuanto a Anna, su mejor amiga, era demasiado tarde para llamarla por teléfono.

Cerró los ojos e intentó tranquilizarse, pero no pudo. Porque lo único que veía con los ojos cerrados eran los ojos negros de Oscar, mirándola con esa intensidad que siempre la había excitado.

Helena no había estado nunca en el Horseshoe Inn, pero no tuvo problemas para encontrarlo. Se encontraba al final de un camino privado que avanzaba entre bosques y que casi le pareció el paraíso tras el largo trayecto desde la capital.

El recepcionista, un hombre alto y con barba, la saludó con una sonrisa.

–Hola, soy Adam. ¿En qué la puedo ayudar?

–Tengo entendido que me han reservado una habitación –respondió–. Me llamo Helena Kingston.

El hombre miró el registro y dijo:

–Ah, sí... el señor Theotokis reservó dos habitaciones, la número dos y la número cinco. ¿Quiere tomar algo en nuestro bar? ¿O prefiere que la lleve a su habitación? Si tiene hambre, nuestro chef trabaja hasta la medianoche.

Helena se sintió inmediatamente cómoda. El ambiente del hotel era refinado, pero también cálido; un ambiente que sin duda alguna contaba con la aprobación de Oscar.

–Bueno, no tengo nada contra tomar un té y tal vez un sándwich dentro de diez minutos, cuando deje mi equipaje –comentó Helena–. ¿Sabe si el señor Theotokis ha llegado?

–Si ha llegado, no lo he visto... pero no debe de estar aquí, porque no ha firmado en el registro de clientes –Adam alcanzó una de las llaves que colgaban de la pared–. Sígame, por favor. La acompañaré.

A Helena le gustó su habitación. Era de decoración algo rústica, pero con todas las comodidades imaginables; perfecta para quedarse un par de noches. Se sentó en el borde de la cama, echó un vistazo al reloj y se preguntó qué debía hacer. No sabía si esperar a Oscar o acostarse después de tomarse el té y el sándwich.

Justo entonces, sonó su teléfono móvil.

–Hola, Helena, soy Oscar... siento aparecer tan tarde. ¿Te ha gustado el hotel?

–Sí, gracias.

–No estoy muy lejos de ahí. Supongo que llegaré en veinte minutos –le informó.

Ella dudó un momento y dijo:

–¿Quieres que te pida algo de comer? El recepcionista me ha dicho que el chef trabaja hasta la medianoche.

–No tengo hambre, pero podrías pedirme un whisky...

Él colgó el teléfono sin pronunciar una palabra más. Y media hora después, cuando por fin llegó, Helena se había comido el sándwich y estaba esperando en una esquina del bar con el whisky de Oscar y una copa de vino.

–Hola... –Oscar se sentó frente a ella y echó un trago de whisky–. Veo que has encontrado el bar enseguida.

Helena lo miró y pensó que parecía enfadado;

quizás, por haber llegado tan tarde o, quizás, porque tener que reunirse con ella. Pero fuera por el motivo que fuera, no contribuyó precisamente a tranquilizarla.

–Ya es tarde para hablar sobre Mulberry Court –continuó él–. Te propongo que nos levantemos mañana a primera hora y que pasemos el día en la casa, catalogando su contenido. Cuanto antes empecemos, mejor.

Helena se terminó su vino y alcanzó su bolso.

–Comprendo que estás muy ocupado, Oscar, pero...

–¿Pero?

–Me gustaría tomármelo con calma. Quiero pasear por Mulberry Court sin hacer otra cosa que revivir mi pasado. Como sabes, formó parte de mi vida cuando era niña... y ha pasado mucho tiempo desde la última vez que estuve. Ni siquiera pude asistir al entierro de Isobel. Se murió de un modo tan repentino, tan inesperado...

Oscar asintió.

–Sí, recuerdo que tu ausencia me extrañó. Incluso llegué a pensar que alguien había cometido un error imperdonable y que no te había informado de su fallecimiento.

–No, no se olvidaron de mí. Es que estaba en cama, con una gripe tremenda... –Helena se levantó–. En fin, nos veremos por la mañana.

–Sí. Y tú podrás hacer tu viaje por la carretera del recuerdo...

Cuando Helena se marchó, Oscar pidió un segundo whisky para relajarse. Había llegado tarde por culpa de un accidente de tráfico que le había causado una fuerte impresión. Él fue uno de los primeros en llegar, y le tocó sacar a dos niños de un coche que ya estaba envuelto en llamas. Casi parecía un milagro que ni los niños ni su madre, que conducía el vehículo, hubieran salido ilesos.

Minutos después, más tranquilo, sus pensamientos se dirigieron hacia la razón que explicaba su presencia en aquel lugar.

Había tenido tiempo de considerar la situación y de asumir que Helena no era culpable de las decisiones de Isobel. Pero iba a ser una molestia para los dos. Y si Helena se empeñaba en tomarse su tiempo, tendría que encontrar la forma de que se diera prisa.

Dio unos golpecitos a la copa de whisky y se preguntó si estaría dispuesta a venderle su parte de Mulberry Court. A fin de cuentas, vivir en Londres era caro. Y por lo que había visto, necesitaba un coche nuevo.

Terminó la copa y se acercó a recepción para pedir la llave de su dormitorio.

—¿Todo está a su gusto, señor Theotokis? —preguntó Adam.

La respuesta de Oscar fue enigmática.

—Con un poco de suerte, lo estará.

—No, no, no. No puedes hacerme esto. No es justo. Te puedes quedar con la casa, te puedes quedar con todo... ¡Pero eso es mío! ¡Isobel me la prometió!

La voz de Helena se apagó en un grito cuando las figuritas de porcelana se rompieron en mil pedazos.

Y entonces, despertó. Solo había sido una pesadilla, una de las más reales y más terribles de su vida.

Se sentó en la cama, se llevó una mano a la boca e intentó recordar las imágenes del sueño. Aún sentía la presión de sus manos en los brazos, mientras los forcejeaban como locos por la posesión de las piezas. Pero naturalmente, Oscar era más fuerte y se iba a salir con la suya; así que, en un gesto de desesperación, ella las arrojó al suelo.

Helena se giró hacia la ventana, por donde entraban los primeros rayos de sol, y sonrió. Solo había sido eso, una pesadilla. No era real. Las figurillas de Isobel seguían a salvo en Mulberry Court.

Sin embargo, consideró la posibilidad de que el sueño hubiera sido una advertencia; una señal para que se mantuviera firme y no se dejara intimidar por el hecho de que Oscar era pariente directo de su difunta amiga y ella, una intrusa.

Helena bajó a desayunar al restaurante tan pronto como le fue posible. Oscar había llegado y estaba leyendo el periódico mientras tomaba un café, pero se levantó al verla y la observó con detenimiento.

Llevaba unos pantalones negros, ajustados, y una camiseta de color azul pálido. Se había recogido el pelo en una coleta y su cara no mostraba el menor rastro de maquillaje. De hecho, tenía un aspecto lánguido que le recordó a la adolescente de otros tiempos.

–Estoy impresionado. No te esperaba hasta dentro de una hora, por lo menos.

Helena le lanzó una mirada de pocos amigos y se sentó.

–Tengo la costumbre de levantarme pronto.

–Si tú lo dices... ¿quieres tomar un café?

Ella sacudió la cabeza.

–No, gracias. Prefiero un té.

Minutos más tarde, subieron al coche de Oscar y se dirigieron a Mulberry Court, adonde llegaron enseguida. A Helena se le encogió el corazón cuando divisó la casa que tanto le gustaba y que, por un capricho del destino, había pasado a ser, parcialmente, de su propiedad.

Allí, a ambos lados del camino, junto a la entrada principal, estaban las casitas del ama de llaves y del jardinero. Helena giró la cabeza y contempló la segunda con nostalgia porque era el lugar donde había vivido con Daniel, su padre, durante ocho años; hasta que se marchó a estudiar a la universidad.

En aquella época, pasaba a menudo por la casita de Louise, el ama de llaves, una mujer encantadora que siempre tenía un trozo de tarta para ella. En cuanto a Paul, el marido de Isobel, lo veía poco; era una figura sombría que siempre estaba cuidando de sus negocios y que falleció súbitamente cuando Helena tenía trece años.

–¿Quién vive ahora en la casita del jardinero? –preguntó con curiosidad.

Oscar le lanzó una mirada rápida.

–Benjamin. Se unió a «la empresa», como la tía abuela la llamaba, uno o dos meses después del fallecimiento de tu padre.

–¿Y Louise?

–Louise sigue aquí. Se encargará de cuidarlo todo hasta que... bueno, hasta que el futuro de Mulberry Court se aclare –declaró con diplomacia–. Pero tengo entendido que está en Durham, pasando unos días con una prima suya.

Helena sintió lástima de Louise. Aquel lugar había sido su hogar durante muchos años y estaba a punto de quedarse sin él y sin su empleo.

Oscar detuvo el vehículo en el vado. Después, bajaron del coche y entraron en la casa. Helena respiró hondo y sintió una oleada de nostalgia al reconocer el aroma del lugar.

–Ha pasado tanto tiempo... –dijo en voz alta–. Cuando mi padre murió, Isobel tuvo la amabilidad de organizar una recepción aquí, en el invernadero; pero yo estaba tan alterada que no fui totalmente consciente de lo que ocurría.

Oscar miró a su alrededor.

–Yo también llevaba años sin venir –le confesó–. Nunca tenía tiempo... o simplemente, no surgía la oportunidad.

Empezaron a caminar por la planta baja, sin cruzar demasiadas palabras. Oscar se dedicó a tomar notas de lo que veía, pero Helena no lo imitó. Estaba encantada. Mulberry Court no parecía haber cambiado en absoluto.

La cocina estaba como siempre, al igual que el comedor con su enorme mesa de palisandro, la salita donde Isobel y ella veían la televisión o jugaban a las cartas y el salón que daba al invernadero, aunque notó que las cortinas eran nuevas.

Por fin, llegaron a la biblioteca, el lugar preferido de Helena.

Y sintió un alivio inconmensurable al observar que las figuritas de porcelana también seguían en el mismo lugar.

Pero al ver el cuadro de Isobel que dominaba la estancia, se quedó sin aliento. Era tan real que Isobel parecía a punto de levantarse de la silla donde la habían inmortalizado con sus grandes ojos grises, eternamente alegres y la sonrisa amable que Helena conocía tan bien.

Como el resto de las habitaciones, la biblioteca estaba abarrotada de objetos. Y Oscar chasqueó la lengua con desagrado.

–Isobel era toda una coleccionista –declaró.

–Sí, pero hay coleccionistas y coleccionistas –dijo Helena a la defensiva–. Tu tía abuela tenía muy buen gusto.

–Ya.

–No sé lo que pretendes hacer, pero creo que es

mejor que lo dejemos todo como está... hasta que vendamos la propiedad, quiero decir. Ten en cuenta que los posibles compradores se llevarán una impresión más positiva si ven una casa cuidada y perfectamente decorada. Una casa vacía es poco más que un cascarón sin vida.

Oscar la miró y sintió un deseo sexual que no había sentido en mucho tiempo.

–Desde luego, es una posibilidad que tendremos que discutir. Pero de momento y, en lo que a mí respecta, te puedes quedar con cualquier cosa que te guste –le ofreció–. Yo no necesito nada de esto.

Helena ya había imaginado que Oscar no necesitaría nada de Mulberry Court. Y se preguntó si ella necesitaba algo. Aunque había heredado una propiedad valorada en una fortuna, no se veía a sí misma en una casa lo suficientemente lujosa como para albergar ninguna de las piezas de las colecciones de Isobel.

–Sinceramente, ahora no me apetece pensar en lo que quiero o necesito –le confesó–. Además, los únicos objetos que siempre me interesaron son esas dos figurillas de ahí... las del pastor y la pastora.

–Llévatelas si te gustan, porque al final venderemos todas esas cosas. Podemos retrasar lo inevitable, pero nada más.

Oscar salió de la biblioteca y ella lo siguió por la ancha escalera que llevaba al primer piso, donde había seis dormitorios con sus cuartos de baño respectivos. Al llegar al descansillo, por cuya larga ventana entraba la luz del sol, Helena contuvo el aliento.

Era la primera vez en nueve años que subía por aquella escalera. Tuvo que resistirse al deseo de salir corriendo y abrir la puerta del último de los dormitorios, el dormitorio donde ella se alojaba cuando su padre se marchaba de viaje.

–Isobel tenía tantas amigas... recuerdo que siempre había invitados en la casa –comentó Helena–. Incluso yo me alojé aquí unas cuantas veces.

–Sí, lo sé... –Oscar abrió una de las puertas del pasillo–. Esta era mi habitación, ¿sabes?

A Helena, que lo sabía de sobra, se le detuvo el corazón durante un segundo. Le pareció increíble que Oscar preguntara eso. No podía haber olvidado lo mucho que sus visitas a la casa de Isobel significaban para ella. No podía haber borrado esa época de su memoria.

Al cabo de un rato, salieron de la casa y empezaron a pasear por los jardines. Helena notó que el de la parte trasera estaba bien cuidado y se deprimió al pensar que alguien había sustituido a su difunto padre en las tareas de jardinería.

Por lo demás, el exterior de Mulberry Court había cambiado tan poco como el interior. Hasta distinguió el camino semioculto que llevaba al sauce bajo el que Oscar y ella habían pasado tantos momentos románticos.

Justo entonces, él se dio cuenta de que la estaba mirando fijamente y apartó la vista.

–Tengo que volver al hotel –anunció Oscar con frialdad–. Espero una llamada telefónica importante y me gustaría comprobar el correo electrónico... además, ya es la una de la tarde. Seguro que te apetece comer.

Para su sorpresa, Helena descubrió que no tenía hambre; pero se acordó de los sándwiches de Adam, absolutamente adictivos.

–Sí, me gustaría comer algo.

Mientras se dirigían al coche, añadió:

–Por otra parte, creo que debería llamar a mi jefe. Ha estado fuera de la oficina durante unos días, pero sé que volvía este fin de semana. Puede que necesite informarme de algo antes del lunes.

Oscar no mostró ningún interés por el comentario de Helena. Subieron al coche y, cuando ya se dirigían al hotel, decidió proponerle lo que le había estado rondando la cabeza. Pero tenía que elegir las palabras con cuidado.

–Me gustaría ayudarte, Helena.

–¿Ayudarme? ¿Qué quieres decir?

–Que estaría encantado de organizar la tasación de Mulberry Court y de sus bienes y de pagarte una suma más que generosa por la mitad de la propiedad; naturalmente, con efecto inmediato y teniendo en cuenta la inflación.

Helena no dijo nada. Se había quedado sin habla.

–Sería una buena solución para los dos –insistió él–. Te ahorraría problemas y te eximiría de cualquier responsabilidad... además, tú misma has dicho que no quieres nada salvo dos de las figurillas de la biblioteca.

–Mira, Oscar...

–Sería fácil, te lo aseguro. John Mayhew se encargaría de la transacción.

Oscar detuvo el coche en el aparcamiento del hotel y se giró hacia Helena, que se había ruborizado.

–Oscar, has olvidado lo que te dije.

–¿A qué te refieres?

–A que estoy decidida a desempeñar mi papel en la venta de la propiedad y de las posesiones de tu tía abuela.

Los ojos de Oscar brillaron con desagrado. Helena sabía que no le había hecho esa oferta por hacerle un favor, sino porque la consideraba un inconveniente y se la quería quitar de encima cuanto antes.

–Te agradezco la preocupación –declaró Helena con evidente ironía–, pero debo rechazar tu ofrecimiento, Oscar. Mulberry Court y yo tenemos mucho que compartir antes de que esto acabe.

Después, abrió la portezuela, salió del vehículo y se dirigió hacia la entrada del hotel con paso rápido.

De vuelta en su habitación, Oscar sacó el ordenador portátil y lo puso encima de la cama, sintiéndose inusualmente distraído.

La visita matinal a Mulberry Court había avivado sus recuerdos hasta el punto de que notaba la presencia de Isobel en cada rincón de la casa. A fin de cuentas, siempre se había sentido más cerca de su tía abuela que de sus padres, y su mirada en el retrato de la biblioteca le había alterado ligeramente.

Se encogió de hombros y pensó que, en cualquier caso, había perdido la posibilidad de llegar a un acuerdo razonable con Helena. Tal vez se lo había planteado en mal momento. Además, Helena no era una mujer que se dejara persuadir con facilidad.

Pero la casa y su contenido le parecían un problema insignificante en comparación con otro. Se sentía como si la mujer más deseable del mundo le hubiera despertado de un sueño de cien años. Y no sabía si habría despertado a tiempo de reconquistar su amor.

Capítulo 3

ALGO alterada, Helena se lavó la cara y se cepilló el cabello en el cuarto de baño para tranquilizarse un poco.

La visita matinal había resultado desconcertante. Desde un punto de vista legal, Oscar y ella eran los nuevos propietarios de Mulberry Court; pero la casa estaba tan impregnada del recuerdo de Isobel que, en determinados momentos, se había sentido como si fueran un par de intrusos.

Sin embargo, la propuesta de Oscar era lo que realmente le inquietaba. Quería que se lavara las manos y le dejara la casa a él. Y sin duda alguna, estaba dispuesto a pagar una cantidad considerable de dinero.

Helena suspiró y sacudió la cabeza.

Oscar no entendía sus sentimientos. En su opinión, Isobel había dividido la propiedad entre los dos porque deseaba que Mulberry Court tuviera un fin digno y había pensado que dos cabezas pensarían mejor que una.

Frunció el ceño y se dijo que quizás se estaba equivocando con él. Cabía la posibilidad de que solo quisiera hacerle un favor. Pero desestimó la idea de inmediato. Oscar era el jefe de la dinastía de los Theotokis, un frío hombre de negocios para el que los sentimientos carecían de importancia.

Confundida, Helena pensó que ya había tenido bastante por el momento y sacó el teléfono móvil para llamar a Oscar.

–Hola, Oscar. Tengo una pequeña jaqueca, así que voy a tumbarme un rato –declaró con tranquilidad–. ¿Qué te parece si seguimos más tarde con nuestra conversación? Podríamos cenar juntos...

Oscar dejó pasar un par de segundos antes de responder.

–Buena idea. Reservaré una mesa para las ocho... si crees que te habrás recuperado para entonces, por supuesto –añadió con sarcasmo.

Helena casi pudo ver la expresión de impaciencia de Oscar, pero suspiró y mantuvo la calma. La herencia de Isobel los obligaba a estar juntos y ser socios durante un año entero, hasta que vendieran la propiedad.

–Sí, por supuesto que estaré bien. Te veré a las ocho.

Helena cortó la comunicación y se dijo que, al final, Oscar se alegraría de que hubiera retrasado la reunión. Seguro que tenía asuntos más importantes a los que dedicar su tiempo.

Pero se equivocaba.

Oscar alcanzó la copa de whisky que había dejado en la barra del bar y pensó que la mañana no había salido como esperaba. Imaginaba que Helena y él hablarían con franqueza sobre las posesiones de su tía abuela y que harían una lista de los bienes o, al menos, que empezarían a hacerla. Hasta había supuesto que se llevaría algunos de los objetos de Isobel, libros o quizás alguna silla, cosas pequeñas que meter en su coche.

Sin embargo, solo había mostrado interés por las dos figurillas de la biblioteca. Y quería que todo lo demás permaneciera in situ.

Helena estaba tumbada en la cama, leyendo un libro y tomándose un café, cuando el teléfono móvil empezó a sonar.

Al oír la voz de Simon Harcourt, frunció el ceño.

–Ah, hola, Simon...

Simon le explicó el motivo de su llamada y siguió hablando durante unos minutos, hasta que ella lo interrumpió.

–Me temo que no te podré acompañar a la conferencia. De hecho, este lunes voy a presentar mi dimisión.

–¿Tu dimisión? –preguntó, sorprendido–. ¿Por qué?

–Es una larga historia. He heredado una propiedad en el campo y tengo que dejar Londres inmediatamente.

Helena tragó saliva. Acababa de quemar sus barcos. Por lo menos, en lo referente a Simon; porque, en lo tocante a Oscar, ni siquiera sabía en qué punto estaba.

Helena se puso un vestido de color berenjena, que había metido en la maleta a última hora, y se miró en el espejo.

Con mangas, escote pronunciado y falda hasta las rodillas, era su vestido preferido. Siempre que lo llevaba, se recogía el cabello en un tocado alto para centrar la atención en el escote y se maquillaba tan ligeramente como tenía por costumbre, con un toque de sombra de ojos y una base leve.

A las ocho en punto, el reloj de pared del descansillo empezó a sonar. Ella salió de la habitación y se dirigió a la escalera.

Oscar estaba en el bar, charlando con Adam. Cuando vio a Helena, su pulso se aceleró tanto como el de ella, que sonrió con timidez. Su antiguo novio se había afeitado y se había puesto unos pantalones de vestir con una camisa y una chaqueta muy elegante. Estaba tan guapo que parecía un modelo de revista de moda.

Inmediatamente, Adam alcanzó dos menús y los llevó a una de las mesas más tranquilas del restaurante, en el fondo del local.

–Les recomiendo que tomen lubina. No podrían ser más frescas; las pescamos esta misma mañana –afirmó con orgullo.

A continuación, abrió una botella de champán, les sirvió dos copas y se despidió.

—Volveré a tomarles nota cuando se hayan decidido.

Oscar miró a Adam, que se alejó al instante, y dijo:

—Es un profesional excelente. Por cierto, espero que apruebes la elección del champán... ha sido cosa mía.

Helena se llevó la copa a los labios y pensó que era un champán magnífico.

—¿Estamos celebrando algo?

Oscar arqueó una ceja.

—¿Tenemos que celebrar algo para tomar champán?

Helena sonrió brevemente.

—No, supongo que no. Es que solo tomo champán en las bodas... y como no soy especialista en vinos, siempre me ha parecido una bebida especial.

Oscar la miró con detenimiento. Su pelo brillaba a la luz de las velas, que le daban un tono dorado; pero le pareció algo pálida.

—¿Te encuentras bien? ¿Ya se te ha pasado la jaqueca?

Ella asintió.

—Sí, completamente. De hecho, me muero de hambre.

Helena alcanzó el menú, esperando que Oscar no notara el temblor de sus manos. Jamás habría imaginado que volvería a estar tan cerca de él; que volvería a respirar el mismo aire y a contemplar aquella boca de dientes perfectos.

Oscar no era un simplemente atractivo. Tenía un tipo de carisma muy seductor, muy mediterráneo, que volvía locas a las mujeres.

Al cabo de unos minutos, cuando ya habían pedido la cena y estaban esperando a que los sirvieran, Oscar se volvió a referir a Mulberry Court.

–He estado pensando esta tarde y me he preguntado si hacemos bien al dejar la casa vacía durante tanto tiempo. Corremos el peligro de que alguien la ocupe. En Londres es bastante común.

Ella frunció el ceño.

–Louise y Benjamin se encargan de vigilar, ¿no?

–Sí, pero no podrían impedir que alguien entre de noche, aprovechando la oscuridad. Y si nos ocupan la casa, tendremos un problema... deberíamos buscar una solución, aunque sea temporal –dijo.

Helena no pudo creer lo que había oído. Podía ser la excusa que estaba buscando para quedarse en Mulberry Court. Pero decidió guardar silencio al respecto.

Justo entonces, Adam reapareció con las lubinas y la ensalada que habían pedido y los volvió a dejar a solas.

–¿Qué has estado haciendo durante los últimos diez años? –preguntó Oscar de repente–. Isobel me dijo que habías terminado una carrera.

–Sí, estudié Economía y luego empecé a trabajar en Harcourt, la agencia de trabajo que te comenté, pero la voy a dejar.

–¿Y qué piensas hacer?

Helena respondió sin mirarlo.

–Todavía no estoy segura. Quiero tomarme un tiempo para pensar... entre tanto, supongo que buscaré un trabajo temporal.

Oscar guardó silencio durante unos momentos y preguntó:

–¿Vives sola?

–Sí.

–Entonces, no hay ningún hombre especial en tu vida...

Ella sacudió la cabeza.

–No. ¿Y tú? ¿No tienes esposa e hijos en alguna parte?

–No. De hecho, lo de tener esposa e hijos me parece una posibilidad bastante remota en este momento.

A Helena no le sorprendió su respuesta. Oscar tenía éxito con las mujeres, pero nunca le había parecido de la clase de personas que buscaban una relación duradera. Prefería las relaciones breves, sin compromisos.

–Me extraña que no salgas con nadie –dijo él–. Londres está llena de hombres en busca de mujeres bellas. ¿Cómo te las has arreglado para escapar de ellos?

Helena se sintió halagada por su comentario, pero lo disimuló.

–Bueno, tampoco se puede decir que haya estado sola...

–¿Ah, no?

–No. Poco después de que mi padre muriera, conocí a un hombre con el que estuve saliendo una temporada, Jason –Helena se detuvo un momento–. Me ayudó bastante al principio; parecía entender lo mucho que yo extrañaba a mi padre... cuando pienso en aquella época, siento lástima de él. El pobre hombre tuvo que soportar horas y más horas de mis monólogos autocomplacientes.

Oscar no dijo nada, pero la miró con ternura. En ausencia de su madre, que había fallecido cuando ella era una niña pequeña, su relación con su padre había sido particularmente intensa. Era normal que la muerte de Daniel le hubiera afectado mucho. Y en cualquier caso, Helena tenía un fondo vulnerable que siempre le llegaba al corazón.

–Las grandes ciudades pueden ser muy solitarias –comentó él.

Helena mantuvo la mirada en el plato. No sentía el menor deseo de hablar de Mark, el hombre del creía haber estado enamorada. La inesperada ruptura de su relación le había dolido mucho. Además de abandonarla y de marcharse con una amiga común, Mark le había dicho que la encontraba fría y distante.

Si la hubiera llamado «frígida» no le habría molestado más.

–Al final me di cuenta de que estaba utilizando a Jason. Me venía bien como hombro donde llorar, pero no sentía nada por él. Era una buena persona.

Y ahora me siento terriblemente culpable por lo que hice.

Helena echó un trago de champán y sonrió.

–Pero no le fue mal –continuó–. Conoció a otra mujer al cabo de unos días y, según tengo entendido, se van a casar.

Oscar arqueó una ceja.

–¿Al cabo de unos días? Al parecer, tenía prisa por casarse –ironizó.

Helena se mantuvo en silencio y siguió comiendo. Ya estaban terminando cuando Oscar comentó:

–Mi tía se deprimió mucho con la muerte de tu padre. Daniel llevaba tanto tiempo con nosotros que casi era de la familia. Además, falleció tan joven... ¿Cuántos años tenía?

–Cincuenta y nueve –respondió sin más.

Helena dejó pasar unos momentos y añadió:

–¿Y tus padres? ¿Qué tal están?

–Mi padre dejó el trabajo. Ahora vive con mi madre en las Bermudas... y como su hermano también se ha jubilado, yo soy el único de la familia que sigue al timón. De hecho, soy el último que les queda.

Helena comprendió la importancia de lo que Oscar le acababa de confesar. Si no tenía hijos, la dinastía Theotokis moriría con él.

–E Isobel también era la última de su generación, claro...

Él asintió.

–En efecto. Y la única inglesa que logró entrar en nuestra comunidad –observó con humor–. Nunca había pasado antes, pero mi familia la adoraba y adoraba que hubiera elegido Mulberry Court para vivir. A fin de cuentas, era una mujer que viajaba mucho; podría haber vivido en cualquier otro sitio.

–Sí, lo sé. Siempre me contaba cosas sobre los sitios en los que había estado. Lograba que te sintieras como si estuvieras en ellos.

–Isobel sabía contar una buena historia.

–¿Y dónde vives tú?

–Oh, aquí y allá... –respondió con indiferencia–. Tengo un piso en Londres, otro en Grecia y un apartamento en el Upper East Side de Nueva York, pero nunca estoy demasiado tiempo en ninguno. No he encontrado un lugar donde me apetezca echar raíces, aunque supongo que mi casa de Atenas es mi hogar.

Helena se acordó de lo que le había prometido cuando eran más jóvenes; que algún día, la llevaría a su país natal.

Pero decidió no mencionarlo.

–¿Sabes una cosa? Creo que tienes razón con lo de Mulberry Court.

–¿Con qué en concreto?

–Con el peligro de que alguien se cuele en la casa –respondió–. Y es posible que tenga la solución perfecta.

–¿En serio?

–Bueno... podría quedarme en la casa durante una temporada –dijo, eligiendo las palabras con cuidado–. Un mes o algo así.

Oscar la miró con sorpresa.

–¿Es posible? ¿No tienes que volver a Londres?

–No. Y a decir verdad, me vendría bien... el piso donde vivo ahora pertenece a Simon Harcourt y lo perderé en cuanto deje el trabajo. Además, necesito cambiar de aires y alejarme un poco de la capital.

Oscar apretó los labios.

–Pero Mulberry Court es un lugar bastante aislado... ¿estás segura de que te acostumbrarás a vivir allí, sola?

Helena sonrió.

–Estoy acostumbrada a la soledad. Y por otra parte, las casas de Louise y Benjamin solo están a un minuto de distancia.

Él se encogió de hombros. Aunque la idea no le agradara, Helena tenía derecho a quedarse en la propiedad. Al fin y al cabo, la mitad era suya.

–Por mí, no hay problema. Pero, ¿cuándo te mudarías?

–A principios de mayo. He pensado que, si estoy mal de dinero, podría buscarme un trabajo en Dorchester.

Oscar estuvo a punto de ofrecerle ayuda económica, pero se contuvo. Helena siempre había sido una mujer muy independiente.

–Imagínatelo... ¡será la señora de Mulberry Court! –exclamó, sonriendo–. Como cuando era niña y jugaba a esas cosas.

Helena rompió a reír y enseguida le dio un ataque de hipo. Oscar se fijó en el rubor de sus mejillas y se acordó de que nunca había sabido beber, así que se levantó de la silla y se acercó a ella para ayudarla.

–Ha sido un día largo, Helena. Creo que deberías acostarte.

Helena se puso en pie con alguna dificultad y alcanzó el bolso. Oscar la tomó del brazo y la acompañó a su dormitorio, ante cuya puerta se detuvieron unos segundos, mientras ella buscaba la llave.

–¿Estás segura de que quieres quedarte en Mulberry Court? Piénsalo bien. Si cambias de opinión, podemos hablar con John Mayhew para que busque un inquilino apropiado.

–No quiero que un desconocido viva en... nuestra casa –acertó a decir–. Por lo menos, de momento.

Helena se dejó llevar por un impulso y le dio un beso en la mejilla con intención de entrar en el dormitorio y cerrar la puerta; pero Oscar reaccionó tan deprisa que, cuando se quiso dar cuenta, estaba entre sus brazos.

Todas las alarmas de Helena se encendieron al instante. Y fue eso lo que, en el último momento, la llevó a apartar la cabeza y alejarse de sus labios.

–Buenas noches, Oscar.

Helena cerró la puerta y se apoyó en ella durante unos segundos, intentando tranquilizarse. Había cometido un error muy grave al darle ese beso en la mejilla; un beso que Oscar había malinterpretado y que había tomado como una invitación.

O quizás, no.

Quizás no lo había malinterpretado. Porque en el fondo de su corazón, Helena ardía en deseos de que la besara.

A decir verdad, le extrañaba que hubiera encontrado las fuerzas necesarias para resistirse a él, para no apretarse contra su fuerte pecho, para no permitir que su aroma profundamente masculino despertara en ella sus instintos más animales.

Pero lo había conseguido.

De algún modo, había recordado a tiempo que ya había pasado por ese trago y que no estaba dispuesta a que Oscar Theotokis le volviera a partir el corazón.

Cuando entró a su habitación, que estaba a dos puertas de la de Helena, Oscar se acercó a la ventana y apretó los dientes. Acababa de descubrir lo que se sentía al ser rechazado por una mujer.

Pensó en lo que podría haber pasado entre ellos y se imaginó desnudándola, acariciándola, besándola, usando su experiencia para excitarla y hacerle sentir el mismo deseo que él sentía por ella.

A continuación, se dio la vuelta y se dirigió al cuarto de baño. Después de una ducha tan fría como rápida, se miró en el espejo y frunció el ceño. Tenía

la absurda sensación de que, en las últimas horas, le
habían salido más arrugas en la frente.

Helena no había cambiado nada. Seguía siendo
tan dulce, tan perfecta y tan difícil como la primera
vez que la vio.

Capítulo 4

HELENA despertó tras una noche de sueños que no había tenido en mucho tiempo. Una noche de sueños eróticos, con Oscar como protagonista, con sus labios besándola una y otra vez y sus manos, acariciando todas las curvas de su cuerpo.

Había sido tan real que casi jadeaba.

Se sentó y se dijo que había sido una estúpida por besar a un hombre tan seguro de sí mismo como Oscar Theotokis, un hombre que nunca desaprovechaba una oportunidad. Pero, por otra parte, debía admitir que habría dado cualquier cosa por terminar entre sus brazos. Incluso cabía la posibilidad de que siguiera enamorada de él, a pesar del tiempo transcurrido y de lo que había pasado entre ellos.

Se levantó de la cama y entró en el cuarto de baño. Su pelo estaba tan revuelto que soltó un gemido de desesperación. Para desayunar con Oscar, tenía que estar impecable. Si la veía así, adivinaría inmediatamente lo que había soñado.

Mientras se duchaba, se obligó a concentrarse en sus problemas más inmediatos. Al menos, había encontrado el coraje necesario para decirle a Simon que dejaba el empleo. Estaba harta de que su jefe la persiguiera. Y no lamentaba la perspectiva de abandonar la agencia Harcourt, aunque echaría de menos el sueldo y a algunas de sus compañeras de trabajo.

Además, Oscar le había dado una sorpresa con su actitud de la noche anterior; esperaba que se opusiera a su intención de vivir en Mulberry Court durante una temporada, pero bien al contrario, le había parecido una idea excelente.

Helena sintió un súbito acceso de optimismo. Había dado un gran paso hacia su nueva vida. Estaba segura de haber hecho lo correcto y, por si eso fuera poco, iba a pasar el resto de la primavera y el principio del verano en su casa preferida.

Las cosas no podían ir mejor.

Salió de la ducha, se secó y se vistió rápidamente. Cuando llegó al restaurante, Oscar se levantó de la mesa donde la estaba esperando y la miró sin sonreír. Llevaba vaqueros, chaqueta y una camiseta que enfatizaba su musculatura.

—Hola, Helena. ¿Has dormido bien?

—Sí, muchas gracias —respondió, acordándose de los sueños que había tenido—. ¿Y tú?

—No suelo dormir más de cuatro o cinco horas seguidas; siempre tengo demasiado trabajo —le explicó—. De hecho, tengo que volver a Atenas mañana mismo. Una lástima, porque esperaba quedarme en Gran Bretaña hasta finales de abril.

—Oh, vaya...

Oscar llamó al camarero, que les tomó nota.

–Si podemos adelantar alguna cosa hoy mismo, te quedaría muy agradecido. Tal vez deberíamos hablar con Benjamin y Louise para ponerles al corriente de la situación. Tendrán que encargarse de la propiedad hasta que la vendamos.

El camarero reapareció entonces y les sirvió el desayuno. Helena se puso la servilleta y pensó que el Oscar seductor de la noche anterior había desaparecido ante el eficaz y frío hombre de negocios.

Por lo visto, el beso en la mejilla no había significado nada para él. Afortunadamente para ella, lo había olvidado por completo.

Pero no se alegró.

Cuando terminaron de desayunar, subieron al coche de Oscar y se dirigieron a Mulberry Court. Helena se dedicó a contemplar el paisaje por la ventanilla del lujoso vehículo hasta que él se refirió a su decisión de quedarse en la casa.

–Si te vas a quedar, tendrás que solucionar algunos problemas. ¿Qué vas a hacer con tus muebles y tus pertenencias?

Helena sacudió la cabeza.

–Tengo muy pocas cosas. El piso de Simon estaba amueblado cuando llegué, al igual que mi casa anterior, que compartía con Anna, una amiga de la universidad... me llevaba bien con ella, pero se casó el año pasado.

–Comprendo.

–Además de la ropa, de unos cuantas fotografías y de un montón de libros, no tengo nada más. Se podría decir que viajo ligera de equipaje.

Oscar sonrió con ironía. Aunque Helena afirmara que tenía pocas cosas, estaba seguro de que esas pocas cosas serían tantas que abarrotarían su viejo coche.

Minutos más tarde, llegaron a Mulberry Court. Y al entrar en la propiedad, Helena se echó hacia delante y dijo con entusiasmo:

–¡Mira! ¡Louise está en el jardín!

–Supongo que llegaría ayer. Ah... Benjamin está bajando por el camino con Rosie, su adorado sabueso.

Helena se alegró mucho al ver al perro del jardinero. En su opinión, Mulberry Court no habría sido el mismo lugar sin un perro. Aún se acordaba de Bella, el labrador negro de su padre, que había fallecido un par de semanas antes que él.

Oscar detuvo el coche y los dos salieron del vehículo. Cuando Louise se recuperó de la sorpresa de ver a Helena, se abalanzó sobre ella y la abrazó con todas sus fuerzas.

–¡Qué maravillosa sorpresa! –exclamó.

–¿Qué haces aquí? –preguntó Oscar–. No esperábamos verte este fin de semana...

–Ni yo tenía intención de volver tan pronto. Pensaba estar fuera hasta el martes, pero echaba de menos mi casa.

Justo entonces, llegaron el jardinero y su can.

–Helena, permíteme que te presente a Benjamin.

–Encantado de conocerte...

–Helena es la hija del jardinero que estaba con nosotros antes de que llegaras –explicó Oscar–. Vivió muchos años en tu casita. No hay nada que no sepa sobre Mulberry Court y sus alrededores.

Benjamin, un hombre alto y de cabello canoso, estrechó la mano de Helena.

–Ah, sí... Louise me ha hablado mucho de tu padre –dijo–. Espero que mi trabajo esté a la altura del suyo.

–Por supuesto que lo está –afirmó Helena, encantada–. Ayer dimos un paseo por los jardines y me parecieron preciosos.

Louise le puso una mano en la espalda.

–Bueno, ¿se puede saber qué estamos haciendo aquí? Entrad en casa y os serviré un café.

Benjamin sacudió la cabeza.

–Te lo agradezco mucho, pero tengo que seguir con lo mío.

El jardinero se marchó y Oscar y Helena entraron en la casita de Louise. Al cabo de un rato, cuando ya estaban tomando el café, él dijo:

–¿Conoces los términos del testamento de mi tía abuela?

Louise apartó la mirada, aparentemente incómoda.

–No, solo sé que me ha dejado una suma muy generosa de dinero y que debo permanecer aquí hasta que... bueno, hasta que se tome una decisión sobre el futuro de la propiedad –respondió–. Me duele que Mulberry Court acabe en manos de desconocidos. Aunque la vida es así. Todo cambia.

Oscar carraspeó.

–Bueno, no te preocupes ahora por eso. Isobel nos dejó la propiedad a Helena y a mí, a partes iguales, pero no la venderemos hasta dentro de un año... De hecho, Helena ha tomado la decisión de quedarse a vivir una temporada –le informó.

La cara de Louise se iluminó al instante.

–Vaya, por fin podré dormir tranquilamente... no había pegado ojo desde que falleció la señora Theotokis. Y me consta que Benjamin también estaba preocupado. Creíamos que tendríamos que hacer las maletas y marcharnos cualquier día de estos.

Oscar dejó su taza de café en la mesita y se levantó.

–Ayer estuvimos en la casa, pero queremos echarle otro vistazo. Puede que se nos ocurra algo más que hacer.

–He estado allí casi todos los días desde la muerte de tu tía abuela –declaró Louise–. Abro las ventanas y limpio el polvo...

–Y no solo eso –intervino Helena–. Hasta te has molestado en poner flores en la mesa del salón...

Louise asintió.

–Me alegra que te hayas fijado. Benjamin y yo nos turnamos para mantener encendida la estufa de la cocina, pero todavía tengo que limpiar los armarios... francamente, no sabía que hacer. Sin la señora Theotokis, Mulberry Court es como un barco sin capitán.

–Pero ahora seremos más en la tripulación –le aseguró Helena–. Tengo que volver a Londres para arreglar mis cosas, pero estaré aquí dentro de tres o cuatro semanas como mucho.

Tras unos minutos más de conversación, Louise los acompañó a la puerta. Y antes de que se marcharan, les dio un cartón de leche.

–Es por si os apetece tomar algo mientras estáis en la casa –declaró–. Si necesitáis algo, pegadme un grito.

Helena y Oscar volvieron al coche, que aparcaron en el vado.

–Isobel tuvo mucha suerte con Louise, ¿no crees? Es una mujer encantadora.

Oscar asintió.

–Sí. Sé que la apreciaba mucho.

Salieron del coche y caminaron hacia la entrada principal. Hacía un día despejado, pero tan ventoso que el cabello de Helena le tapó los ojos durante un par de segundos. Al llegar a la puerta, ella se echó el pelo hacia atrás y buscó las llaves en el bolso.

–Hoy me toca abrir a mí –dijo.

Entraron en la casa y se dirigieron a la cocina.

–Iré a hablar con Benjamin –le informó él–. Le gustará saber que contamos con él hasta dentro de un año, aunque siempre cabe la posibilidad de que el propietario nuevo decida mantenerlo en su puesto. Mulberry Court es un lugar muy grande. Si no se cuidan los jardines, terminarían convertidos en una selva.

Helena no necesitaba que se lo recordaran. Su padre trabajaba a destajo en el jardín; y en otoño tenía que contratar a un par de personas para que le ayudaran a recoger la fruta.

—Benjamin me ha caído bien. Parece una buena persona... y me ha dado la impresión de que tiene una relación muy estrecha con Louise.

Oscar asintió.

—Sí, su suerte cambió por completo cuando Isobel se decidió a contratarlo.

Ella arqueó una ceja.

—¿Y eso?

—Al parecer, había perdido su empleo en la ciudad y se alojaba en casa de un amigo cuando se enteró de que buscaban un jardinero en Mulberry Court. Al oír su historia, Isobel decidió darle una oportunidad. Y resultó un jardinero excelente.

—¿Qué quieres decir con lo de su historia?

—Bueno... Benjamin era un hombre de negocios que perdió su empresa y a su esposa al mismo tiempo. Según me contaron, su divorcio fue bastante desagradable y su exmujer no le dejaba ver a sus dos hijos. Isobel pensó que Mulberry Court era lo que necesitaba para empezar una nueva vida. Y tenía razón.

Oscar se alejó hacia la puerta y añadió, antes de salir:

–Volveré pronto.

Helena se quedó en la cocina, maravillada ante el hecho de que todo aquello fuera súbitamente de su propiedad. Y estaba decidida a aprovechar su tiempo en Mulberry Court hasta que la vendieran.

Durante un rato, se dedicó a comprobar el contenido de los armarios, que estaban llenos; Louise había vaciado el frigorífico, pero la nevera de la parte de atrás tenía alimentos suficientes para preparar algo de comer. Cuando se cansó, salió de la cocina y dio un paseo por la planta baja antes de dirigirse a las escaleras.

Pero no subió. Aunque Isobel le hubiera dejado la mitad de la propiedad, se sentía una intrusa en ella. Siempre había sido la casa de los Theotokis.

De vuelta a la cocina, miró el reloj y vio que casi era la hora de comer. Oscar no había regresado todavía, de modo que consideró la posibilidad de preparar algo rápido y de hacer café, aprovechando que Louise les había dado un cartón de leche.

El café ya había terminado de subir cuando Oscar apareció súbitamente y la asustó tanto que parte del café se le cayó y se quemó en la mano.

–¡Ay!

–Oh, no...

Oscar la llevó rápidamente a la pila. Después,

abrió el grifo y le puso la mano bajo el chorro de agua fría.

–Maldita sea. Qué tonta soy... –protestó ella.

Oscar cerró el grifo, le secó la mano con unos pañuelos de papel y le examinó la piel, que estaba enrojecida.

–No te preocupes. No es nada importante.

Él se acercó a la cafetera y le sirvió una taza.

–Toma... bebe un poco. Te sentirás mejor.

Helena abrió uno de los armarios, sacó una caja de galletas y se sentó junto a la mesa..

–¿Has hablado con Benjamin?

–Sí, y está encantado de quedarse un año más. Dice que así tendrá tiempo de acostumbrarse a la idea de dejar Mulberry Court.

–Y nosotros tendremos la seguridad de que Mulberry Court está en buenas manos... –observó ella.

Oscar se llevó una galleta a la boca y preguntó:

–¿Has visto algo más que te interese? ¿Algo que te quieras quedar?

–No, nada, pero tendré tiempo de sobra para pensarlo cuando vuelva de Londres. Tenía intención de regresar esta tarde, a primera hora, cuando recoja mi equipaje y pague la cuenta de mi habitación.

–Ya he pagado tu cuenta.

Ella lo miró con sorpresa.

–¿Cuánto ha sido? –preguntó, mientras echaba mano al bolso.

–No me acuerdo –mintió–, pero me ha parecido bastante razonable.

A Helena no le hizo gracia que Oscar le pagara la habitación. Aunque fuera rico, no necesitaba su dinero.

–Pues será mejor que te acuerdes.

Él hizo un gesto de desdén.

–Olvídalo. No es importante.

Helena suspiró, pero dejó pasar el asunto. No estaba de humor para discutir con Oscar; sobre todo, porque sabía que siempre perdía sus discusiones con él.

Echó otro trago de café y cayó en la cuenta de sus piernas se estaban rozando por debajo de la mesa. El calor de Oscar era tan reconfortante que tuvo que hacer un esfuerzo para expulsar los pensamientos que asaltaron su mente.

El destino había sido amable y cruel con ella, al mismo tiempo. Por una parte, había recibido una herencia con la que nunca se habría atrevido a soñar; por otra, la herencia estaba ligada a un griego impresionante que, años atrás, le había robado el corazón.

A Helena le habría gustado que Oscar y ella pudieran tener un futuro, pero se dijo que debía afrontar la realidad. Fueran cuales fueran sus circunstancias, Oscar no la quería; de hecho, no quería estar con nadie.

–¿Te sigue doliendo?

La pregunta de Oscar la dejó desconcertada. Por un momento, pensó que se refería a la ruptura de la relación que habían mantenido en el pasado; pero evidentemente, solo se refería a la quemadura de café.

–No, no... ya casi no me duele.

A pesar de su afirmación, Helena dejó escapar una lágrima solitaria. Oscar lo notó, le tomó la mano herida y le dio un beso en ella.

–Así te sentirás mejor –dijo.

Tras unos segundos de silencio tenso, él se puso en pie y la levantó de la silla. Acto seguido, la tomó entre sus brazos y le dio un beso que la tomó por sorpresa y que la dejó literalmente sin aire.

–Oscar...

Helena quiso resistirse. Pero era demasiado tarde. Estaba entre sus brazos, sometida a su ágil y fuerte cuerpo, completamente impotente.

A pesar de ello, se apartó un poco e intentó recobrar el control.

–Oscar... esto no... no deberíamos...

–Oh, Helena... *kardia mou*.

La voz de Oscar, profunda y suave, estuvo a punto de conquistarla. Sonó como el rugido de un animal salvaje que reclamara su presa.

Pero, precisamente por eso, tuvo el efecto contrario.

–No, Oscar, no. Es demasiado tarde para nosotros.

Una hora después, regresaron al hotel para recoger las pertenencias de Helena.

Durante el trayecto en coche, ella permaneció callada. Oscar la había besado con tanta pasión que se había sentido en el paraíso; pero ya no era la adolescente inexperta que había sido y no había posibilidad alguna de volver atrás.

Sin embargo, tampoco podía negar que lo había disfrutado. Oscar tampoco era el jovencito de entonces. Se había convertido en un hombre experto y terriblemente sensual, más intenso, más vital y más excitante que nunca.

Le lanzó una mirada subrepticia y admiró su perfil recto y su mandíbula fuerte. Estaba convencida de que, para él, aquel beso solo había sido un eco de los viejos tiempos, una especie de sombra del pasado. Pero para ella era diferente. Y no quería que repitiera. Tenía que alejarse de él; huir de la tentación.

En cuanto a Oscar, que estaba concentrado en la conducción del vehículo, había tomado una de sus típicas decisiones inequívocas. Su tiempo era oro y la vida, demasiado corta como para malgastarla. Su relación con Helena no tenía ningún futuro. Con un poco de suerte, podía conseguir que confiara en él; pero no conseguiría su amor.

Entonces, sonrió para sus adentros y pensó que no todo estaba perdido. Era evidente que todavía lo deseaba. Lo había notado por su forma de reaccionar cuando la besó. Y también había notado que seguía siendo la misma mujer cálida y apasionada de siempre.

Aunque no tuviera su amor, podía tener su cuerpo.

Capítulo 5

TRES semanas después, a primera hora de una mañana, Oscar echó un último vistazo a su despacho de Atenas y empezó a guardar sus pertenencias en la bolsa que siempre usaba cuando se iba de viaje.

Gracias a su secretaria, un coche estaba esperando en la entrada del edificio para llevarlo al aeropuerto, donde se embarcaría inmediatamente en su jet privado. Y mientras caminaba hacia el ascensor, se sintió rejuvenecer. Solo podía estar fuera unos días, pero estaría con Helena, que volvía a Mulberry Court esa misma tarde.

Horas después, cuando el reactor iniciaba la maniobra de descenso hacia el aeropuerto londinense de Heathrow, Oscar miró por la ventanilla. La reaparición de Helena había trastocado completamente su mundo, pero no le importaba; solo sabía que necesitaba estar con ella.

Mantenerse alejado de Helena, era inútil. Además, ya habían estado lejos demasiado tiempo. Durante diez largos años.

* * *

Helena se remangó la blusa y terminó de pasar la aspiradora por el piso de Londres. A continuación, echó un último vistazo para asegurarse de que todo estaba limpio y de que no se había dejado nada.

Las semanas anteriores habían sido bastante tranquilas. Simon casi no aparecía por el trabajo y sus compañeras, que le habían organizado una fiesta de despedida, fueron especialmente amables con ella; de hecho, Helena sospechaba que envidiaban su suerte.

Pero en ese momento, sus sentimientos eran contradictorios. Estaba a punto de romper con la normalidad y la rutina de la vida que había llevado hasta entonces. Habría dado cualquier cosa por saber si había tomado la decisión correcta.

Se secó el sudor de la frente con la mano y pensó en el beso de Oscar y en las últimas horas que habían pasado juntos. Apenas cruzaron unas palabras cuando aquel día volvieron al hotel para recoger sus pertenencias. Y al final, se despidieron en la calle y se marcharon en sus respectivos coches.

Desde entonces, solo habían hablado una vez, por teléfono. Sorprendentemente, Oscar había llamado para preguntarle cuándo pensaba volver a Mulberry Court.

Recogió su edredón, que había dejado en la entrada del piso y lo llevó a su coche, que estaba abarrotado de objetos. Helena se había quedado atónita al ver todo lo que tenía. No sabía que hubiera acumulado tantas cosas durante los años anteriores.

Por fortuna, ya había terminado.

Volvió a mirar el piso que había sido su hogar y sintió una punzada de tristeza, pero se dijo que debía seguir adelante y que, en cualquier caso, Londres seguiría estando donde estaba, esperándola.

Minutos después, entró en el coche y giró la llave de contacto.

Pero el motor no arrancó.

Helena esperó unos segundos y lo intentó una y otra vez, con idéntico resultado, hasta que se rindió a la evidencia de que se había estropeado con todas sus pertenencias dentro.

Desesperada, sacó el teléfono móvil y llamó a una grúa. Lamentablemente, su piso se encontraba en una zona residencial bastante alejada y le dijeron que tardarían un par de horas en llegar.

Helena cortó la comunicación y suspiró, maldiciéndose a sí misma por no haber alquilado una furgoneta, como pretendía al principio. Sin embargo, las cosas se habían complicado y, al final, olvidó el asunto.

Al cabo de unos segundos, el teléfono empezó a sonar. Helena pensó que serían los de la grúa y que llamaban para decir que podían llegar antes, pero se llevó una sorpresa.

Era Oscar.

—¿Ya has llegado? —preguntó él, directamente.

Ella tragó saliva.

—No, aún no...

—¿Y eso?

–Mi coche no quiere arrancar. He llamado a la grúa, pero no llegarán hasta dentro de dos horas y no tengo más remedio que esperarlos.

–¿Dónde estás?

Helena apretó los dientes.

–Delante de mi casa. Bueno... de mi excasa –respondió–. Y el coche está tan lleno que apenas tengo sitio para sentarme.

Oscar permaneció en silencio unos segundos y luego dijo, con humor:

–Así es la vida... ten paciencia. Todo se arreglará.

Él cortó la comunicación y Helena sonrió a su pesar. Aunque no pudiera ayudarla, se alegraba de haber oído su voz.

Después, echó un trago de agua y miró la hora. Eran las dos de la tarde y en el interior del coche hacía tanto calor que, al cabo de unos minutos, a pesar de sus esfuerzos por mantenerse despierta, se quedó dormida.

Y estuvo dormida hasta que una voz, sospechosamente parecida a la de Oscar, la sacó de sus sueños.

–Despierta, Helena... tenemos cosas que hacer.

Helena abrió los ojos y se quedó asombrada al ver a Oscar. Estaba allí, delante de ella, sonriendo.

–¿Oscar?

–Sí, soy yo –dijo con humor.

–¿Qué estás haciendo aquí? ¿Por qué no estás en Grecia?

–Porque tenía que asegurarme de que llegues a Mulberry Court –contestó–. Hoy mismo, a ser posible.

Helena lo miró con incredulidad. No sabía que Oscar tuviera intención de viajar a Inglaterra y, mucho menos, que fuera a presentarse en ese momento.

–Ya había llegado a Londres cuando te llamé por teléfono –continuó él–. De hecho, llamé porque quería asegurarme de que estabas bien.

Ella salió del coche y vio el todoterreno que estaba aparcado detrás.

–¿Es tuyo?

Oscar asintió.

–Sí. Supuse que tus cosas no cabrían en mi Ferrari, de modo que he alquilado un todoterreno... Y por lo que veo, he hecho bien.

Helena todavía no salía de su asombro.

–¿Y qué vamos a hacer con mi coche? No lo podemos dejar aquí... además, los de la grúa han dicho que llegarían en un par de horas.

Oscar se encogió de hombros.

–Llámalos por teléfono y diles que dejarás las llaves del coche en el concesionario local y que pasen a buscarlas para llevarse el vehículo. El concesionario está cerca de aquí, a un par de kilómetros de distancia.

–Pero...

–No te preocupes, Helena –la interrumpió–. Tu coche se puede quedar en el garaje hasta que vuel-

vas a recogerlo. Y ahora, será mejor que empecemos a cargar tus cosas.

Helena, que aún no se había despertado del todo,
se sintió profundamente agradecida a Oscar. Mientras él empezaba a llevar sus pertenencias al todoterreno, ella llamó por teléfono a la grúa, donde se
alegraron al saber que ya no tenían que salir con urgencia y que podían llevarse el coche en otro momento.

Cortó la comunicación y se dedicó a sacar cajas
que él cargaba después en el vehículo alquilado;
pero más tarde, cuando llegó la hora de mover las
cajas más pesadas, Oscar se dio cuenta de que no
podía con ellas y se acercó a echarle una mano.

–Dijiste que tenías un montón de libros –comentó
con una sonrisa–. Y al parecer, no exagerabas...

Helena respiró hondo, intensamente consciente
de su cercanía. Oscar llevaba unos vaqueros y una
camiseta de un equipo de rugby, que le daba un aspecto juvenil potenciado por los mechones de pelo
negro que le caían sobre la frente.

Cuando por fin terminaron, subieron al todoterreno y se pusieron en marcha.

–¿Qué tal en el trabajo? ¿Cómo ha ido la despedida? –preguntó él.

Ella se encogió de hombros y se acordó de las
palabras secas y formales que le había dedicado Simon.

–Bien, sin problemas –contestó.

–Supongo que no habrás comido nada, ¿verdad? Y se está haciendo tarde... ¿Quieres que paremos a comer en algún sitio?

Helena le lanzó una mirada.

–¿Tú has comido?

–Tomé algo en el avión.

–Yo no soy precisamente una entusiasta de la comida de los aviones –comento–. ¿Qué te han puesto?

Oscar sonrió.

–Lo que les he pedido.

–¿Cómo?

–Es que he viajado en el reactor de mi empresa –explicó.

Helena se giró hacia la ventanilla, molesta por su propia estupidez. Evidentemente, Oscar Theotokis no era un hombre que estuviera dispuesto a viajar con el resto de los mortales; ni siquiera en primera clase.

No, él viajaba en su avión.

Suspiró, apretó las manos sobre el regazo y pensó en lo que debía sentir al tener tanto dinero. Podía hacer lo que quisiera y cuando quisiera.

–Bueno, ¿quieres que paremos a comer? –insistió.

Ella sacudió la cabeza.

–No, quizás más tarde. Ahora prefiero que sigamos adelante. Además, comí algo rápido antes de salir de casa.

Estuvieron en silencio durante un rato, sumidos

en sus propios pensamientos. Oscar era muy consciente de lo que atractiva que estaba con los pantalones blancos y la camiseta amarilla que se había puesto. Siempre se las arreglaba para parecer sexy con cualquier cosa. Tenía una elegancia natural.

Pensó en las tres semanas que habían pasado desde que la tomó entre sus brazos y la besó y se preguntó cuánto tiempo más podría esperar. La deseaba con toda su alma. Pero se recordó que la estrategia era fundamental y que, si cometía el error de actuar con demasiada rapidez, la perdería para siempre.

En cuanto a Helena, se preguntaba si Oscar habría pensado alguna vez en el efecto que aquel beso había causado en ella. Había sido un contacto breve, pero suficiente para avivar un fuego que creía apagado.

Sin embargo, estaba segura de que Oscar no había sentido lo mismo. Y aunque se hubiera portado como un caballero al acercarse a su casa para ayudar con la mudanza, se dijo que no lo había hecho por caballerosidad, sino por necesidad; a fin de cuentas, el testamento de Isobel los había convertido en socios.

Por fin, abandonaron la autopista y tomaron una carretera secundaria que avanzaba por una zona particularmente hermosa. Helena se relajó y se dedicó a contemplar las colinas y los prados, donde a veces se distinguía algún rebaño de ovejas. Llevaba tanto tiempo en la ciudad que la vista le alegró los ojos. Necesitaba estar un par de meses lejos de las aglomeraciones y del ruido.

–¿Te apetece que paremos ahora? Por aquí hay muchos sitios interesantes donde se puede comer...

Helena no tuvo más remedio que asentir. A decir verdad, estaba hambrienta.

–Sí, gracias. Pero si te parece bien, prefiero que disfrutemos de un picnic. Llevo comida en una de las bolsas.

En realidad, lo que Helena llevaba no daba para un picnic en condiciones. Se había limitado a guardar un termo con café, una tableta de chocolate y una ensalada que había preparado con lo único que quedaba en el frigorífico: un tomate, un pepino pequeño, un champiñón solitario y algo de lechuga.

Minutos más tarde, Oscar detuvo el vehículo junto la valla de una granja. Después, salieron del todoterreno.

–Hace un día precioso, ¿verdad? –dijo él.

–Sí que lo es.

Oscar abrió la puerta de la valla y caminaron hasta un claro, donde se sentaron a comer.

–Quizás he exagerado un poco al hablar de picnic... –declaró ella mientras sacaba las cosas–. No esperes nada excepcional. Esto es lo que me quedaba en casa.

–No esperaba nada, Helena... Además, yo no tengo hambre; te recuerdo que ya comí en el avión.

–Bueno, en ese caso te puedo ofrecer un café.

–Eso estaría bien.

Helena abrió el termo y le sirvió un café en el tapón de plástico. Cuando se lo dio, sus miradas se encontraron y ella se sintió tan embriagada por su magnetismo que tuvo que hacer un esfuerzo sobrehumano para girar la cabeza.

En ese momento no habría sido capaz de expresar sus sentimientos con palabras. Solo sabía que se sentía a salvo y sorprendentemente feliz en compañía de Oscar; una situación que, un mes antes, le habría parecido imposible.

Mientras ella se tomaba la ensalada, él se recostó a su lado y disfrutó del café; pero la comida era tan frugal que la terminó enseguida.

–¡Mira! ¡No me lo puedo creer! –exclamó entonces–. Hay prímulas en el prado... ¡Hacía años que no veía prímulas!

Oscar la miró sin entender nada.

–¿Prímulas? ¿Qué es eso?

Helena se levantó.

–Es una flor silvestre muy rara de encontrar... de hecho, me llevaría un ramo si no fueran tan escasas –respondió–. Pero voy a verlas de cerca.

Oscar extendió las piernas, se apoyó en los codos y se dedicó a observar a Helena mientras paseaba entre las plantas y se inclinaba para tocar las flores, con cuidado de no dañarlas. A diferencia de las mujeres a las que había conocido, Helena podía ser fe-

liz con cualquier cosa. Y hacerle feliz a él con cualquier cosa.

Cuando Helena volvió de su paseo por el prado,
regresaron al coche y se pusieron en marcha; pero
al cabo de un par de minutos, unas vacas invadieron
la carretera y obligaron a Oscar a bajar la velocidad.

–Esto nos va a retrasar un poco –dijo.

Cuando dejaron atrás a las vacas y al pastor, que
iba en compañía de dos perros, Helena comentó:

–Espero que Benjamin me permita acompañarle
en sus paseos con Rosie. Siempre me han encantado
los perros.

–Entonces, ¿por qué no tienes uno?

–Porque el piso de Londres era demasiado pequeño y, en cualquier caso, no habría tenido tiempo
para él.

Mientras hablaba, Helena admiró el perfil de Oscar y los duros músculos de sus piernas, muy evi-
dentes bajo los pantalones vaqueros. En su opinión,
era de la clase de hombres con los que cualquier mujer habría querido estar.

Pero tragó saliva, se giró hacia la ventanilla y se
dijo que estaba soñando despierta. Oscar no sería
nunca suyo.

Cuando llegaron a Dorset, ya se había hecho
tarde. Louise se mostró aliviada al ver que estaban
sanos y salvos y se sorprendió al ver el todoterreno
alquilado que, naturalmente, no había visto nunca.

–¿Y ese coche? –preguntó.

–Es de alquiler –contestó Helena–. Mi utilitario no arrancaba esta mañana y Oscar ha tenido la amabilidad de ir a buscarme.

Louise le lanzó una mirada llena de picardía.

–Vaya, Oscar, te has tomado muchas molestias... –comentó.

Louise se apartó la puerta de la casita y los invitó a entrar a tomar un café, pero Helena sacudió la cabeza.

–Te lo agradezco mucho, pero tengo todas mis cosas en el coche y me gustaría sacarlas antes de que se haga más tarde.

–Como queráis. He dejado bastante comida en la casa; suficiente para dos –explicó Louise–. Y todas las habitaciones están preparadas.

En cuanto llegaron a Mulberry Court, Oscar y Helena empezaron a descargar el todoterreno.

–¿Por qué no entras en la casa, descansas un poco y te tomas un té? –preguntó Oscar–. Yo me encargo de esto.

En otras circunstancias, Helena se habría negado; pero estaba cansada y aceptó el ofrecimiento sin rechistar.

Se dirigió a la cocina, abrió el frigorífico y descubrió que Louise les había dejado uno de sus famosos pasteles de carne. Helena lo sacó y pensó que estaría perfecto después de calentarlo en el horno.

Oscar apareció poco después.

–He dejado muchas de tus cosas en tu habitación

–le informó–, pero he llevado los libros y la música a la biblioteca.

Helena le dedicó una sonrisa de agradecimiento.

–Gracias, Oscar. Mientras la cena se calienta, voy a subir a refrescarme un poco.

Al llegar arriba, descubrió que Oscar había apilado las cajas tan bien que podía llegar a la cama sin dificultades. Y la cama le pareció tan tentadora que sintió la tentación de echarse a dormir.

Sin embargo, se resistió al deseo y entró en el cuarto de baño. No sabía dónde había guardado su neceser, de modo que tuvo que cepillarse el pelo con los dedos.

Se lavó rápidamente y volvió a bajar a la cocina. Oscar estaba junto a la ventana, con las manos en los bolsillos de los pantalones.

–Huele muy bien –dijo él.

–Sí, ¿verdad? Louise siempre ha sido una gran cocinera –afirmó–. Y sus pasteles de carne son maravillosos...

–Desde luego que lo son.

Después de cenar, Helena se atrevió a formular la pregunta que le había estado rondando la cabeza.

–¿Cuánto tienes que volver a Atenas?

–El lunes, a la hora de comer –contestó Oscar–. Pero antes, tengo que hacer un par de cosas en Dorchester.

Helena asintió, pero no dijo nada. Luego, echó un último trago del vino blanco que Louise les había dejado en el frigorífico y se levantó de la silla.

–Creo que será mejor que me acueste. Estoy realmente agotada –dijo, mirándolo a los ojos–. Gracias por haber ido a buscarme, Oscar; no sé qué habría hecho sin ti. Espero no haberte molestado mucho.

Oscar se levantó lentamente y el pulso de Helena se aceleró al instante. No quería que la noche terminara como la última vez. Ya había tenido bastantes emociones por un día. No estaba preparada para un beso.

Sin embargo, él se limitó a recoger la mesa y a llevar los platos, los vasos y los cubiertos a la pila.

–Tú no me molestas nunca, Helena. Además, no te podía dejar en la estacada.

Oscar hizo un esfuerzo y le dio la espalda para no caer en la tentación de abalanzarse sobre ella. Helena no era como Allegra o Callidora, mujeres desinhibidas que sin duda alguna habrían querido que les hiciera el amor. Helena era más tímida. Y si quería volver a conquistar su corazón, tendría que tomárselo con calma.

Sin embargo, estaba seguro de poder conseguirlo. Solo debía esperar hasta que se presentara el momento adecuado.

–Buenas noches, Helena.

Capítulo 6

OSCAR volvió a Mulberry Court al día siguiente, por la tarde, con los limpiaparabrisas funcionando a toda velocidad.

No esperaba estar tanto tiempo en Dorchester, pero se había encontrado inesperadamente con John Mayhew y decidieron tomar una copa en el hotel The Bear. Oscar envió un mensaje a Helena para advertirle de que llegaría tarde, pero ella no contestó.

Al llegar a la casa, entró por la puerta de la cocina. Como Helena no estaba allí, supuso que habría subido a su dormitorio a ordenar sus cosas.

Puso una cafetera en el fuego y se acercó a la ventana. Llovía tanto que Oscar echó de menos las paradisíacas islas griegas, a las que iba siempre que podía. Le habría gustado estar allí, contemplando las aguas azules de un mar que competía con el azul intenso del cielo. En las islas, el tiempo parecía irrelevante.

Pero ahora estaba en Inglaterra y ese era su clima normal.

De repente, Benjamin y Rosie aparecieron entre los árboles de la parte delantera de la casa. Debían de llevar un buen rato en el exterior, porque estaban empapados. Cuando Benjamin vio a Oscar en la ventana, lo saludó con la mano y dijo algo ininteligible antes de dirigirse a toda prisa hacia la puerta de la cocina.

Oscar le abrió la puerta, pero el jardinero se quedó en el umbral.

–¿Le podrías decir a Helena que ya he encontrado a este maldito animal?

Oscar arqueó una ceja.

–¿Qué ha pasado?

–Bueno, estábamos dando un paseo por la propiedad cuando Rosie ha olfateado algo y ha salido corriendo –explicó–. Es una perra muy obediente, pero esta vez no respondía a mis llamadas y me ha dado miedo de que saliera de la propiedad y la atropellara un coche al cruzar alguna de las carreteras.

–Sí, claro...

–Cuando Helena lo ha sabido, se ha empeñado en acompañarme. Ha dicho que sabía dónde buscar, porque conoce bien la zona; pero como no la encontrábamos, nos hemos separado para buscar mejor... Yo he ido hacia el oeste y ella, hacia el este –Benjamin se apartó un mechón mojado de la cara–. Ya estaba prácticamente agotado cuando Rosie ha aparecido. Me ha hecho andar varios kilómetros.

–Pues no estoy seguro de que Helena haya vuelto...

–Eso no es posible. Tiene que estar aquí. Acordamos que, si no encontrábamos a Rosie, dejaríamos de buscar y volveríamos a la casa.

Oscar lo pensó un momento y preguntó:

–¿Por dónde se ha ido?

Benjamin le dio las indicaciones oportunas y Oscar asintió. Conocía muy bien el lugar; lo conocía casi tan bien como la propia Helena, aunque hacía tiempo que no pasaba por allí.

Tras asegurarse de que efectivamente no había regresado a la casa, Oscar se sirvió un café, abrió el periódico del domingo y echó un vistazo al reloj de pared de la cocina. Suponía que Helena volvería en cualquier momento, aunque se preocupó un poco al ver que se había dejado el móvil en la mesa.

Al cabo de un rato, tomó una decisión.

Dejó el periódico a un lado, entró en el vestíbulo y se puso el chubasquero que había colgado allí. Ya había pasado demasiado tiempo. No le quedaba más opción que salir a buscarla.

Su preocupación aumentó mientras caminaba por el campo. Faltaban unas cuantas horas para el anochecer, pero el cielo estaba más encapotado y llovía con más fuerza que antes. No era un día precisamente adecuado para vagar en soledad.

Apretó el paso y, al llegar al camino principal, giró hacia el bosquecillo adonde solían llevar a Bella en los viejos tiempos. A escasa distancia, había una colina desde la que se divisaba toda la zona; así que subió a lo más alto y miró a su alrededor.

Obviamente, no había nadie. Y no se oía nada salvo la lluvia y el sonido de sus propios pasos en la tierra empapada.

–¡Helena! ¡Helena!

Helena no respondió, pero la localizó unos segundos después. Estaba abajo, sentada en el escalón de piedra de la entrada de la valla que daba al camino público.

Oscar bajó a toda prisa y se plantó ante ella en un par de minutos.

Helena alzó la cabeza y lo miró con expresión atribulada. Se había puesto un chubasquero, pero no tenía capucha y tenía el pelo empapado. Pero eso no era lo peor; sorprendentemente, iba descalza.

–Oh, Helena...

–¿Rosie ha aparecido?

Oscar asintió.

–Sí. Benjamin pasó por casa hace más o menos una hora. ¿Se puede saber qué demonios te ha pasado?

–Nada, que me olvidé del cenagal. Iba corriendo a toda prisa y me metí sin darme cuenta... al final he conseguido salir, pero una de las zapatillas se ha quedado en alguna parte, hundida en el barro.

–¿Y por qué no llevas la otra?

–Porque caminar con una sola zapatilla es muy incómodo –alegó.

Oscar le dio la mano y la ayudó a ponerse en pie.

–Vámonos.

El camino de vuelta fue lento. Oscar le pasó un brazo alrededor de la cintura y ella se apoyó en él, agradecida; pero de vez en cuando, soltaba un grito de dolor al pisar alguna hoja de pino o alguna ortiga particularmente cruel.

–Habría jurado que sabía dónde se había metido Rosie. A fin de cuentas es una perra y esta época del año es una tentación para ellos... toda la propiedad está llena de conejos. Además, el pobre Benjamin estaba muy preocupado.

Oscar no dijo nada. Se limitó a llevarla a la casa.

–Será mejor que suba a darme un largo baño caliente –dijo ella cuando colgaron los chubasqueros–. Pero antes, ¿me podrías dar una toalla? No quiero caminar por la casa con los pies llenos de barro.

–Espera un momento.

Oscar la sentó en uno de los taburetes. Después, llenó una palangana con agua caliente, alcanzó una toalla limpia y un jabón y se arrodilló ante ella para limpiarle los pies.

Al sentir el contacto de sus manos, Helena sintió una descarga de placer y se ruborizó. Sabía que estaba espantosa; tenía barro por todas partes y el pelo empapado y pegado a la cara; pero Oscar la tocaba y la miraba de tal manera que la hacía sentirse profundamente femenina y deseable.

Lentamente, le enjabonó los pies y siguió por sus pantorrillas, que acarició con movimientos rítmicos y suaves. Helena gimió sin poder evitarlo y cerró los ojos. No recordaba que nadie la hubiera tocado con tanta delicadeza.

–Oh... eso está muy bien... –susurró.

Momentos más tarde, abrió los ojos y descubrió que Oscar la estaba observando con aquellos ojos intensos que siempre la dejaban sin aliento. Era consciente de que la limpieza de sus pies se había convertido en algo peligroso, pero no quería que dejara de tocarla; quería que siguiera eternamente.

Por fin, Oscar le quitó el jabón y empezó a secar. Sabía que sus caricias le estaban gustando, así que sonrió para sus adentros y alargó el proceso más de lo que habría sido necesario en otras circunstancias. De haber podido, le habría hecho el amor allí mismo.

Justo entonces, Helena se dijo que su intimidad se estaba volviendo demasiado intensa y apartó los pies.

—Gracias, Oscar. Ha sido... un detalle por tu parte —declaró con nerviosismo—. Cuando vuelva, preparé algo de cenar.

—De acuerdo.

Un buen rato después, mientras tomaban café en el invernadero, Oscar comentó:

—Te he comprado un coche.

Helena frunció el ceño.

—¿Qué has dicho?

—Que te he comprado un coche —repitió.

—Pero...

—Esta mañana he pensado que necesitarías un vehículo para moverte por la zona y me he puesto en contado con uno de los concesionarios de la ciudad, que lo ha solucionado al instante —explicó—. Está registrado a tu nombre... te lo traerán mañana a primera hora. Es como el que tienes ahora, pero de un modelo más moderno.

Helena no lo podía creer. Además de comprarle un coche sin decirle nada, existía el pequeño problema de que no tenía dinero para pagarlo; sus escasos ahorros solo alcanzaban para la comida.

—Oscar, no puedo pagar un coche...

—Y no tienes que pagarlo.

—¿Qué?

—Ya lo he pagado yo.

—Oscar, no voy a aceptar que...

Oscar la interrumpió.

—Si no lo quieres para ti, me parece bien. Será el coche de Mulberry Court y estará a disposición mientras vivas en la casa. Pero no espero que tú pagues nada.

Helena sacudió la cabeza y se preguntó si lo de comprarle un coche formaba parte de sus planes. Quizás fuera una forma de engatusarla para que le vendiera su parte de la propiedad y se marchara de allí.

Sin embargo, desestimó la idea. Conocía a Oscar lo suficiente como para saber que lo del coche solo había sido un detalle generoso, un intento de ayudar. Aunque si la decisión hubiera dependido de ella, se habría limitado a alquilar uno.

Pasaron unos segundos de silencio tenso. Oscar notaba que Helena no estaba particularmente contenta, pero lo achacó a la larga caminata por el campo y al susto de no encontrar a la perra de Benjamin.

Miró la hora y se levantó de repente.

–Acabo de recordar que he dejado algo importante en el coche.

Oscar salió de la casa. Helena se levantó del taburete y se acercó a la ventana de la cocina. Aún sentía el eco de sus manos en las pantorrillas y en los pies. Había sido una de las experiencias más sensuales de su vida; una experiencia tan sensual que se preguntó si sus repetidos fracasos con los hombres no se deberían al hecho de que seguía enamorada de Oscar Theotokis.

Frunció el ceño y se dijo que esa forma de pensar no la llevaba a ninguna parte.

Entonces, el móvil que estaba en la mesa empezó a sonar. Helena lo alcanzó y respondió antes de darse cuenta de que no era su teléfono, sino el de Oscar.

Pero ya no podía colgar.

–¿Dígame?

–¿Con quién hablo? –preguntó una mujer al otro lado de la línea–. He llamado al teléfono de Oscar Theotokis...

–Sí, sí, no se preocupe. Volverá dentro de un momento –acertó a decir–. ¿Quiere dejarle un mensaje?

Tras unos segundos de duda, la mujer respondió. Hablaba en inglés, pero con un acento muy fuerte.

–Sí, por qué no. Dígale que, desgraciadamente, mi hermana Allegra ha perdido el niño. Sé que Oscar querrá saberlo... Y dígale también que me gustaría hablar con él.

–Pero no me ha dicho su nombre...

–Ah, es cierto. Soy Callidora.

Helena tragó saliva.

–¿No prefiere esperar un poco? Estoy segura de que volverá enseguida.

–No, tengo que irme. Dele mi mensaje, por favor.

La mujer cortó la comunicación y Helena dejó el teléfono donde lo había encontrado. Había cometido un error grave, pero ya no tenía remedio. Y miró el aparato como si le pudiera revelar alguna información.

Allegra, la hermana de Callidora, había perdido el niño que estaba esperando. Un niño que, por algún motivo, era importante para Oscar.

Sacudió la cabeza y empezó a retirar las tazas de café. Oscar apareció en ese instante con un archivador de gran tamaño.

–Te han llamado al teléfono y he contestado... lo siento mucho; pensé que era el mío –explicó sin preámbulos.

–¿Quién era?

–Una mujer. Callidora –contestó–. Llamaba para decirte que su hermana ha perdido el niño y que quiere hablar contigo pronto.

La expresión de Oscar se volvió sombría.

–Oh, vaya.

Helena se mantuvo en silencio.

–¿Le has dicho a Callidora que vuelvo a Grecia mañana?

Ella sacudió la cabeza.

—No. No le he dicho nada.

Helena dejó las tazas en la pila y subió a su dormitorio, donde se metió en la cama. En cuestión de minutos, había pasado de sentirse profundamente seducida por las caricias de Oscar a hundirse en un pozo de depresión e inseguridad.

Sabía muchas cosas de Oscar, pero también había muchas que desconocía.

Cosas que quizás no llegaría a saber.

A medianoche, Oscar se retiró a su habitación. Habría dado lo que fuera por hacer el amor con Helena. Pero esta vez no era pasión pura, sino el deseo de tomarla entre sus brazos y de protegerla.

La había encontrado tan indefensa en el campo, tan vulnerable y tan deseable a la vez, que le llegó al alma. Y más tarde, mientras le lavaba los pies y las pantorrillas, tuvo la certeza de que ella también le deseaba. Lo había visto en sus ojos.

Se detuvo un momento ante la puerta de Helena y escuchó. Al oír su respiración lenta, síntoma inequívoco de que se había quedado dormida, abrió con mucho cuidado y echó un vistazo.

Helena estaba boca arriba, con los brazos por encima de la cabeza y su cabello cayendo sobre la almohada. Llevaba la ropa interior y había quitado el edredón, que yacía junto a la cama, arrugado.

Incapaz de resistirse, entró en la habitación.

La luz de la luna le bañaba la piel, desde el cuello hasta las piernas. Tenía la boca ligeramente entreabierta y sus pechos, embutidos en un sostén de encaje, subían y bajaban al ritmo de su respiración.

Oscar tragó saliva, excitado.

Después, alcanzó el edredón y se lo puso por encima con cuidado de no despertarla. Luego, la miró unos segundos más y susurró, antes de marcharse:

–*Kalinihta, agapi mou.*

Capítulo 7

EL COCHE nuevo, de color azul metálico, llegó el lunes por la mañana. Helena seguía molesta con Oscar por habérselo comprado sin consultarle antes, pero se sintió orgullosa cuando lo condujo por primera vez.

Además, Oscar tenía razón. Si se iba a quedar en Mulberry Court, necesitaba un medio de transporte, bien para ir a Dorchester a hacer la compra o bien, para ir al trabajo cuando encontrara uno.

Entonces, recordó lo impotente que se había sentido cuando vio que su coche no arrancaba y la sorpresa que se había llevado cuando abrió los ojos y descubrió a Oscar al otro lado de la ventanilla, ejerciendo de ángel de la guardia.

A finales de semana, Helena ya estaba perfectamente asentada en la casa. Louise pasaba con frecuencia, para hacer las tareas de costumbre, y Helena disfrutaba enormemente de las conversaciones que mantenían.

Pero su mayor diversión eran los bienes de la casa. Aunque Oscar había tomado algunas notas, quería catalogarlo todo personalmente. Y a medida que avanzaba, se iba dando cuenta de que aquellos objetos pertenecían a Mulberry Court y de que no estaba bien que se los vendieran a unos extraños.

Sin embargo, tenía que ser realista. Ella solo quería las dos figurillas de porcelana y, quizás, algunos de los libros de Isobel. Lo demás tendría que ir a alguna parte.

Se mordió el labio y empezó a pensar en lo que haría cuando vendieran la propiedad de su difunta amiga; podía volver a Londres y alquilar un piso mientras buscaba una residencia permanente, que compraría con el dinero de la venta. Pero no quería plantearse esas cosas. Ahora estaba en Mulberry Court, la casa que siempre había sido un hogar para ella; una casa donde se sentía a salvo.

En cuanto a Oscar, había llamado muchas veces por teléfono. Y cada vez que llamaba, Helena se estremecía al oír su voz. Sabía que no podía mantener una relación con él, que era demasiado peligroso, pero se alegró cuando supo que tenía intención de volver a Gran Bretaña unos días más tarde.

Entonces, empezó a considerar seriamente la posibilidad de olvidar sus temores y dejarse llevar por lo que sentía.

A fin de cuentas, ya no era una adolescente inexperta e incapaz de comprender la diferencia entre el amor y el sexo. Se había convertido en una mujer adulta, capaz de disfrutar de los placeres de la vida. Además, no había nada malo en el deseo de disfrutar de un hombre tan atractivo como Oscar.

Pero esta vez, tendría que ser cuidadosa. No podía empeñar su corazón en el intento.

Solo se trataba de disfrutar del presente.

Helena estaba metiendo la ropa sucia en la lavadora cuando Louise entró en la cocina. Parecía muy preocupada.

—¿Qué pasa, Louise?

—Acabo de recibir una llamada de Sarah, mi prima. Y me temo que no son buenas noticias —contestó.

—Ah...

—Está en el hospital. La pobre ha sufrido un desprendimiento de retina. Por lo visto fue tan repentino que la operaron anoche, aunque espera volver pronto a casa.

—Menos mal.

Louise asintió.

—Sin embargo, necesitará que alguien cuide de ella durante una semana. Y sinceramente, yo soy la única persona que está disponible... soy la única familia que tiene.

—¿Y sus vecinos? ¿No pueden cuidar de ella?

—No. Se lleva muy bien con ellos, pero mi prima es demasiado orgullosa para permitir que la cuiden.

—¿Y cuándo te vas? ¿Ya has comprobado los horarios de los trenes? Si quieres, te puedo llevar a la estación —se ofreció.

Louise se sentó y miró a Helena.

—Sale un tren a las diez y media de la mañana,

pero me disgusta dejarte aquí, sola. Me lo paso tan bien contigo... es como volver a los viejos tiempos –le confesó con ansiedad–. Por otra parte, no sé cuándo estaré de vuelta. Depende de Sarah, de cómo se recupere. Y las cosas llevan más tiempo cuando envejeces.

–No te preocupes por eso.

–¿Cómo no me voy a preocupar? Soy sincera al decir que detesto dejarte sola.

Helena se encogió de hombros.

–Son cosas que pasan, Louise. Nadie tiene la culpa. Sarah te necesita y no tienes más remedio que ir con ella.

Helena empezó a preparar café y siguió hablando.

–Pasaré a buscarte a las nueve y media. Tendremos tiempo de sobra para llevarte a la estación de ferrocarril.

–Te lo agradezco mucho, pero hay algo que todavía no sabes...

–¿A qué te refieres?

–A que Benjamin también se va a marchar. Tiene que ir a ver a sus hijos... una oportunidad que no se le presenta con frecuencia –contestó–. Es un hombre maravilloso, pero su exmujer lo trata mal.

Helena asintió.

–Sí, ya lo sé. Oscar me contó su historia.

Tras unos momentos de silencio, Louise lanzó una mirada a Helena y dijo:

–Es bueno que Oscar vuelva a Mulberry Court, ¿no te parece? No visitaba mucho a Isobel, pero a ella no le importaba porque respetaba sus motivos... siempre decía que trabajaba mucho y que era muy responsable. Ahora vuelve a ser como en los viejos tiempos, cuando venía a pasar las vacaciones.

–Sí, siempre estaba aquí en vacaciones –dijo Helena con naturalidad–. A decir verdad, no nos habíamos visto desde entonces... y si nos vemos ahora, es porque los términos del testamento nos obligan.

Helena le sirvió un café y se sentó con ella a la mesa.

–La vida es tan extraña... –comentó Louise.

–¿Por qué lo dices?

–Porque nunca sabes lo que te puede deparar.

Helena la miró y asintió.

Alrededor de la medianoche del domingo, algo hizo que Helena se despertara en la cama y mirara a su alrededor con sobresalto. Creía haber oído un ruido, así que se levantó y se acercó a la ventana.

No vio nada en absoluto.

Solo la luna, parcialmente oculta tras unas nubes algodonosas. Y solo el susurro del viento en las hojas de los árboles.

Pero algo había cambiado; algo que la puso en un estado de alerta tan tenso que se sintió en la necesidad de echar un vistazo por la casa.

Se puso el camisón y alcanzó el teléfono móvil por si acaso. Acto seguido, salió descalza, bajó por la escalera y continuó hasta el vestíbulo. Entonces, se detuvo. Alguien tosió y una segunda persona susurró algo que no pudo entender.

Helena se quedó helada, pero contuvo su pánico y se dirigió a la ventana de la cocina. Afuera, iluminados por los pilotos de emergencia de la casa, había dos hombres. Y estaban tan concentrados en su esfuerzo por forzar la puerta trasera, que no se dieron cuenta de que los miraba.

Para entonces, el pulso se le había acelerado y la boca se le había quedado seca; pero a pesar de ello, se sentía extrañamente tranquila, como si estuviera viendo una escena de una película de televisión.

Momentos después, uno de los dos hombres se quitó la capucha que le cubría la cara y Helena vio que no era un hombre, sino un joven pálido que estaba en mitad de un ataque de asma. Reconoció inmediatamente los síntomas porque Jason también los había sufrido.

Respiró hondo, se acercó a la puerta, quitó los dos cerrojos y abrió.

—Permítanme que les ahorre el problema, caballeros —dijo con absoluta naturalidad—. ¿Qué desean?

Oscar conducía a toda velocidad, asustado ante lo ocurrido. De hecho, estaba tan asustado que, cuando Helena colgó el teléfono, habría ido directamente al aeropuerto y habría tomado el primer avión si sus negocios no se lo hubieran impedido.

Alguien había intentado entrar en la casa.

Por supuesto, Oscar presionó a Helena para que le diera más detalles, pero además de informarle de que Benjamin y Louise se habían marchado, ella se limitó a decir que el asunto estaba resuelto. Y por fin, tres días más tarde, llegó a Mulberry Court.

Helena, que le estaba esperando en el vestíbulo, abrió la puerta principal y le dedicó una enorme sonrisa.

Levaba el pelo suelto y se había puesto una blusa de estilo rústico y una falda negra que llegaba a los tobillos. Oscar la miró y sus ojos se oscurecieron al instante. Tenía un aspecto tan indefenso e inocente que se maldijo a sí mismo por haber permitido que se quedara sola en la propiedad.

–Hola –dijo ella–. ¿Qué tal el vuelo?

Helena notó su expresión sombría y supo que la iba a someter a un interrogatorio, pero Oscar se limitó a responder breve y secamente a su pregunta antes de dirigirse a su habitación, donde dejó el maletín y la bolsa de viaje.

A continuación, se lavó la cara en el cuarto de baño y se cambió de camisa. Había interrumpido su trabajo para viajar a Gran Bretaña, pero no le preocupaba; gracias a la tecnología, podía trabajar desde Mulberry Court.

Además, ahora tenía otras preocupaciones. Preocupaciones más personales. Preocupaciones que, por primera vez en mucho tiempo, no guardaban relación alguna con su empresa.

Bajó a la cocina y miró a Helena, que estaba preparando algo de comer. Luego, apartó la mirada a regañadientes y se sentó a la mesa, sintiéndose súbitamente agotado. Helena ya había llevado una jarra de agua, una botella de vino y dos copas.

Poco después, ella abrió el horno y sacó un asado con patatas.

—Espero que esté bueno. Se lo he visto hacer muchas veces a Louise, pero yo no lo había preparado hasta ahora.

Oscar guardó silencio y ella se sentó frente a él.

—No sabía que cocinar pudiera ser tan divertido —continuó.

—Tiene un aspecto excelente. Gracias.

Ella apartó la mirada y sirvió dos platos.

—Me pregunto quién vivirá aquí el año que viene. Sea quien sea, será muy afortunado... espero que Mulberry Court acabe en manos de una persona agradable, de una persona que merezca la propiedad.

Comieron en silencio durante unos minutos, hasta que Oscar se hartó de sus dilaciones y decidió ir al grano.

—Quiero que me cuentes lo que pasó, Helena. Y que me lo cuentes bien, con todo lujo de detalles.

Ella respiró hondo.

—No fue nada... en serio.

—¿Que no fue nada? ¿Cómo puedes decir eso?

—preguntó, irritado—. ¡Me parece increíble que les abrieras la puerta en lugar de llamar inmediatamente a la policía! ¿Se puede saber en qué demonios estabas pensando?

Helena intentó mantener la calma.

—Está bien, te lo contaré... ¿Por dónde quieres que empiece?

—Por el principio.

Como ya habían terminado de comer, Helena se levantó, sirvió dos tazas de café y volvió con ellas a la mesa.

—Estaba dormida cuando algo me despertó. No recuerdo qué hora era, pero debía de ser tarde... solo sé que tenía que bajar a ver lo que pasaba.

—Dios mío, Helena...

—No estaba asustada. Bajé·más por curiosidad que por otra cosa.

Oscar la miró con asombro, pero la dejó hablar.

—Al acercarme a la ventana de la cocina, vi que dos hombres intentaban forzar la puerta trasera. Estaban susurrando y uno de ellos no dejaba de toser...

—Y entonces, abriste la puerta.

Helena asintió.

—La abrí porque me di cuenta de que no eran hombres, sino jovencitos. Uno de ellos estaba en plena crisis de asma, de modo que los invité a entrar.

Oscar arqueó las cejas.

—¿Que los invitaste a entrar?

—Por supuesto que sí.

–*Ya to onoma tou Theiou!*

–¿Cómo? –preguntó Helena.

–¡Que debiste llamar a la policía!

–Eso ya lo has dicho antes, Oscar. Pero habría sido malgastar el dinero público.

–Sinceramente, no te entiendo –declaró, desesperado.

–Habría llamado a la policía si hubieran sido un par de maleantes que intentaban derribar la puerta o causar algún daño, pero solo eran un par de chicos que estaban probando unas llaves para ver si alguna de ellas abría. Ni siquiera se les ocurrió que los pestillos estuvieran echados –explicó con una sonrisa.

–¿Y eso te parece divertido?

–Me lo parece porque lo es.

–Helena, no dudo que solo fueran unos chicos... pero eran dos y te podrían haber hecho cualquier cosa –le recordó.

Helena no dijo nada.

–Además, podrías haber llamado a Benjamin –siguió hablando él–. Lo conozco y sé que habría venido de inmediato.

–No quería llamar a Benjamin. Estaba con sus hijos.

Oscar apretó los labios. Helena se había enfrentado a una situación potencialmente peligrosa sin ayuda de nadie, completamente sola.

Era algo inadmisible.

–Pregunté qué estaban haciendo y me contestaron. Al parecer, le dijeron a su madre que se quedarían a dormir en casa de un amigo... pero en realidad, tenían intención de pasar la noche por ahí.

–¿Y cómo terminaron en Mulberry Court? ¿Por qué intentaban forzar la puerta? –preguntó Oscar.

–Porque Harry, que solo tiene doce años, sufrió un ataque de asma. Entonces les dio miedo y buscaron un sitio donde cobijarse.

–Podrían haber vuelto a su casa...

–No podían, Oscar. Dijeron que su madre les mataría si se llegaba a enterar de lo que había pasado.

–Pero, ¿por qué vinieron aquí precisamente?

Helena sacudió la cabeza con incredulidad.

–Me extraña que preguntes eso... Mulberry Court es un lugar muy conocido entre los jovencitos de la zona. Además, parece ser que Isobel los invitaba a sus amigos y a ellos de vez en cuando –respondió.

Oscar no dijo nada.

–Isobel siempre confiaba en la gente. Por eso la querían tanto –añadió Helena.

–Ya. ¿Y qué pasó después?

–Bueno, les preparé una cama para que pasaran la noche y...

–¿Que les preparaste una cama?

–Eso he dicho.

–¿Dejaste que durmieran aquí?

–Sí, claro que sí. Después de calmar a Harry, de asegurarme de que respiraba mejor y de prepararles un chocolate caliente. Son muy buenos chicos.

Oscar suspiró.

–¿Y dónde durmieron?

–No te preocupes, no les ofrecí ni tu cama ni la mía. Les llevé un par de edredones y se quedaron en el salón. Harry durmió en el sofá y Caleb, su hermano, en unos cojines que puse en el suelo.

Oscar no salía de su asombro.

–¡Podrían haber robado algo, Helena!

Helena suspiró con exasperación.

–¿Cuándo? No los dejé solos en ningún momento, excepto un par de minutos para llevarles los edredones y los cojines, que saqué de las sillas del invernadero. Y después, se quedaron dormidos enseguida... Te aseguro que no falta nada de nada. No se han llevado ni una maldita cucharilla.

–Ya, bueno... ¿y a qué hora se han marchado?

–Los he levantado a las ocho en punto y les he preparado algo de desayunar –contestó, encogiéndose de hombros–. Se han ido después de que les soltara una buena reprimenda por lo que han hecho.

–Es lo menos que debías hacer.

–Me han dado las gracias por todo... ¿no te parece encantador?

Oscar la miró, dominado por emociones contradictorias. Helena tenía razón; después de oír la historia, debía admitir que no había corrido ningún peligro. Pero las cosas podrían haber sido distintas. En lugar de un par de chicos, podrían haber sido dos delincuentes.

–¿Y tú? ¿Al final conseguiste dormir?

Helena sacudió la cabeza.

–No, estaba tan despierta que no pude pegar ojo. Fui a la salita de estar y me dediqué a ver películas.

–Por no molestar a nuestros invitados, supongo –comentó con ironía.

–Naturalmente. Es lo que Isobel habría hecho.

Oscar se inclinó hacia delante y rellenó sus copas de vino.

–No sé cuánto tiempo vas a quedarte en Mulberry Court, Helena, pero lo he arreglado todo para quedarme contigo. Por lo menos, hasta que Louise vuelva.

–Eso es absurdo...

Oscar sacudió la cabeza.

–No quiero que estés sola.

Helena lo miró con expresión desafiante.

–Soy perfectamente capaz de cuidar de mí misma, Oscar. Además, Benjamin ya ha regresado –le recordó... no pierdas el tiempo por mi culpa.

–No lo voy a perder. Trabajaré en mi despacho.

Oscar no le dijo toda la verdad. Tenía intención de llevarse a Helena de Mulberry Court, lejos de los recuerdos del pasado que se interponían entre ellos.

Sabía que iba a ser difícil, pero estaba decidido a conseguirlo.

Y al final, si todo salía según sus planes, le haría el amor bajo el seductor influjo de un cielo mediterráneo.

AQUELLA noche, mientras se preparaba para acostarse, Oscar pensó en lo que Helena le había contado.

Le resultaba difícil de creer que hubiera abierto la puerta, en plena noche, a unos desconocidos que pretendían entrar en la casa. Y precisamente, cuando Louise y Benjamin se habían marchado. Cuando nadie podría haber acudido en su ayuda.

Ni siquiera se atrevía a pensar en lo que podía haber pasado.

Se metió en la ducha y, tras unos minutos de relax, se puso una toalla alrededor de la cintura y se secó el pelo con otra. Debía encontrar el modo de convencer a Helena de que necesitaba unos cuantos días al sol, lejos del clima infernalmente húmedo de Dorset. Y para convencerla, debía encontrar el momento adecuado.

Pero lo conseguiría. No tenía la menor duda al respecto.

Ya estaba a punto de meterse en la cama cuando oyó un ruido que le llamó la atención. Alguien estaba susurrando.

Salió rápidamente del dormitorio y entró en la habitación de Helena, que solo llevaba un camisón. Parecía deprimida. Caminaba de un lado a otro y pronunciaba algo ininteligible. De hecho, ni siquiera había notado la presencia de Oscar.

Él se acercó y le pasó un brazo alrededor de la cintura.

–¿Qué ocurre, Helena? –quiso saber.

–Mis figurillas...

–¿Tus figurillas?

–He bajado a la biblioteca y no están donde debían estar... Dios mío, Oscar. Isobel siempre dijo que serían mías... son lo único que quería de esta casa –declaró, fuera de sí–. ¿Se las habrán llevado los chicos? Tengo que ir a buscarlos, tengo que encontrarlos y conseguir que me las devuelvan...

Oscar comprendió lo que había sucedido.

–Solo ha sido un sueño, Helena. Las figurillas siguen en la biblioteca. Nadie se las ha llevado... te lo prometo.

Helena se giró hacia él.

–¿Estás seguro de eso? ¿Es verdad que siguen allí?

–Naturalmente.

Helena sonrió como una niña.

–Sí, claro que sí...

Oscar la llevó a la cama, la acostó y la tapó con el edredón. Después, se sentó en el borde durante unos minutos, por si decía algo. Pero Helena se había quedado profundamente dormida y parecía una diosa bajo la luz de la luna.

Estaba tan guapa que hasta él mismo se sintió en mitad de un sueño. Y si hubiera sido posible, se habría quedado allí, observándola.

Se levantó, le dio un beso en la frente y salió del dormitorio.

Ya eran las nueve de la mañana cuando Helena despertó. Estaba tan agotada como si no hubiera pegado ojo en toda la noche y se sentía extrañamente embotada. Solo sabía que había tenido pesadillas. Y que guardaban algún tipo de relación con la llamada telefónica de Callidora, la mujer que había llamado a Oscar.

Entró en el cuarto de baño y se miró al espejo. Por el enrojecimiento de sus ojos, supo que había estado llorando en sueños.

Abrió el grifo de la ducha y se metió bajo el chorro con la esperanza de espabilarse, mientras intentaba recordar algún detalle de las pesadillas.

Y entonces, recordó uno.

Su padre la llevaba del brazo hacia un altar donde esperaba Oscar. Él se dio la vuelta y le dedicó una sonrisa encantadora; pero en ese momento, la felicidad de la escena se rompió con una mujer que salió de la nada, con un niño en brazos; un niño que Oscar alcanzó y apretó contra su pecho.

Disgustada por sentirse tan alterada por un simple sueño, Helena cerró el grifo de la ducha y se secó. Ahora estaba más segura que nunca de que su relación con Oscar no tenía futuro. Y en cuanto a Mulberry Court, los términos del testamento de Isobel carecían de importancia; dijera lo que dijera, esa propiedad no era suya.

Se vistió y se empezó a cepillar el pelo, pensando que estaba complicando absurdamente la situación. Al final, su conexión con Mulberry Court se rompería y ella tendría que volver a su vida de siempre.

Cuando bajó a la cocina, descubrió que Oscar le había dejado una nota en la mesa. Decía que se había ido a Dorchester y que volvería más tarde.

Helena se encogió de hombros y se preparó un té. Tenía intención de desayunar y de salir a buscar a Benjamin, por si le apetecía dar un paseo con Rosie. Y ya estaba a punto de hacerlo cuando llamaron al timbre de la puerta.

Al oír el sonido, supo que no podía ser el jardinero. Benjamin nunca llamaba al timbre. Y tampoco podía ser Oscar, porque tenía su propia llave.

Se acercó al vestíbulo y abrió la puerta. Era una mujer joven, de cabello oscuro, con tres niños pequeños a su lado.

—¿Señora Theotokis?

Helena quiso contestar, pero estaba tan sorprendida que no pudo.

—Siento molestarla... ¿podría hablar con el señor Theotokis?

Helena sacudió la cabeza.

—No, me temo que no está en casa. ¿La puedo ayudar?

–No, no lo creo –respondió la desconocida–.
Quería hablar personalmente con el señor Theotokis
para darle las gracias... ¿Sabe si tardará mucho? A los
niños les gustaría verlo. Es importante para ellos.

Helena miró a los pequeños. Eran tres niños preciosos, de ojos claros y cabello negro.

–No sé cuándo volverá, pero si quiere que le deje
un mensaje...

La mujer dudó un momento.

–No, no le puedo dejar un mensaje, es algo demasiado personal para solucionarlo así; pero no importa, hablaré con él en otro momento.

La mujer abrió el bolso que llevaba y sacó un sobre grande.

–Entre tanto, ¿podría hacerme el favor de darle
esto?

–Cómo no...

–Hemos estado de vacaciones en Inglaterra, pero
tenemos que volver a casa esta tarde –explicó–. En
fin, encantada de conocerla. Y discúlpeme por haberla molestado.

La desconocida le estrechó la mano y se alejó.

Helena se quedó en la puerta, con el ceño fruncido, hasta que la mujer y sus niños se subieron al
taxi que estaba esperando en el vado y desaparecie-
ron en la distancia.

Más tarde, en la biblioteca, Helena abrió las ventanas para que entrara un poco de aire fresco. Tras

respirar hondo, se fijó en que un rayo de sol ilumi-
naba el lugar donde estaban sus figurillas preferidas.

Se acercó a ellas y las miró.

Eran absolutamente exquisitas. Su creador había
conseguido que tuvieran vida propia, que parecie-
ran reales. El pastor inclinaba la cabeza con amor
hacia la pastora, cuya expresión era tan entrañable
que a Helena se le hizo un nudo en la garganta.

Apartó la vista de las figurillas y la clavó en los
ojos de Isobel, que la observaban desde el retrato de
la pared.

En ese momento, tomó una decisión. Le pediría
a Oscar que le regalara el retrato de su tía abuela.
No sabía lo que pasaría cuando vendieran Mulberry
Court, pero quería tener el honor de poner el cuadro
de Isobel en su casa.

Oscar volvió un buen rato después. Helena se encontraba en el invernadero, leyendo un libro. Tenía
el pelo suelto y se había puesto un sencillo vestido
de algodón, de color crema, y unas sandalias.

Al verla, él carraspeó.

—¿Dónde has estado? —se interesó ella.

—En la ciudad. Quería hablar con John Mayhew.

—¿Con el abogado?

—Me llamó para decirme que ha recibido varias
ofertas por Mulberry Court. Una cadena de hoteles,
la Amethyst Trust, está interesada en la propiedad.
Creen que sería un lugar perfecto para abrir uno de

sus negocios... por lo visto, pretenden hacer una piscina y abrir un gimnasio, varias salas de tratamientos y hasta un centro de conferencias.

–Vaya...

–Pero si se salen con la suya, el viejo Mulberry Court desaparecerá para siempre –dijo él, hablando con una frialdad deliberada.

Helena frunció el ceño.

–En ese caso, espero que John les haya dicho que la propiedad no está en venta. Por lo menos, de momento.

–Eso ya lo saben, pero a esa gente le gusta hacer planes por adelantado. No les importa esperar si al final se salen con la suya. Al parecer, ya han discutido el asunto con la concejalía de urbanismo del Ayuntamiento, que se muestra favorable a concederles el permiso de obras. Pero primero, tendrán que comprar la propiedad.

Helena cerró el libro y se levantó.

–Pues teniendo en cuenta que tú y yo somos los dueños de Mulberry Court y los únicos que tienen derecho a venderla, le puedes decir a John Mayhew que los mande al infierno. Jamás permitiré que la propiedad acabe en manos de esa gente.

Oscar sonrió sin poder evitarlo. Sabía que Helena reaccionaría de esa forma.

–Bueno, todavía no tenemos que preocuparnos por eso –declaró con suavidad–. John se ha limitado a informarnos, como era su obligación.

–Sí, supongo que sí, pero...

Helena empezó a estornudar de repente. Oscar sacó un pañuelo del bolsillo de la chaqueta y se lo dio.

–Oh, no... es la tercera vez que me pasa esto. Parece que me estoy acatarrando. Esta mañana, me levanté con dolor de garganta.

–No me extraña en absoluto. Últimamente ha hecho un clima terrible.

–Y que lo digas.

–Y hablando del clima, hay algo que quiero hablar contigo.

–¿De qué se trata? –preguntó con curiosidad.

–Vamos a tomarnos unas vacaciones cortas. Necesitas tomar el sol, Helena.

–¿Vacaciones? ¿Qué tipo de vacaciones?

Él volvió a sonreír.

–Vacaciones en Grecia. Concretamente, en una isla que es de mi propiedad.

–¿Y vamos a dejar la casa vacía? ¿No te preocupa que entre alguien?

–La casa estará perfectamente a salvo. Me encargaré de que Benjamin se quede aquí y cuide de ella –contestó.

Helena se mordió el labio inferior. Siempre había deseado conocer la patria de Oscar, pero no estaba segura de querer ir con él. A fin de cuentas, solo serviría para prolongar una relación que, al final, se rompería de forma dolorosa.

Pero por otra parte, la idea de pasar unos días al sol y de no hacer nada salvo pasear y bañarse le parecía extraordinariamente tentadora.

–No sé, tendré que pensarlo. Aquí hay tantas cosas que hacer... y no estoy segura de si quiero ir –le confesó.

Oscar arqueó una ceja.

–Los dos necesitamos unas vacaciones, Helena –declaró con una sonrisa–. Reservaré los billetes de avión para pasado mañana. Así tendrás tiempo de prepararte.

Helena estornudó otra vez y se preguntó por qué estaba tan seguro de que se iría con él. Pero no dijo nada al respecto. Hasta ella misma sabía que, al final, se iría con él.

–Prepararé la comida dentro de un momento...

–Excelente.

–Ah, ya lo olvidaba... esta mañana llamaron a la puerta. Te han dejado un sobre.

Oscar la miró con sorpresa.

–¿Quién era?

–Una mujer con tres niños. Estaba empeñada en hablar contigo; por lo visto, era importante para los pequeños. Le pregunté si quería dejarte un mensaje, pero dijo que prefería hablar contigo en persona.

–Ah...

–La carta está en la mesa de la cocina. Supongo que lo explicará todo.

Helena se dio la vuelta y se alejó hacia la escalera.

Capítulo 9

HELENA subió a su habitación y se sentó a pensar en la empresa que, según el abogado, quería comprar Mulberry Court. No lo iba a permitir. Si la propiedad terminaba en sus manos, la convertirían en un frío complejo hotelero o, peor aún, derribarían la casa y destrozarían la belleza del lugar.

Sin embargo, nunca tendría la certeza de que los nuevos propietarios la respetarían. Aunque se la vendieran a una familia joven, como había indicado Isobel en su testamento, eso no significaba que, al final, no terminara en manos de los hoteleros. El dinero era una tentación muy poderosa. Y si les ofrecían lo suficiente, la venderían.

Además, Oscar se lo había dicho de un modo tan frío que estaba segura de que no compartía su opinión. Al fin y al cabo era un hombre de negocios y querría vender la propiedad al mejor postor. Pero no la podía vender si ella no le daba permiso y, por supuesto, no estaba dispuesta a dárselo.

Estornudó de nuevo, se limpió la nariz con el pañuelo que le había prestado y se secó las lágrimas de los ojos; unas lágrimas que no se debían únicamente a la irritación de sus conductos oculares.

Además del asunto de la casa, tenía varios motivos para estar deprimida; y todos ellos, relacionados con Oscar. Pero sabía que estaba siendo poco razonable. Oscar no era su novio; podía salir con todas las mujeres que quisiera. Y por otra parte, ni siquiera estaba segura de su relación con Allegra o la mujer que se había presentado con sus tres niños fuera de carácter romántico.

En cuanto al beso que le había dado, no significaba nada. Salvo que a él le gustaban las mujeres y a ella, los hombres.

Se metió en la cama e intentó olvidar el asunto, pero la verdad era demasiado evidente y dolorosa. Oscar tenía poder sobre sus emociones; tenía una capacidad asombrosa de hacerla feliz, de excitarla y de recordarle una y otra vez que, en el fondo de su corazón, seguía enamorada de él.

Pero la realidad era tajante. Al año siguiente, por las mismas fechas, habrían vendido Mulberry Court y ella habría regresado a Londres, donde se compraría una casa y buscaría un trabajo para mantenerse ocupada y dejar de pensar en el hombre de sus sueños.

Justo entonces, en mitad de su ejercicio de introspección, se acordó de que se iban a ir de vacaciones y volvió a estornudar.

No había sido una sugerencia. Oscar no le había

preguntado si le apetecía o no. Simplemente, había dicho que salían de viaje dos días después.

Helena había viajado poco durante sus veintiocho años de vida, y tras dar muchas vueltas al asunto, decidió aceptar la invitación de Oscar; a fin de cuentas, podía ser su única oportunidad de conocer Grecia y de conocerla con él, como había soñado tantas veces.

Sabía que no iban a ser las vacaciones de sus sueños; pero en cualquier caso, sería una experiencia interesante, una que seguramente no se volvería a repetir.

—El lugar adonde vamos es una isla pequeña —le informó él durante la cena—. Te encantará. Es preciosa y está bastante aislada... lleva ropa ligera, calzado cómodo y una buena cantidad de protección solar.

Llegaron al aeropuerto al mediodía del sábado, y veinte minutos después, se encontraban en el avión privado de Oscar. El proceso había sido tan rápido y sencillo que Helena no lo podía creer. Hasta entonces, su experiencia con los aeropuertos había sido de colas interminables y controles terriblemente molestos.

Cuando vio el interior del aparato, que parecía una salita de un hotel de lujo, se preguntó si aquello estaba pasando de verdad. Parecía un sueño.

Se sentó en uno de los sillones y Oscar se acomodó frente a ella y estiró los brazos por encima de la cabeza; llevaba pantalones oscuros y una camisa de algodón, también oscura.

–He pedido que nos sirvan la comida cuando hayamos despegado –le informó–. Espero que te parezca bien.

Helena se limitó a sonreír. De momento, no había nada que no le pareciera bien. Estaba tan contenta que se había olvidado de Mulberry Court.

Al cabo de un rato, una azafata uniformada les llevó la comida y se puso a hablar en griego con Oscar, que respondió en el mismo idioma. Por la actitud de la mujer, resultó evidente que respetaba mucho a su jefe, pero a Helena le pareció normal; a fin de cuentas, era el hombre que firmaba las nóminas.

Ya se habían quedado a solas cuando ella dejó el tenedor en el plato, se apoyó en el reposacabezas y dijo:

–Nunca había probado una ensalada tan exquisita. Gracias, Oscar. Ha sido una comida excelente.

La azafata volvió poco después y les retiró las bandejas. Oscar se dio cuenta de que a Helena se le estaban cerrando los ojos.

–¿Cómo te encuentras?

–Mucho mejor...

El sonrió y admiró su cuerpo. Aquel día se había puesto una falda de color rojizo y un top claro, sin mangas.

–Duerme una hora o dos –le recomendó–. Cuando aterricemos, nos estará esperando un coche que nos llevará al puerto; una vez allí, subiremos al barco y después, te enseñaré uno de los lugares más hermosos del mundo.

Se embarcaron a media tarde. Aristi, el dueño del barco, saludó a Oscar con entusiasmo, le estrechó la mano y lanzó una mirada de admiración a Helena.

Hacía mucho calor, así que Oscar la llevó a la proa para que pudiera refrescarse con la brisa.

—Aristi me ha dicho que va a hacer buen tiempo durante un par de semanas. Es una pena que solo nos vayamos a quedar dos días, pero te enseñaré todo lo que pueda... —Oscar se quitó las gafas de sol y se las puso en la cabeza.

—¿Cómo es la isla? —preguntó ella.

—Bastante desértica; solo tiene una pequeña zona con viñas y olivos, pero los turistas se mantienen alejados de ella porque no puede ofrecer gran cosa además de la belleza del paisaje y de la tranquilidad. La población local es pequeña.

—¿Y a qué se dedican los isleños?

—A la pesca o a cuidar de sus cabras y de sus huertos. El pueblo consiste en puerto y una docena de casas con un par de bares y un mesón, que es donde siempre me alojo. Cuando necesitan algo, viajan al continente.

Helena lo miró, pensativa. Oscar era un hombre rico, que podía ir donde quisiera; pero cuando se iba de vacaciones, elegía una isla remota y desértica. Por lo visto, sabía disfrutar de los placeres sencillos de la vida.

Al llegar al pequeño puerto, Aristi los ayudó a desembarcar y se despidió de Oscar con el mismo entusiasmo que le había dedicado antes.

–*Ade hasou! Kali tihi!* –exclamó.

–¿Qué ha dicho? –quiso saber Helena.

–Nos ha deseado que tengamos un buen día y que tengamos suerte –explicó mientras alcanzaba las maletas–. El mesón se encuentra a poco más de un kilómetro... ¿estás segura de que irás bien con esas sandalias?

–Sí, claro que sí.

Minutos después, Helena lamentó no haber hecho caso a Oscar. En lugar de unas sandalias, se tendría que haber puesto unas zapatillas. El suelo era rocoso y estaba lleno de piedrecitas que se le metían entre los dedos, pero apretó los dientes y siguió adelante; acababan de llegar y no podía empezar a quejarse.

Veinte minutos después, llegaron a un grupo de casas enjalbegadas de blanco y con persianas azules parcialmente tapadas con multitud de geranios de todos los colores. Por aquí y por allá se veían cabras sueltas. Y por todas partes crecían arbustos de buganvillas y matas de romero, entre otras hierbas aromáticas.

–Bienvenida a la civilización –dijo Oscar.

–Es precioso... parece salido de un cuento...

Oscar la miró, encantado con su reacción. Helena le dedicó una sonrisa.

–¿Por qué está todo tan tranquilo? –continuó ella.

–Porque es la hora de la siesta. Hace demasiado calor para andar por ahí... pero Alekos estará despierto; nos estará esperando –respondió–. ¿Puedes andar un poco más? Llegaremos en un par de minutos.

–No te preocupes por mí.

El mesón resultó ser un edificio como los demás, con geranios en las ventanas y un olivo delante de la puerta, al que habían atado un burro que ni siquiera los miró.

–Alekos tiene ese burro desde hace años. Por supuesto, ahora utiliza su coche cuando tiene que llevar algo; pero en los viejos tiempos, los burros hacían todo el trabajo de carga.

Oscar la llevó al interior del mesón, que estaba sorprendentemente fresco. Casi de inmediato, se oyeron unos pasos y apareció un hombre de ojos negros y mediana edad que saludó a Helena en griego y abrazó a Oscar, al que dio un par de sonoras palmadas en la espalda.

–¡Oscar! *Ya su! Pos ise?*

–Estoy bien, Alekos, muy bien... pero permite que te presente a Helena. Me temo que no habla griego.

El hombre le estrechó la mano.

–Encantado de conocerla, señorita. ¿Le apetece beber algo?

–Sí, gracias.

Alekos los llevó a un salón, donde se sentaron. Helena se quitó la pamela que se había puesto. Tenía sed, pero habría preferido darse una ducha.

–¿Dónde está Adrienne? –se interesó Oscar.

Alekos sonrió.

–En Atenas, con nuestra hija, que nos acaba de dar un nieto... Petros. Mi esposa volverá dentro de tres días, pero tú te habrás ido para entonces.

–Me temo que sí. Pero te felicito, amigo mío... ¡Un nieto! ¡Eso es toda una bendición!

–Y que lo digas.

Alekos les sirvió unos refrescos y, cuando se los terminaron, los acompañó a una habitación del piso superior que tenía cuarto de baño propio, una cama enorme y una colcha tan blanca que casi parecía imposible. Los suelos eran de tarima de madera, sin alfombra alguna, y no había más muebles que dos sillas y dos cómodas. Las persianas de las ventanas estaban bajadas, para que no entrara el calor.

Alekos se marchó y Helena se sentó en el borde de la cama.

Se había entusiasmado tanto con el viaje que no había preguntado a Oscar por los detalles del mismo. Y ahora, de repente, descubría que iban a compartir habitación y a dormir en la misma cama.

Oscar la miró y dijo, como si hubiera adivinado sus pensamientos:

–Los clientes siempre piden camas de matrimonio. Con tanto calor, resultan tan útiles como necesarias.

Él se quitó los zapatos y se sentó en el extremo opuesto de la cama, a bastante distancia de Helena.

–Cuando descansemos un poco y nos demos una ducha, te llevaré a dar un paseo. Alekos nos preparará una de sus magníficas cenas, pero te recuerdo que aquí se cena tarde... cuando cae la noche y baja el calor.

Oscar se tumbó y cerró los ojos, esperando que Helena dijera algo. Sin embargo, se limitó a quitarse las sandalias y a tumbarse bien lejos.

Él sonrió para sus adentros. No tenía prisa. Podía esperar un poco más.

Oscar se despertó un par de horas después. Helena seguía dormida. Se le había subido la falda y la camiseta se le había caído ligeramente, de tal manera que podía ver la curva de sus senos bajo el sostén de encaje. Le pareció tan bella que estuvo a punto de acariciarla y se tensó. Helena notó el movimiento, despertó de golpe y se sentó en la cama.

–¿Cuánto tiempo hemos dormido? –preguntó, sorprendida–. No puedo creer que me haya quedado dormida con tanta facilidad.

Oscar se levantó.

–Son las cosas del clima griego... me ducharé antes que tú, para que tengas tiempo de despertarte del todo. Más tarde, te enseñaré la isla.

Por fin, llegó el momento de salir de la habitación; pero esta vez, Helena fue más previsora y se puso unas zapatillas deportivas.

–La isla es tan pequeña que se puede recorrer en un par de horas –explicó él–. Pero hoy solo iremos a una cala que conozco... es un lugar agradable y fresco.

Helena respiró hondo y se dedicó a disfrutar del paseo. Estaba encantada con la tranquilidad del lugar y con la compañía de Oscar. Se llevaban tan bien como en los viejos tiempos. Hablaban cuando les apetecía y callaban después, sin que los silencios se volvieran incómodos.

En determinado momento, pisó mal una piedra y resbaló. No le pasó nada, pero Oscar la tomó del brazo de todas formas.

–Ten cuidado. El terreno es algo traicionero.

Mientras bajaban hacia el mar, pasaron junto a una ermita pintada de blanco.

–¿Podemos entrar? –preguntó ella.

–Naturalmente.

Oscar la llevó a la entrada y empujó la puerta. Al ver el interior, Helena se emocionó tanto que soltó un grito ahogado. Era precioso. Un lugar misterioso y oscuro, con tres filas de bancos y un altar sin más decoración que una cruz sencilla y un cirio. En uno de los laterales había un confesionario y una mesita donde ardían unas velas.

–¿Tienes monedas encima? Me gustaría encender una vela –dijo Helena.

Oscar sacó un par de monedas, que ella dejó en

el cesto de las donaciones. Después, alcanzó una de las velas apagadas y la encendió con una de las otras.

–Gracias. Tenía la necesidad de pedir algo –explicó.

–¿Qué has pedido? ¿O no lo puedo preguntar?

–Bueno, teniendo en cuenta que el dinero me lo has dado tú, supongo que tienes derecho a saberlo...

–Pues dímelo –Oscar le dedicó una sonrisa.

–He pedido que Mulberry Court siga como hasta ahora; que no caiga en manos de desalmados y que nunca se convierta en uno de esos hoteles monstruosos que habrían espantado a Isobel. Y también he pedido que su dueño cuide la propiedad con el afecto y el amor que merece.

Oscar no dijo nada, pero Helena tuvo la certeza de que comprendía y compartía sus sentimientos.

Salieron de la ermita y caminaron hasta llegar a una pequeña playa. Para entonces, el sol se había ocultado. A llegar a una duna, subieron a lo alto, se sentaron y se dedicaron a admirar la miríada de estrellas que decoraba el firmamento.

–El mar está realmente precioso, incluso con esta luz –dijo ella–. Me di cuenta por la tarde, cuando llegamos... toda esa mezcla de azul y turquesa. No había visto un mar tan bello en mi vida.

Él sonrió.

–Tendremos que darle las gracias a Apolo. A pesar de los siglos transcurridos, nos sigue enviando esa luz tan especial. Me alegra que lo hayas notado.

Helena giró la cabeza y se preguntó si había mencionado al dios de los clásicos para tomarle el pelo por haber entrado en la ermita del camino y encendido una vela. Pero eso carecía de importancia.

Permanecieron así durante unos minutos, sin hacer nada especial. Entonces, Oscar la miró y dijo, con voz ronca:

–Helena...

A continuación, la tumbó en la arena y la besó en los labios. Al sentir su contacto, Helena supo que estaba completamente perdida. Se encontraba en un lugar precioso, con el hombre más deseable del mundo, y nada de lo que pudiera vivir después se podría comparar con aquel momento.

Cerró los ojos y se dejó llevar por la caricia de sus labios y de su lengua, a la que respondió con el mismo fervor, con la misma urgencia y la misma necesidad, sin pensar en nada que no fuera disfrutar del presente.

–Helena –repitió él.

Oscar la empezó a desnudar. Y a medida que la desnudaba, le iba dando besos en la frente, en la nariz, en los labios, en la base de su cuello y, por último, en sus senos.

Sabía que la estaba excitando tanto como ella a él.

–Me haces feliz, Helena –susurró–. Siempre me has hecho feliz.

Helena no pudo hacer nada salvo repetir varias veces su nombre.

–Oscar, Oscar, Oscar...

Se sentía embriagada por sus caricias, por la visión de su piel oscura y por el brillo a la luz de la luna.

–Mi Oscar...

Él le hizo el amor lenta y apasionadamente, a sabiendas de que ninguno de los dos quería hacerlo deprisa. Y bajo el cuerpo desnudo y poderoso de Oscar, Helena se retorció y se movió de forma incansable, aumentando la intensidad, hasta que el placer la asaltó en oleadas y volvió a repetir su nombre.

–Oscar...

Cuando él llegó al orgasmo, se quedaron abrazados en la arena, en silencio, para no romper la magia del momento.

Y así permanecieron, inmóviles como estatuas, hasta que Venus se alzó lentamente por el oeste.

AL CABO de un rato, se tomaron de la mano e iniciaron el camino de vuelta. Al igual que antes, seguían en silencio porque ni él ni ella querían manchar la noche con palabras.

Helena giró la cabeza hacia Oscar y admiró por enésima vez su perfil duro, su frente ancha y aquella boca firme que besaba con tanta intensidad y de la que aún podía sentir su huella en los labios.

Solo entonces, habló.

—Alekos parece muy contento con su nieto.

Oscar se encogió de hombros.

—Por supuesto que sí. La familia es una parte fundamental de la cultura griega. Además, no se tiene un nieto todos los días...

Helena pensó que la familia de Oscar debía de sentirse muy orgullosa de él; sin embargo, también pensó que, si no tenía hijos, sería el último de la dinastía de los Theotokis.

Alekos les sirvió pulpo para cenar. Helena, que no estaba acostumbrada a tomar pulpo, se sorprendió mucho al descubrir que le encantaba. Además, era obvio que el dueño del mesón disfrutaba de su trabajo, porque se comportó como el mejor de los anfitriones.

Al final, tras beberse una botella de vino con Alekos para celebrar el nacimiento de su nieto, Helena y Oscar subieron a su habitación. Y esta vez, cuando ella vio la colcha blanca, no sintió el nerviosismo de la tarde; solo sintió un estremecimiento de placer ante la perspectiva de acostarse con él.

Minutos más tarde, Oscar la abrazó con cariño y la invitó a hacer otro viaje hacia el amor. Pero no fue como en la playa. Fue mucho más intenso, porque ahora se conocían mejor y su familiaridad aumentó la intensidad de las sensaciones.

Luego, todavía abrazados, el placer se disipó poco a poco en la noche. Y los amantes se quedaron dormidos.

Sus vacaciones pasaron tan deprisa que, antes de que se dieran cuenta, ya estaban volando hacia Londres.

Sentado frente a ella, Oscar la miró y se preguntó qué estaría pensando, qué habría detrás de aquellos ojos preciosos, a veces tristes.

Se giró hacia la ventanilla y contempló el paisaje. Todo había salido según sus planes. Y estaba seguro de que Helena había disfrutado tanto como él. Pero seguía sin saber lo que más le importaba, adónde les llevaría ese camino, qué se escribiría en el capítulo de sus vidas que empezaba a continuación.

En cuanto Helena, estaba más que confusa por la situación. Sus vacaciones habían sido maravillosas y su relación sexual, tan fantástica que no habría encontrado palabras para describirla.

Pero Oscar no había dicho que la amara; no había pronunciado la frase que deseaba oír, que necesitaba oír.

Era evidente que la deseaba, tan evidente como que su deseo era recíproco; pero se había limitado a repetir una y otra vez que era feliz con ella. Y se preguntó si eso era suficiente. Se preguntó qué significaba en realidad. Quizás insinuaba que podían ser felices juntos o, quizás, simplemente, lo decía para halagarla.

Frunció el ceño, cansada de pensar, y se dijo que seguramente no llegaría a conocer las respuestas a esas preguntas.

Acto seguido, volvió a mirar a Oscar. Tenía una expresión distante y supuso que estaría pensando en todo el trabajo que le esperaba cuando llegaran a Mulberry Court. A fin de cuentas, sus vacaciones habían terminado. No podían durar eternamente. Y su relación amorosa era una simple fantasía.

En ese momento, deseó ver a su amiga Anna para tener a alguien con quien poder hablar. Anna era una de esas personas que sabían escuchar y dar consejos útiles. Pero desde que se había marchado a Mulberry Court, solo habían hablado un par de veces por teléfono y no había tenido ocasión de hablarle de Oscar.

Horas después, llegaron a su destino. Tras una cena rápida, Helena se levantó de la mesa y comentó:

–Voy a subir a darme una ducha. Estoy cansada y quiero acostarme enseguida.

–Yo me quedaré un rato en el despacho. Tengo mucho que hacer...

Ella asintió.

–Buenas noches, Oscar.

–Buenas noches, Helena.

–Ah... y gracias por las vacaciones. Tu isla me ha gustado mucho.

Él le lanzó una mirada intensa. Ardía en deseos de confesarle lo que sentía y de saber si ella sentía lo mismo.

–Sabía que te gustaría tanto como a mí.

Helena no dijo nada.

–Por cierto –continuó–, quería decirte una cosa importante.

–¿De qué se trata?

–No te preocupes más por el futuro de Mulberry Court.

Ella arqueó una ceja.

–¿Que no me preocupe?

–No voy a vender la propiedad. Es decir, no se la voy a vender a desconocidos... quiero que permanezca en manos de la familia Theotokis. Algún día, cuando me case, viviré aquí con mi esposa. Si ella quiere, por supuesto.

Helena se quedó helada y lo miró con incredulidad. Oscar no había insinuado en ningún momento

que tuviera intención de casarse. Era la primera noticia que tenía. Y no se le ocurrió la posibilidad de
que se estuviera refiriendo a ella.

—Ah... bueno... me alegra saber que vas a salvar
la propiedad de tu tía abuela. Espero que a tu esposa
le guste tanto como a nosotros.

Los ojos de Oscar brillaron.

—No tengo la menor duda al respecto. Estoy convencido de que querrá pasar todo el tiempo que
pueda en Mulberry Court, aunque tendrá que entender que mis obligaciones me llevarán lejos con cierta
frecuencia.

—Seguro que lo entiende, Oscar.

Él se encogió de hombros.

—Ojalá. Pero la gente puede ser tan imprevisi-
ble...

Helena no dijo nada. Simplemente, le dio las
buenas noches otra vez y salió de la cocina para dirigirse a su habitación.

Si Oscar le hubiera pegado un tiro en el corazón,
no le habría sorprendido más ni se habría sentido
más vacía.

Encontraba indignante que se hubiera marchado
con ella de vacaciones y le hubiera hecho el amor
si tenía intención de casarse con otra. Lo encontraba
tan indignante que, de haber conocido a la afortunada, le habría dicho unas cuantas palabras desagra-
dables sobre su futuro esposo.

Se sentó en la cama y sacudió la cabeza.

Estaba segura de que ninguna mujer griega soportaría el clima lluvioso y frío de aquel lugar. Y por supuesto, también lo estaba de que no sabría apreciar la belleza de Mulberry Court como ella la apreciaba. Adoraba cada rincón de la casa y de los jardines. Disfrutaba cada vez que se abría una flor en un arbusto y ardía en deseos de que llegara el otoño para poder ayudar a recoger la fruta.

Oscar cometería un error si se casaba con una mujer que no apreciara esas cosas. Simplemente, no sería capaz de vivir allí.

Pero después, cuando empezó a deshacer el equipaje, comprendió que eso era irrelevante. No estaba tan deprimida por el destino de Mulberry Court, sino por Oscar. Por mucho que le molestara, sufría un ataque celos. Oscar no la quería; nunca la había querido. Al final, se iba a casar con otra mujer.

Entre tanto, en el despacho de la planta baja, Oscar se sentía mal por lo que le había dicho. Sus palabras tenían una intención que Helena estaba lejos de adivinar. Las había pronunciado para declararle su amor y pedirle que se casara con él; pero en el último momento, no había encontrado el valor necesario.

Apretó los dientes y pensó que estaba pisando un terreno peligroso. Si daba un paso falso, perdería sus opciones con ella. Sabía que Helena lo deseaba, pero no sabía si confiaría en él, si le daría otra oportunidad después de lo que había pasado años antes.

–Oh, Helena...

Por suerte, Oscar era de los que pensaban que, en el amor y en la guerra, todo era válido. Y haría lo que fuera para convencerla. Esperaría hasta el momento preciso, cuando Helena ya no se pudiera negar.

A pesar de lo sucedido, Helena se despertó a la mañana siguiente de buen humor. Mulberry Court estaba a salvo. Oscar no iba a vender la propiedad a la cadena hotelera. Quería que permaneciera en manos de su familia.

Incluso se alegró de que hubiera elegido a otra mujer como esposa. Si era capaz de llevarla a cotas de placer como las que le había dado en la isla griega y de comportarse después como si no le importara nada, es que no merecía la pena. Oscar no conocía el significado del amor. Conocía la pasión, pero no el amor verdadero.

Se acercó a la cómoda y abrió un cajón para sacar una muda limpia. No sabía quién era la afortunada, pero sintió lástima de ella.

Ya eran las nueve cuando bajó a la cocina a desayunar. Al pasar por delante del despacho, oyó la voz de Oscar, que estaba hablando por teléfono con alguien. Por su tono, parecía ser algo urgente.

Puso una cafetera al fuego y sacó el pan para hacerse unas tostadas. Había tomado la decisión de comportarse con toda naturalidad cuando él apareciera, como si la noche anterior no hubiera pasado nada en absoluto.

A fin de cuentas, todo seguía igual.

Había ido a Mulberry Court para pasar una temporada y volver después a Londres. En ningún momento había pensado que Oscar pudiera formar parte de la ecuación. Pero tampoco había pensado que se acostaría con él ni que él la llevaría a Grecia, como le había prometido años atrás, en su juventud.

Súbitamente, sonó su teléfono móvil.

Era Anna, su vieja amiga.

–Hola, Anna...

–Hola, Helena. ¿Qué tal estás?

–Muy bien, ¿y tú?

–No podría estar mejor... ¿te acuerdas de aquella vacante de la que te hablé?

–Por supuesto.

–Pues ha salido antes de lo que esperaba. Quieren que el puesto esté cubierto a principios de agosto, así que será mejor que presentes la instancia.

Helena no dijo nada. Se había quedado muda.

–No puedes dejar pasar esta oportunidad –continuó su amiga–. Es justo lo que estabas buscando, es un trabajo pensado para ti. Y además, tiene la ventaja de que podremos vernos con frecuencia... te echo mucho de menos, Helena.

–Y yo a ti...

–Te enviaré los detalles a Mulberry Court, para

que les eches un vistazo y te lo vayas pensando. Pero no esperes demasiado.

–No, no, claro que no –acertó a decir.

–Seguro que te lo estás pasando en grande en ese sitio. Con tanta paz y soledad, no tendrás que preocuparte por los hombres –bromeó su amiga–. Ah... y no olvides que te puedes quedar con nosotros hasta que encuentres la casa de tus sueños.

Helena sonrió de oreja a oreja. Necesitaba hablar con su amiga; especialmente, después de lo ocurrido con Oscar.

Siguieron charlando un rato. Anna le amplió los detalles de la oferta laboral y le puso al día sobre lo que había estado haciendo. Cuando por fin cortaron la comunicación, Helena pensó que la llamada no había podido llegar en un momento más conveniente. Había servido para recordarle que debía pensar seriamente en su futuro.

Ya era hora de dejar Mulberry Court y de volver al mundo real. Quedarse allí era como esconder la cabeza debajo del ala.

Justo entonces, apareció Oscar.

–Hola –dijo ella–. ¿Quieres un café?

–No, gracias.

Oscar caminó hacia ella y se detuvo a su lado. Helena casi cruzó los dedos para que no la tocara. No habría tenido fuerzas para resistirse.

–Me acaba de llamar Anna, mi amiga de Londres. Me ha dicho que hay un puesto libre en su empresa... me enviará todos los detalles por correo, para que pueda presentar una instancia –le informó.

–Ah...

–Es un trabajo perfecto para mí; justo lo que estaba buscando. Pero no tendría que empezar hasta principios de agosto, de modo que puedo quedarme unas semanas más en Mulberry Court. ¿No te parece maravilloso?

En ese momento, Helena se dio cuenta de que Oscar estaba extrañamente serio; tan serio que preguntó:

–¿Ocurre algo?

–Tengo que volver a Grecia. Ahora mismo, esta misma mañana.

–¿Es tan urgente que ni siquiera tienes tiempo de tomar un café?

Él la miró con expresión lúgubre.

–Me acaban de decir que mi padre está ingresado en el hospital –respondió–. Al parecer, se está muriendo.

Capítulo 11

LOUISE volvió a Mulberry Court una semana más tarde. En cuanto lo supo, Helena salió de la casa y se dirigió al domicilio de su vieja amiga, a la que había extrañado. Además, necesitaba el alivio de hablar con otra persona y oír sus problemas.

Oscar se había marchado poco después de recibir la llamada sobre su padre. Al final se había tomado el café que le ofreció, aunque no quiso comer nada. Era evidente que la noticia le había afectado mucho, y Helena lo lamentaba sinceramente. Nunca olvidaría lo vacía y desesperada que se había sentido cuando le informaron del fallecimiento de su padre. La muerte era una consecuencia natural de la vida, pero eso no lo hacía más fácil.

Obviamente, Helena había expresado unas palabras de condolencia y apoyo, que Oscar le agradeció. Y antes de irse, le pidió algo que le sorprendió mucho: que no presentara la instancia para el trabajo de Londres hasta que el volviera de Grecia.

—Solo serviría para complicar las cosas —añadió de forma enigmática.

Helena no entendió lo que quería decir, pero re-
nunció a preguntárselo. En ese momento, el estado
de su padre era lo más importante; mucho más importante que una oferta de empleo, por mucho que
le interesara.

Y le interesaba, como tuvo ocasión de comprobar dos días después, cuando recibió la información
que Anna le había enviado por correo. Era exactamente lo que quería; el empleo encajaba tan bien
con sus cualificaciones y necesidades que parecía
pensado específicamente para ella.

Sin embargo, volvió a meter los papeles en el interior del sobre y ni siquiera se molestó en rellenar
la instancia. Oscar le había pedido que esperara. No
tomaría una decisión sin hablar antes con él.

Por fin, llamó a la puerta de la casita de Louise;
pero no abrió ella, sino Benjamin, que llevaba una
taza de café en la mano.

Louise apareció entonces con una bandeja y sonrió al ver a la joven.

—Oh, cuánto te echaba de menos... —Louise dejó
la bandeja a un lado y le dio un abrazo—. ¡Quiero
saber todo lo que ha pasado! ¡Tienes que contarme
hasta el último detalle!

—Tú primero, Louise... ¿Qué tal está tu prima?

Benjamín carraspeó y dijo:

—Rosie y yo tenemos que irnos. Gracias por el
café, Louise... es el mejor que he tomado desde
hace semanas.

—Halagador... —protestó Louise—. Por cierto, esta

noche voy a preparar un pudin de riñones, Benjamin. Sé que te gusta mucho, así que estás invitado. Te espero a las ocho de la tarde, si te parece bien. Y sobra decir que tú también estás invitada, Helena...

Benjamin se fue y las dos mujeres se quedaron a solas. Helena insistió en que su amiga le hablara sobre el estado de su prima, pero Louise tenía otras intenciones.

–No, creo que tu historia es más interesante. Benjamin me ha dicho que Oscar se ha estado comportando de un modo...

Helena la interrumpió.

–Sí, bueno, ya sabes cómo es Oscar. Decidió quedarse a pasar una temporada, pero se ha ido a Grecia. Según parece, su padre está grave.

–Oh, cuánto lo siento.

–Y yo...

Louise permaneció un silencio durante unos segundos. Y cuando volvió a hablar, su voz sonó más animada.

–Benjamin y yo hemos estado hablando largo y tendido sobre Oscar y tú.

–¿Sobre Oscar y yo?

–Sí. Los dos creemos que sería maravilloso que os quedarais a vivir en la propiedad y que os casarais algún día.

Helena protestó.

–¡Louise! ¡Hay tantas posibilidades de que nos casemos como de que el tiempo empiece a correr hacia atrás! Oscar no se casaría nunca conmigo. Estoy segura.

—Yo no lo estoy tanto.

—¿Qué quieres decir?

—Es obvio que le gustas, Helena; siempre le has gustado. Acuérdate de todo el tiempo que pasabais juntos cuando...

Helena se encogió de hombros.

—Eso es agua pasada, Louise. Los dos hemos cambiado y hemos crecido. Y por otra parte, creo que Oscar no se casará nunca con una inglesa. Si llega el momento, elegirá una griega, una mujer de su país.

Louise apretó los labios.

—Pues el marido de Isobel no pensaba lo mismo... —le recordó—. Eran una gran pareja. Ese hombre la amaba con toda su alma.

—Sea como sea, Oscar Theotokis no comparte el criterio de Paul Theotokis —dijo, deseando cambiar de conversación.

Helena prefirió no hablarle sobre la intención de Oscar de quedarse con la propiedad y de vivir allí con su esposa. Al fin y al cabo, aún faltaba un año para la venta de Mulberry Court. Pero le emocionó que Benjamin y ella hubieran estado hablando sobre su relación con Oscar; significaba que los querían y que era importante para ellos.

Durante los días siguientes, tomó la decisión de no volver a pensar ni en él ni en la propiedad ni el trabajo de Londres hasta que Oscar volviera. Además, el plazo límite para la presentación de la instancia terminaba dos semanas después, de modo que tenía tiempo de sobra.

En lugar de eso, se dedicó a catalogar los libros de la biblioteca y a apuntar los títulos de los que pretendía llevarse. Pero era un trabajo más duro de lo que había imaginado. Los libros pesaban mucho y estaban llenos de polvo.

Un día, subió a su dormitorio con un taza de té y se sentó en la cama. Todas las habitaciones de Mulberry Court estaban decoradas con los muebles que Isobel había adquirido durante sus muchos viajes por el mundo. En el dormitorio de Helena había varios de origen indio, incluido el espejo y la cómoda. Y mientras admiraba el espejo, cuyo marco se había labrado a mano, se acordó de una cosa.

Sonrió, se acercó a la cómoda y abrió el cajón de abajo. Todos los cajones, salvo el que ella usaba para guardar su ropa, estaban vacíos; pero aquel era diferente. Tenía un botón que, cuando se presionaba, abría un compartimento secreto.

–Me pareció muy divertido cuando lo vi –le había dicho Isobel cuando se lo enseñó por primera vez–. No había visto un mueble tan bonito en mi vida... y cuando descubrí el compartimento secreto, me gustó mucho más. Pero ahora es tuyo, Helena.

Helena metió la mano en el compartimento, sacó los dos sobres que contenía y los miró con verdadero estupor.

Reconoció el primero de inmediato. Lo había encontrado en el despacho de su padre, después de su fallecimiento, y había obedecido las instrucciones que estaban escritas en la parte delantera: *Para ser devuelta, sin abrir, a Isobel Theotokis*.

Nerviosa, alcanzó el segundo sobre.

Para la señorita Helena Kingston, decía.

Tras unos instantes, Helena se dirigió al banco que estaba bajo la ventana y se sentó. Solo entonces, abrió los sobres.

Oscar avisó de que volvía a Mulberry Court a la semana siguiente. Y cuando llegó el día, Helena le esperó en un estado de confusión absoluta.

Por sus conversaciones telefónicas, sabía que Giorgios Theotokis había fallecido en presencia de su hijo, agarrado a su mano. Y por el tono de voz de Oscar, sabía que la experiencia había sido naturalmente traumática para él. Pero también sabía que un hombre como él, tan firme y resolutivo, se recuperaría pronto. Nunca había sido ni un derrotista. Seguro que se recuperaría antes que ella cuando le tocó sufrir la misma experiencia.

Pero a pesar de la noticia, Helena intentó recordarse que la vida seguía y que su futuro estaba lejos de resolverse. Seguía sin trabajo y sin casa. De hecho, lo único que le pertenecía en ese momento era el coche viejo que esperaba en un garaje de Londres y su propio, celoso y dolido corazón.

Tenía motivos de sobra para estar deprimida,

pero ella tampoco se dejó dominar por la tristeza. Al fin y al cabo, la esperanza era lo último que se perdía.

A las seis de la tarde del viernes, Helena estaba mirando el camino por los cristales del invernadero. Oscar había llamado para decirle que estaba en un atasco y que llegaría más tarde de lo previsto.

Helena se había llevado una sorpresa al saber que regresaba a Inglaterra inmediatamente después del entierro de su padre. De hecho, le pareció tan extraño que se lo comentó; pero Oscar dijo que había dos asuntos importantes relativos a Mulberry Court y que los quería solucionar tan pronto como fuera posible.

Cansada de esperar, se dirigió a la cocina y empezó a preparar una ensalada para combinarla con el jamón, el paté de pato y las cerezas que había comprado horas antes en un mercado de Dorchester. La mañana había sido preciosa y la tarde estaba siendo tan bonita como la mañana. El sol brillaba en el cielo y una brisa ligera arrastraba las hojas del jardín.

Helena echó un vistazo a la hora y se dijo que no podía desperdiciar una tarde como esa. Le apetecía dar un paseo.

Alcanzó una hoja de papel y escribió una nota para Oscar, que dejó encima de la mesa. Si efecti-

vamente estaba en un atasco, cabía la posibilidad de
que no llegara hasta una o dos horas más tarde.

Con un vestido de color azul, unas sandalias y
el cabello recogido en una cola de caballo, Helena
salió de la casa y empezó a caminar entre la hierba
seca, pensando en sus días en la isla. Había sido
una experiencia inolvidable, que contrastaba viva-
mente con la crueldad que había demostrado Oscar
al insinuar que se casaría con otra mujer; por lo
visto, creía que se contentaría con el anuncio de
que no iba a vender Mulberry Court a la cadena hotelera.

Sacudió la cabeza y se maldijo a sí misma. La
tarde era demasiado bonita como para estropearla
con ese tipo de pensamientos.

Entonces, se acordó de Benjamin y de Rose y
sonrió. Isobel había acertado al suponer que Mulberry Court sería perfecto para ellos. Y ahora, gracias a la decisión de Oscar, podrían quedarse y seguir formando parte de la familia Theotokis.

Sin darse cuenta, sus pasos la llevaron cerca del
sauce. Por algún motivo, se había mantenido lejos
de él desde su vuelta. No había sido una decisión
deliberada, sino un acto inconsciente; quizás, porque asomarse entre sus ramas sería como echar un
vistazo a una tumba; quizás, porque no quería despertar viejos fantasmas.

Pero esta vez, supo que terminaría allí y que se
volvería a sentar en el tocón. Casi pudo oír la voz
de su padre cuando la animaba a afrontar los pro-

blemas porque, desde su punto de vista, afrontarlo era encontrar la mitad de su solución.

Helena sacudió la cabeza y se dijo que, en ese caso, el problema no tenía solución. Pero a pesar de ello, apartó las ramas del árbol y avanzó entre la dulce y húmeda oscuridad.

Media hora más tarde, Helena oyó la voz de Oscar y sonrió. Se dijo que estaba soñando despierta, que se había dejado influir por los amables fantasmas del pasado que parecían reír y susurrarle secretos al oído.

—¡Helena... !

La voz sonó más cerca, pero Helena siguió sin abrir los ojos. Quería aferrarse un poco más a la ensoñación; disfrutar un poco más de ella.

Y de repente, la voz sonó a su lado.

—Sabía que estarías aquí.

Helena abrió los ojos y se encontró ante la mirada penetrante de Oscar. Durante unos segundos, no supo si estaba dormida, medio dormida o despierta. Pero cuando él se acercó y la tomó en brazos con tanta fuerza que la dejó sin aire, lo supo.

Estaba despierta y aquello era absolutamente real.

Sin decir una sola palabra, Oscar bajó la cabeza y la besó en el cuello y en los hombros antes de asaltar su boca con un deseo irrefrenable y profundo, como si solo la boca de Helena pudiera calmar su sed.

–Helena... –susurró.

Helena se aferró a él, decidida a disfrutar hasta el último instante de pasión que le ofreciera. Le pasó los brazos alrededor del cuello, le acarició el pelo y entreabrió los labios para recibir el contacto de su lengua. El calor y el aroma de Oscar la volvían loca. Hacían que se sintiera mareada, como si estuviera dando vueltas y más vueltas. Hasta el punto de que, si él la hubiera soltado, se habría caído.

Y luego, súbitamente, volvió en sí.

Empujó a Oscar y le lanzó una mirada llena de confusión. No podía seguir adelante. No iba a permitir que jugara con ella.

–Oscar...

–¿Sí?

–Esto no está bien.

–Yo diría que está maravillosamente bien...

–¿Y Allegra?

Oscar frunció el ceño.

–¿Allegra?

–Bueno, di por sentado que sería la mujer con quien te vas a casar, la mujer que vivirá contigo con Mulberry Court.

Oscar la miró con asombro y dijo:

–Allegra y Callidora Papadopoulos son viejas amigas de mi familia, pero solo eso. De hecho, yo diría que Allegra es algo así como la hermana que no llegué a tener.

–Pero...

–¿Qué, Helena?

–Su niño... el niño que ha perdido...

Él suspiró.

–Ese niño no tiene nada que ver conmigo –declaró con firmeza–. Aunque no está casada, Allegra está empeñada en tener hijos... pero hasta ahora, no ha tenido mucha suerte. Espero que algún día lo consiga.

Helena tragó saliva. Se alegraba de que Allegra no fuera la mujer con quien Oscar se iba a casar, pero eso no significaba que no se quisiera casar con otra.

Tras unos momentos de silencio incómodo, se preguntó por qué la habría besado Oscar y llegó a la conclusión de que quizás necesitaba un poco de afecto; al fin y al cabo, su padre había fallecido unos días antes.

–¿Cómo fue el entierro? –se interesó–. Espero que todo saliera bien...

Oscar sacudió la cabeza.

–Olvida eso, Helena. Ahora solo estoy preocupado por un par de asuntos que requieren mi atención.

–¿Te refieres a la casa y a tu intención de vivir en ella con tu esposa?

–Sí, me refiero a la casa y a mi intención de vivir en ella con mi esposa –respondió–. Esperaba que me pudieras ayudar.

–¿Ayudarte? ¿Yo?

–Sí, eso he dicho.

–Pues tendrás que darme alguna pista al respecto, porque te aseguro que no sé de qué manera te puedo ayudar...

–Te di una pista cuando volvimos de Grecia.

–¿Cuándo?

–Esa misma noche.

–No lo entiendo. No recuerdo que me dieras ninguna pista –comentó, completamente desconcertada.

Entonces, Oscar la miró a los ojos y pronunció unas palabras que Helena ya no esperaba oír de su boca.

–Te amo, Helena. Tú eres la mujer a la que me refería, la única mujer con la que he deseado casarme. ¿Cómo es posible que no te hayas dado cuenta?

Helena se había quedado atónita.

–¿Te referías a mí?

–Naturalmente...

–Oh, Dios mío. Habrás pensado que soy una estúpida...

Él la abrazó de nuevo y dijo:

–No, tú no eres una estúpida, Helena; eres la chica dulce, inteligente e inocente de la que siempre he estado enamorado, el motivo por el que no fui capaz de comprometerme con nadie más durante todos estos años.

Oscar la besó en la frente y siguió hablando.

–Cuando nos vimos de nuevo en el despacho de John, ya estaba convencido de que no me casaría nunca. Pero las cosas han cambiado tanto... necesito que comprendas por qué te abandoné en su día. Y necesito que me digas que te vas a casar conmigo cuanto antes, *kopella mou*...

Capítulo 12

VOLVIERON a Mulberry Court de la mano. Helena era tan feliz que se sentía embriagada. Siempre había tenido una imaginación desbordante, pero lo sucedido iba mucho más allá de lo que su mente hubiera podido imaginar.

Estaba como en el paraíso.

Al entrar en la casa, Oscar la llevó al invernadero y cerró la puerta. Ni siquiera se molestaron en encender las luces; la luz de la luna, que se filtraba por los cristales, era tan intensa que borraba las sombras de los rincones más oscuros.

Helena se sentó en el sofá y lo miró. Aquel era el hombre del que siempre había estado enamorada. Y de repente, cuando había perdido toda esperanza, le decía que la amaba y que se quería casar con ella.

Indiscutiblemente, era un sueño hecho realidad.

Pero antes de aceptar, necesitaba que le contara toda la historia. Porque tenía derecho a saber lo que había pasado.

—¿Por qué me abandonaste, Oscar? —preguntó en voz baja—. ¿Qué hice mal? ¿Por qué me dejaste de amar?

Oscar la miró con intensidad.

–¡No dejé nunca de amarte! ¡Y no hiciste nada mal! Tú no podías hacer nada mal... –respondió, desesperado.

–Entonces, ¿qué pasó?

–¿Te acuerdas del último verano que pasaste aquí? Fue justo antes de que te marcharas a la universidad.

–Sí, claro que me acuerdo.

–Pues bien, se presentaron dos problemas al mismo tiempo y me pidieron que volviera a casa con urgencia. Nuestra empresa se encontraba en una situación tan delicada que corría el peligro de quebrar en cualquier momento... Mi familia me necesitaba y no tuve más remedio que asumir la responsabilidad de dirigirla.

Helena se limitó a escuchar en silencio.

–Pero eso no fue lo peor. A mi padre le acababan de diagnosticar una enfermedad que no tenía cura y que lo condenaba a una decadencia lenta. Y ya sabes que mi padre era un hombre muy orgulloso. Había trabajado todos los días de su vida y no soportaba la idea de terminar en una silla de ruedas.

–Comprendo...

–Además, no quería que su estado se hiciera público; en parte, porque habría sido malo para la empresa y, en parte, porque odiaba que sintieran lástima de él. Por supuesto, tuve que hablar con los miembros de la junta directiva para que no dijeran nada... y el secreto se mantuvo durante una buena temporada, hasta que salió a la luz.

Oscar cerró los ojos un instante. Era evidente que los recuerdos le resultaban extremadamente dolorosos.

–Como ves, no tenía alternativa. No me quedaba más opción que asumir mis responsabilidades familiares... y tenía mucho que aprender de mi padre. Antes de que estuviera demasiado débil para poderme enseñar.

Helena asintió.

–Pero, ¿por qué no me lo dijiste? Yo lo habría entendido y te habría esperado tanto tiempo como hubiera sido preciso.

–Lo sé, pero no podía pedirle eso a una chica de dieciocho años, que estaba empezando a vivir –alegó él–. Tenías que conocer a otras personas, a otros hombres... merecías tener tu propia vida, una vida sin las cargas y responsabilidades que yo había heredado de repente.

–Oh, Oscar...

–Además, recuerda que yo no podía decir nada de la enfermedad de mi padre. No se lo podía decir a nadie; ni siquiera a mis seres más queridos. Le había dado mi palabra y no la podía romper.

–Pero fue tan duro para mí...

–Y para mí, Helena. ¿Crees acaso que no me arrepentía? ¿Crees que no me sentía mal? Te había perdido y ni siquiera te podía decir la verdad –declaró con tristeza–. Y he pensado tanto en ti... suponía que te habrías casado con otro hombre, y ese pensamiento me atormentaba constantemente. Hasta que al final, con el paso del tiempo, me concentré en el trabajo de tal manera que casi no sentía nada.

Helena se levantó, le pasó los brazos alrededor del cuello y apoyó la cabeza en su hombro. Oscar la apretó con fuerza y besó sus ojos.

–¿Tendré que arrodillarme ante ti para oír que te vas a casar conmigo, Helena? –preguntó en voz baja.

Helena sonrió.

–Ya conoces la respuesta a esa pregunta, Oscar. Solo necesitabas una cosa para conseguir mi mano... decirme que me amabas.

Sus labios se encontraron en el silencio de la habitación, con un beso tan sensual que los transportó a los días de su juventud; a unos días que no habían caído en el olvido y que estaban a punto de volver.

Al cabo de unos segundos, ella se apartó.

–Tengo algo que decirte. Algo sorprendente y maravilloso.

Él arqueó una ceja.

–¿De qué se trata?

–Hace unos días, encontré unas cartas en la cómoda de mi dormitorio. Aunque fue más bien como si ellas me encontraran a mí...

Oscar frunció el ceño.

–¿Como si ellas te encontraran?

–Bueno, como si estuviera destinada a encontrarlas.

–Te escucho.

–Estaban en dos sobres, uno dirigido a Isobel y otro, a mí. Eran cartas de Isobel y de mi padre, ordenadas por fecha. En la primera, Isobel le daba las gracias por un favor que él le había hecho... y a partir de entonces, parece que se estuvieron carteando durante años.

Helena respiró hondo y esperó unos segundos antes de continuar. Sus ojos se habían llenado de lágrimas.

—Son las cartas más bellas que he leído nunca. Cartas sobre el amor que fue surgiendo, poco a poco, entre ellos... es evidente que, al final, fueron amantes.

Ella se dio cuenta de que Oscar no parecía estar sorprendido por la revelación, pero pensó que era lógico; su tía abuela había sido una mujer muy atractiva y Daniel Kingston, un hombre encantador que, a pesar de haber trabajado toda su vida en el campo, tenía los modales de un caballero.

—¿Dónde dices que encontraste esas cartas?

—En la cómoda de mi dormitorio, en un compartimento secreto del cajón inferior. Isobel y yo éramos las únicas personas que conocíamos su existencia. Evidentemente, ella quería que leyera esas cartas. Sabía que las encontraría más tarde o más temprano... ¡Oh, Oscar! No sabes cuánto me alegro de que mi padre volviera a conocer el amor. Estoy tan contenta que podría estallar de alegría.

Ya era tarde cuando decidieron volver a la cocina y cenar. Oscar la observó mientras ella sacaba la comida del frigorífico y aliñaba una ensalada. Le gustaba ver cómo movía sus dedos largos y cómo fruncía el ceño mientras se concentraba en la tarea.

Cenaron en silencio, embriagados por el ambiente romántico del lugar y por la sensación de seguridad que los dos tenían de repente. De cuando en cuando, sus miradas se encontraban y se enviaban un mensaje silencioso; uno de esos mensajes que se habían guardado para sí durante años.

Pero Oscar sabía que había cosas que Helena debía saber. Si se casaba con él, su vida no volvería a ser igual.

Respiró hondo y dijo:

—¿Eres consciente de que nuestro matrimonio te cambiará completamente la vida? ¿Seguro que estás preparada? ¿Seguro que lo podrás soportar?

Helena lo miró con firmeza.

—Cuando la gente se compromete con una relación, su vida cambia. Eso no tiene nada de particular, Oscar.

—Sí, desde luego que sí. Pero sé que has trabajado mucho para llegar adonde estás y conquistar la independencia que ahora tienes. ¿Estás dispuesta a renunciar a eso? Porque yo no puedo renunciar a mi trabajo... jamás podré abandonar mis responsabilidades. Y me temo que también te afectarán a ti.

Oscar la tomó de la mano y siguió hablando.

—Tendré que pasar mucho tiempo en Grecia y viajar a menudo. Y a veces, tú tendrás que acompañarme... Naturalmente, Mulberry Court seguirá siendo nuestra casa en Inglaterra, pero no podremos volver tanto como nos gustaría. Supongo que tendremos que llegar a algún tipo de compromiso al respecto.

Helena lo miró con ternura. Pensó que, por mucho que le gustara Mulberry Court, nunca sería tan importante para ella como un hombre de carne y hueso, como el hombre del que estaba enamorada.

–Pero Oscar... ¿No es eso lo que Isobel hizo durante toda su vida? Trabajaba y viajaba frecuentemente en compañía de Paul, pero sus raíces seguían aquí –observó con una sonrisa–. Lo nuestro será una repetición de la historia. Y si lo que te preocupa es mi carrera profesional... bueno, siempre puedo ayudarte, ¿no? Me encantaría trabajar en tu empresa y conocer el secreto de su éxito.

–¿Lo dices en serio?

–Completamente en serio. Será un reto para mí. Y me encantan los desafíos –respondió con una sonrisa–. De hecho, creo que me encontrarás una candidata más que aceptable para el puesto de tu secretaria.

Oscar le dedicó una mirada llena de nostalgia.

–Hay otra cosa de la que tenemos que hablar, Helena.

–¿Otra cosa?

–Quiero que tengamos hijos. Varios hijos, de hecho... una familia grande. Pero no sé lo que opinas al respecto; nunca lo hemos hablado.

–¿Me estás pidiendo que me convierta en una fábrica de niños para asegurar la supervivencia de tu familia?

–No, claro que no... –Oscar la volvió a tomar de la

mano–. Quiero que tengamos niños por nosotros, por ti y por mí, para verlos crecer en Mulberry Court y que tengan los hermanos y hermanas que yo nunca tuve.

Él se encogió de hombros y siguió hablando.

–¿Y quién sabe? Si tenemos los suficientes y uno de ellos quiere trabajar en la empresa de la familia, me parecerá bien. Pero eso no es una condición necesaria para convertirse en un Theotokis. Además, creo recordar que en los términos del testamento de Isobel estaba su deseo de que Mulberry Court terminara en manos de una familia joven. En cierta manera, estaríamos cumpliendo sus instrucciones.

En ese momento, el teléfono de Helena empezó a sonar. En otras circunstancias, no habría contestado; pero era Louise y quiso saber lo que ocurría.

Momentos después, cortó la comunicación y miró a Oscar.

–Louise me ha pedido perdón por llamar tan tarde, pero quería saber si nos apetece ir a su casa. Por lo visto, es el cumpleaños de Benjamin.

Ya había pasado la medianoche cuando Oscar y Helena salieron de la casa de Louise e iniciaron el camino de vuelta. Era una noche preciosa, con los aromas típicos del verano, desde la madreselva al espino. Helena alzó la cabeza para admirar las estrellas y él le pasó un brazo alrededor de la cintura.

–¿Y bien? ¿Tú sabías algo al respecto?

Helena sonrió.

–Más o menos –dijo.

En realidad, Helena no se había llevado ninguna sorpresa cuando Benjamin les pidió permiso para marcharse de vacaciones con Louise durante unos días, ni cuando les preguntó si podía llevar a sus hijos, Andrew y Daisy, a Mulberry Court; por lo visto, les había hablado tantas veces de la propiedad que ardían en deseos de conocerla.

–¿Más o menos?

–Bueno, habría que estar ciego para no darse cuenta de que Benjamin y Louise se llevan muy bien. Y sinceramente, me alegro mucho por ellos... además, a Louise le encantan los niños y disfrutará mucho con los de Benjamin.

–Sí, es posible...

–¿No sería genial que Benjamin y Louise se convirtieran en pareja?

–Por supuesto que sí –respondió Oscar–. Y ahora que lo pienso, puede que eso estuviera en los planes de Isobel... siempre fue una romántica empedernida.

Helena sonrió.

–No me sorprendería nada en absoluto... por cierto, acabo de caer en la cuenta de un detalle muy interesante.

–¿Qué detalle?

–Que no les has dicho nada sobre los nuevos propietarios de Mulberry Court –respondió con humor.

Oscar también sonrió.

–Es que no me ha parecido el momento más oportuno. Además, entre sus preguntas sobre mi padre y sus explicaciones sobre el viaje que van a hacer a Londres y la visita de los hijos de Benjamin...

–Sí, eso es cierto.

–Sin embargo, estoy seguro de que se llevarán una gran alegría cuando lo sepan. Pero prefiero esperar un poco antes de hacerlo público; quiero disfrutar de este momento tanto como nos sea posible.

Entraron en la casa y avanzaron por el pasillo. Al pasar por delante de la biblioteca, Oscar tomó a Helena de la mano y la llevó hasta el retrato de Isobel.

–Tía abuela... –dijo, mirándola–, ¿se puede saber qué más has tramado?

Helena se acercó al lugar donde estaban las estatuillas y miró a Oscar.

–¿Sabes una cosa? Estas figurillas son los únicos objetos de Mulberry Court que he deseado siempre. Lo demás no me importa.

Oscar lo sabía perfectamente. Helena era la mujer más generosa y desprendida a la que había conocido. Y la pesadilla que había sufrido aquella noche, cuando se despertó y creyó que las figurillas habían desaparecido, lo demostraba.

Súbitamente, Helena se acordó de algo que había olvidado por completo; algo que quería preguntar a Oscar y que siempre dejaba para más tarde porque ya no tenía la menor importancia.

–¿Quién era la mujer que apareció el otro día?

–¿Qué mujer?

–La de los tres niños.

–Ah, esa mujer...

Oscar frunció el ceño como si intentara recordar algo. A continuación, se acercó a uno de los estantes y alcanzó un sobre que había dejado encima de los libros.

Sin decir una palabra, se lo dio a Helena, que lo abrió lentamente.

En su interior, había una carta escrita a mano y dos dibujos infantiles con corazones, flores y un *gracias* enorme.

La carta, firmada por Maria, Antonio y Paolo Giolittim, decía así:

Querido señor Theotokis:

¿Qué palabras pueden expresar, en este o en cualquier otro idioma, la gratitud que se siente por el regalo de la vida? Tal vez recuerde el accidente de tráfico que mi familia y yo sufrimos hace tiempo, cuando estábamos de vacaciones en la zona. Más tarde, supe que usted fue la persona que nos rescató de una muerte segura. Estuvimos en el hospital una temporada, pero al final nos recuperamos. He intentado ponerme en contacto con usted varias veces, sin éxito. Solo espero que, algún día, mis hijos y yo tengamos ocasión de agradecerle adecuadamente lo que hizo por nosotros. Pero hasta entonces, gracias. De todo corazón, señor Theotokis.

Helena intentó decir algo, pero estaba tan emocionada que no podía hablar. Casi se le saltaban las lágrimas.

–¿Te acuerdas de nuestro primer fin de semana?

–Sí, claro...

–¿Recuerdas que llegué tarde al Horseshoe?

Helena se sintió profundamente culpable al recordarlo. Aquella noche, pensó que el comportamiento seco de Oscar se debía a que su viaje había durado más de lo que tenía previsto; pero evidentemente, estaba afectado por el accidente de la señora Maria y de sus dos hijos.

–¿Qué ocurrió?

Oscar se encogió de hombros.

–Fui el primero en llegar... simple casualidad, claro. Se habían quedado atrapados en la parte trasera del coche, que estaba en llamas; pero las portezuelas estaban atascadas y no podía abrir, así que rompí una de las ventanillas.

Helena se estremeció al imaginar la escena y se odió a sí misma por haber pensado mal de él en el momento y más tarde, cuando la mujer y sus tres hijos se presentaron en Mulberry Court para dar las gracias a su salvador.

Evidentemente, sacar conclusiones apresuradas era un error.

Con mucho cuidado, guardó la carta en el sobre y la volvió a dejar en la estantería, encima de los libros.

–Y yo que me preguntaba si esos niños serían tuyos...

Oscar sonrió.

–No tengo hijos, Helena. Todavía.

–Sí, ya lo se.

Subieron juntos por la escalera. Oscar la llevó a su dormitorio y cerró la puerta a sus espaldas. Luego, sin encender la luz, la tomó de la mano y se acercaron a la ventana para ver el paisaje. Todo estaba tan tranquilo como sus propios corazones, dominados por la paz de saber que, al final, después de tanto tiempo, tenían lo que querían.

Entonces, él la abrazó con fuerza y ella apoyó la cabeza en su cuello e inhaló el aroma cálido de su piel. A continuación, apretó sus suaves curvas contra el duro pecho de Oscar, alzó la mano y le acarició los labios con el índice, que él mordió con dulzura.

–Oscar, ¿tenemos que... ?

–¿Sí?

–¿Es absolutamente necesario que nos casemos en Grecia? –preguntó con incertidumbre.

–¿Por qué lo preguntas?

–Porque me encantaría casarme en...

Oscar la interrumpió.

–Podemos casarnos donde quieras, Helena. Pero con una condición.

–¿Cuál?

–Que sea pronto.

Helena sonrió.

–Entonces, me gustaría casarme aquí, en el jardín de Mulberry Court. Y quiero que sea una boda con pocos invitados... aunque sobra decir que podemos celebrar una ceremonia más grande en Grecia, si el protocolo lo exige.

Oscar asintió.

–Bueno, no sé si el protocolo exige una ceremonia grande –ironizó él–, pero eso carece de importancia en este momento. Yo también quiero que nos casemos en Mulberry Court, Helena. Y quiero que, cuando pronunciemos nuestros votos, los pronunciemos delante de nuestros seres más queridos.

Helena casi pudo imaginar el instante.

Se vio a sí misma con un vestido sencillo, de algodón blanco y encaje, más una rosa en el pelo y un ramillete de flores en la mano.

Un vestido que compraría con la modesta suma de dinero que su padre le había dejado en herencia. A fin de cuentas, lo había estado guardando para una circunstancia verdaderamente especial.

Estuvieron abrazados, sin decir nada, durante un rato. Helena estaba asombrada con el efecto de la felicidad sobre su cuerpo; era tan intensa que las mejillas se le habían teñido de rubor y le daban escalofríos.

De repente, después de uno de esos escalofríos, Oscar le dedicó una mirada ardiente y más explícita que todas las palabras del mundo. Después, bajó la cabeza, la atrajo hacia sí y le dio un beso mientras ella le pasaba los brazos alrededor del cuello.

Un beso dulce, pero apasionado.

Un beso lleno de pasión.

Solo entonces, en el momento preciso, Oscar la llevó a la cama, donde se sentaron. Helena se inclinó hacia delante y se empezó a quitar las sandalias, perfectamente consciente de que él le había bajado la cremallera del vestido y estaba a punto de soltarle el sostén.

Acto seguido, la tumbó y se echó a su lado.

Helena giró la cabeza para mirar sus ojos, esos ojos negros e impenetrables que habían rondado sus sueños durante tanto tiempo.

–Volviendo al asunto que me comentabas antes, he pensado que... –dijo ella.

–¿Qué asunto? –la interrumpió Oscar.

–El de los niños, naturalmente –respondió.

–¿Y qué has pensado?

–Que podríamos tener dos de cada, si te parece bien.

Oscar sonrió con picardía.

–Me parece perfecto, para empezar. Y como no hay mejor momento que el presente, *kopella mou...* empezaremos esta misma noche.

BIANCA™

MICHELLE REID

EL HOMBRE QUE
LO ARRIESGÓ TODO

Prólogo

UNA FIEBRE de expectación se propagó entre la multitud. La carrera estaba a punto de empezar. Preparado y listo para salir, Franco Tolle estaba dentro de la marquesina de su equipo, el *White Streak*, con el casco bajo el brazo y los ojos fijos en el monitor, esperando a que los organizadores de la carrera aparecieran en la pantalla. El viento soplaba con más fuerza, rompiendo la calma chicha del Mediterráneo y convirtiéndola en un caldo turbulento. No eran las condiciones ideales para correr en una lancha a sesenta metros por segundo.

–¿Qué te parece? –Marco Clemente, el copiloto, se acercó hasta él.

Franco se encogió de hombros. Lo cierto era que el estado de la mar tampoco le preocupaba tanto como la decisión de Marco de correr con él.

–¿Seguro que quieres hacer esto? –le preguntó, sin levantar la voz, sin dejar de mirar la pantalla.

Marco soltó el aliento con impaciencia.

–Si no quieres que corra contigo, Franco, dilo.

Y era por eso que Franco había hecho la pregunta. Marco estaba tenso, cargado, volátil... Se había pasado la última hora caminando de un lado a otro, atacando a cualquiera que se atreviera a dirigirle la palabra... Ese no era el mejor estado de ánimo para ponerse al frente de una lancha motora que cortaba el mar como una bala.

–Por si lo has olvidado, Franco, la mitad del *White Streak* es mía, aunque seas tú el cerebrito –le espetó en un tono petulante.

Franco apretó los dientes. No quería decir nada de lo que pudiera arrepentirse. Ambos eran dueños del White Streak, y habían corrido en él y en su lancha gemela por toda Europa, representando a la empresa White Streak. Llevaban cinco años haciéndolo. Pero esa era la primera vez en más de tres años que se iban a subir a la misma lancha juntos. Esa era la primera vez que Franco cedía ante la presión y dejaba que Marco se sentara a su lado.

Pero ¿por qué lo había hecho? Lo había hecho porque la liga colgaba de un hilo. Era la última carrera de la temporada y su copiloto se había puesto enfermo el día anterior. Marco era, sin duda alguna, el mejor sustituto para Angelo cuando había tanto en juego, y Franco se había convencido a sí mismo de que serían capaces de dejar a un lado las viejas disputas en aras de la competición. Pensaba que podrían dejarlo todo en un plano estrictamente profesional, pero había algo con lo que no había contado. Marco ya no era el mismo de antes. Ya no se comportaba como aquel tipo tranquilo al que todo el mundo estaba acostumbrado.

–Antes éramos buenos amigos –le dijo Marco, bajando el tono de voz deliberadamente–. Fuimos los mejores amigos, de toda la vida. Pero entonces yo cometí un pequeño error y tú...

–Acostarte con mi esposa no fue un pequeño error...

La voz de Franco fue como una bocanada de aire frío, como si una ráfaga de viento helado se hubiera colado de repente en la tienda.

–Lexi no era tu esposa entonces –le dijo Marco.

–No –Franco se volvió hacia él por primera vez desde el comienzo de la conversación.

Eran de la misma estatura, tenían la misma constitución atlética, eran de la misma edad, del mismo lugar... Pero eso era todo. El parecido terminaba ahí. Marco tenía el pelo rubio, con ojos azules, mientras que Franco era moreno, de ojos oscuros...

–Pero tú eras mi mejor amigo.

Marco trató de sostenerle la mirada. El remordimiento y la frustración libraron una batalla en su interior durante un par de segundos. Finalmente suspiró y apartó la mirada.

–¿Y si te dijera que nunca sucedió? ¿Y si te dijera que me lo inventé todo para que rompierais?

–¿Y por qué ibas a hacer eso?

–¿Por qué ibas a querer tirar tu vida por la borda por una adolescente? –Marco arremetió contra él. La frustración le había ganado la batalla al remordimiento–. Te casaste con ella de todos modos, y me hiciste sentir como el peor bastardo del mundo. Y Lexi ni siquiera supo que yo te había dicho algo, ¿no? No se lo dijiste.

Franco guardó silencio y volvió a mirar hacia el monitor.

–No puede haberlo sabido –Marco siguió adelante, como si hablara consigo mismo–. Era muy buena conmigo.

–¿Qué sentido tiene esta conversación? –preguntó Franco de repente, perdiendo la paciencia–. Tenemos que correr en una carrera, y creo que es evidente que no tengo ganas de hablar del pasado contigo.

–Muy bien, *signori*, allá vamos.

Justo en ese momento, el jefe del equipo dio el grito de salida, rompiendo así la tensión que se había creado alrededor de los dos hombres.

Franco echó a andar, pero Marco le agarró del brazo.

–Por Dios, Franco, siento haber estropeado lo que tenías con Lexi, ¡pero ella lleva tres años fuera de tu vida! ¿No podemos dejarlo todo atrás de una vez y volver adonde...?

–¿Quieres que te diga por qué has decidido sacar todo esto ahora? –Franco se volvió hacia Marco bruscamente. Su frío rostro estaba lleno de desprecio–. Tienes una deuda con White Streak que asciende a millones. Tienes miedo porque sabes que me necesitas para que esos trapos sucios no salgan a la luz. Ya has oído los rumores, sabes que tengo intención de cerrar el grifo para las carreras, y te mueres de miedo, porque sabes que el desastre financiero en el que nos has metido te va a estallar en la cara. Y, para que conste, esa disculpa penosa llega tres años y medio tarde.

Soltándose con brusquedad, Franco dio media vuelta y siguió adelante. En realidad, no esperaba que Marco sacara el tema... Y lo último que quería recordar era que en casa le esperaban los papeles de divorcio que Lexi le había mandado.

Salió de la marquesina. Un río de rabia tan fría como el nitrógeno líquido le corría por las venas. Estaban en Livorno. Los fans de casa le esperaban ahí fuera, pero apenas podía oír sus aplausos y ovaciones. Un velo rojo le cubría los ojos y lo único que podía ver era esa imagen... Su mejor amigo con la única mujer a la que había amado, en la cama. Llevaba mucho tiempo con esa imagen en la cabeza, casi cuatro años. La había tenido muy presente durante todo su matrimonio con Lexi y eso la había hecho tratarla de otra manera. Incluso había llegado a pensar que el hijo que esperaba no era de él por culpa de ese recuerdo. Aquel incidente cambió el rumbo de su vida. Le corroyó por dentro hasta que ya no quedó nada del hombre que solía ser. Y cuando Lexi perdió el bebé, su reacción se vio empañada por ese amargo recuerdo.

Pero lo peor de todo era que Marco tenía razón. Lexi

nunca había llegado a saber por qué se había comportado de esa manera. La única forma de salvaguardar su orgullo herido había sido esa; mantenerlo todo en secreto. Ella nunca había llegado a saber que le había roto el corazón con aquella traición.

Como un fantasma del que no podía librarse, Marco volvió a aparecer a su lado.

–Franco, *amico*, necesito que me escuches...

–No me hables del pasado. Céntrate en lo que tenemos que hacer ahora, si no quieres que cierre White Streak. No querrás que el desastre que has provocado salga a la luz.

–Me arruinarías la vida... La reputación de mi familia...

–Eso es.

Marco se puso pálido. Había pánico en su rostro. El apellido Clemente era sinónimo de vinos exquisitos, sinceridad y bondad. La dinastía Clemente estaba al frente de algunas de las organizaciones benéficas más importantes de toda Italia, junto con la familia Tolle. Los lazos que unían a los dos clanes se remontaban a un tiempo que ninguno de los dos recordaba, y era por ese motivo que Franco no había querido airear mucho sus problemas con Marco. Todavía tenían una relación profesional, solían coincidir en eventos sociales y benéficos. Había dejado que Marco desmintiera los rumores entre risas ante los medios.

–Chicos, saludad a la gente –les dijo el jefe del equipo, acercándoseles por detrás.

Como una marioneta obediente, Franco levantó el brazo y saludó. Marco hizo lo propio, esbozando su famosa sonrisa y ganándose a todo el mundo, como siempre hacía. Mientras tanto, Franco se puso el casco. En cuanto lo hizo, su sonrisa se desvaneció. Ambos subieron a la cabina abierta de la lancha y se pusieron los cinturones de seguridad. Les estaban dando la información habitual por el pinganillo; ráfagas de viento, la altitud estimada, longitud de onda de las olas... Hicieron la rutina de comprobaciones previas al comienzo de la carrera... Estaban perfectamente compenetrados, acostumbrados a trabajar juntos como si supieran lo que el otro estaba pensando en cada momento. Habían sido amigos desde la infancia y podrían haber seguido siéndolo para siempre... Envejecer juntos, hijos, nietos... Cálidas noches de verano contemplando la puesta de sol, disfrutando del mejor caldo que albergaban las bodegas Clemente, recordando los viejos tiempos...

Arrancaron los motores. El suave rugido era música para los oídos de un ingeniero marítimo como Franco. Sacaron la lancha hasta la línea de salida... Una pincelada blanca y brillante entre otros doce barcos de todos los colores, con logos de patrocinadores de lo más variopintos. Todos aguantaban el estrangulador, listos para salir a toda velocidad en cuando dieran el pistoletazo.

Franco miró a Marco, que estaba a su lado. No supo por qué lo hizo... Debía de haber sido ese sexto sentido que solían compartir... Marco también se había vuelto hacia él y le observaba. Había algo escrito en sus ojos... una oscura desesperación que apretaba el pecho de Franco como un puño gigante.

Marco rompió la mirada, volviendo la cabeza de nuevo. Y entonces Franco oyó el suave murmullo de su voz en el oído.

–*Sono spiacente, il mio amico.*

Franco todavía intentaba descifrar lo que Marco le había dicho cuando los motores rugieron con brío y las lanchas salieron adelante.

«Demasiado rápido...», pensó.

Marco acababa de decirle que lo sentía, y estaban saliendo demasiado deprisa...

LEXI estaba en una reunión. La puerta del despacho de Bruce se abrió de golpe. Era Suzy, la nueva asistente.

–Siento interrumpir –dijo la joven, sin aire–. Pero Lexi tiene que ver...

Tomó el mando a distancia de la mesa, emocionada, y apuntó al aparato. Todos se le quedaron mirando, boquiabiertos, preguntándose cómo había podido irrumpir en el despacho de esa manera.

–Un amigo me envió este enlace a mi Twitter –le explicó, buscando el canal rápidamente–. No me van mucho los programas de sucesos, así que dejé de mirar, pero entonces tu cara apareció en la pantalla, Lexi, ¡y mencionaron tu nombre!

Un mar cristalino y azul apareció en la pantalla. Un segundo después, doce lanchas motoras surcaron el agua a toda velocidad, volando como flechas y dejando estelas de espuma blanca a su paso. Antes de que nadie pudiera darse cuenta de lo que estaban viendo, Lexi sintió un frío escalofrío por la espalda. Se puso en pie.

Las carreras de lanchas solo eran para los ricos y temerarios. Todo ese despliegue ostentoso cargado de testosterona no era más que una exhibición de excesos de todo tipo. Exceso de dinero, exceso de poder, exceso de ego... Y también un desafío de riesgo que entrañaba un gran peligro... ese peligro que dejaba a la mayoría de la gente boquiabierta... Pero para Lexi, en cambio, aquello era como ver pasar su peor pesadilla por delante de sus ojos, porque ella sí sabía qué era lo que estaba a punto de pasar a continuación.

–No –susurró–. Por favor, apágalo.

Pero nadie la estaba escuchando. Además, ya era demasiado tarde. Mientras hablaba, la punta de la lancha que iba encabezando la carrera se topó con unas turbulencias y salió volando en el aire. Durante unos angustiosos e interminables segundos, el vehículo quedó suspendido boca abajo, surcando el aire como un cisne blanco maravilloso, emergiendo del mar.

–Sigue mirando –dijo Suzy, llena de expectación.

Lexi se aferró al borde de la mesa al tiempo que la poderosa lancha efectuaba la pirueta más increíble, y entonces empezó a dar vueltas, una y otra vez, como si se tratara de un atrevido truco acrobático. Pero aquello no era un truco... En la cabina abierta del barco se podía ver a dos personas, totalmente expuestas. Dos hombres temerarios jugándose la vida por una descarga de adrenalina, encerrados en una lancha que se había convertido en una trampa mortal. Restos de todo tipo volaban a su alrededor, armas letales que cortaban el aire.

–*En este deporte tan peligroso hay un accidente cada año por lo menos* –decía un narrador–. *Debido a unas condiciones meteorológicas poco favorables en la costa de Livorno, hubo una gran controversia en torno a la celebración de la carrera. La lancha que lideraba la carrera había llegado a alcanzar la velocidad máxima cuando dio con las turbulencias. Se puede ver cómo Francesco Tolle sale despedido del aparato.*

–¡Oh, Dios mío, ahí hay un cuerpo! –gritó alguien, horrorizado.

–*Su copiloto, Marco Clemente, permaneció atrapado bajo el agua unos minutos hasta que los buceadores pudieron sacarle. Ambos hombres han sido tras-*

ladados al hospital. Algunos informes, todavía por con-
firmar, hablan de un hombre muerto y de otro que está
gravemente herido.

–Que alguien la sujete. Rápido.

Lexi oyó la voz de Bruce, a lo lejos. Las piernas le
estaban cediendo.

–Cuidado... –dijo alguien, sujetándola del brazo y
conduciéndola hasta una silla.

–Ponle la cabeza entre las piernas –le aconsejó otra
voz.

Bruce, por su parte, mascullaba toda clase de impro-
perios dirigidos a Suzy, por haber sido tan inconsciente.

Lexi sentía que le estaban echando la cabeza hacia
delante, pero sabía que no iba a funcionar. Se quedó ahí
sentada, echada hacia delante, con el pelo alrededor de
la cara, y escuchó al locutor de televisión mientras recordaba los veintiocho años de vida de Francesco como
si estuviera leyendo su esquela.

–*Nacido en una de las familias más ricas de Italia,*
único hijo del empresario de astilleros Salvatore Tolle,
Francesco Tolle dejó atrás su papel de playboy después
de un breve matrimonio con la estrella infantil Lexi Ha-
milton...

Una ola de murmullos sacudió la sala. Lexi se estremeció, porque sabía que una foto de ella con Franco debía de haber aparecido en la pantalla. Joven... Él debía
de verse joven, feliz, porque así era como...

–*Tolle se ha volcado en el negocio familiar, pero*
aún sigue compitiendo para el equipo White Streak,
una empresa que creó hace cinco años con su copiloto,
Marco Clemente, quien pertenece a una de las familias
más prestigiosas de Italia, dueñas de las bodegas Cle-
mente. Amigos de toda la vida...

–Lexi, bebe un poco de esto.

Bruce le apartó el pelo de la cara con suavidad y le

puso un vaso de agua contra los labios. Ella quería decirle que la dejara tranquila para poder escuchar, pero tenía la boca paralizada. Estaba enfrascada en una lucha consigo misma, con Bruce, y con el horror que acababa de presenciar...

De repente vio a Franco.

Su Franco... Vestido con unos vaqueros cortos y una camiseta blanca que se pegaba a todos y cada uno de sus músculos. Estaba frente al cuadro de mandos de una lancha no tan peligrosa como la de la televisión. Se volvía hacia ella, y reía... porque le estaba dando un susto de muerte, surcando el mar a toda velocidad.

«No seas cobarde, Lexi. Ven aquí y siente la fuerza...», aquellas palabras retumbaron en su cabeza; un eco del pasado.

–Voy a vomitar –susurró Lexi de repente.

El siempre tan elegante Bruce Dayton, agachado frente a ella, retrocedió de golpe. Lexi se puso en pie como pudo y echó a andar por la sala, tambaleándose y dando tumbos como un borracho, con una mano temblorosa sobre la boca. Alguien le abrió la puerta y así consiguió llegar al aseo justo a tiempo.

Franco estaba muerto. Su cabeza no dejaba de girar locamente, repitiendo las palabras una y otra vez. Su precioso cuerpo, roto en mil pedazos... Esa sed de peligro le había llevado a la muerta al final.

–No... –dijo Lexi, emitiendo un sonido gutural. Cerró los ojos y se echó hacia atrás, apoyándose contra los fríos azulejos del aseo.

«Yo no, *bella mia*. Soy invencible...».

Ahogándose con un sollozo, Lexi abrió los ojos... Era como si Franco acabara de susurrarle esas palabras al oído.

Pero él no estaba allí. Estaba sola, en su prisión de agonía y paredes blancas.

Invencible...

Una risotada histérica se le escapó de la boca. Nadie era invencible. ¿No se lo había demostrado ya a sí mismo en una ocasión?

Oyó unos golpecitos prudentes sobre la puerta.

—¿Estás bien, Lexi?

Era Suzy; su voz sonaba ansiosa. Haciendo un esfuerzo por recuperar la compostura, Lexi se alisó su falda color turquesa con manos temblorosas. Turquesa, como el océano... A Franco siempre le había gustado que llevara ese color. Decía que le daba vida a su mirada, casi del mismo color...

—¿Lexi? —Suzy volvió a llamar.

—Ssssí —logró decir—. Estoy bien.

Pero no era cierto. Nunca volvería a estar bien. Se había pasado los últimos tres años y medio intentando meter a Franco en el rincón más oscuro y recóndito de su mente, pero una nueva puerta se había abierto, y él se había colado por ella... Ya era demasiado tarde para...

¿Pero en qué estaba pensando? ¿Acaso no sabía ya que estaba muerto?

Podía ser Marco...

¿Y eso era mejor?

«Sí», susurró una voz malvada que hablaba desde su cabeza.

Suzy la estaba esperando. Su hermoso rostro estaba lleno de culpa y angustia.

—Lo siento mucho, Lexi. Es que cuando vi tu cara...

—No tiene importancia —le dijo Lexi, interrumpiéndola. No quería pagarla con ella. Era tan joven e inocente...

Tenía la misma edad que ella cuando había conocido a Franco. ¿Por qué se sentía tan vieja de repente, si solo tenía veintitrés años?

—Bruce amenaza con echarme —dijo Suzy mientras

Lexi se lavaba las manos sin ser consciente de estar haciéndolo–. Dice que no necesita a una persona tan estúpida en su negocio porque ya tiene de sobra, con todas esas aspirantes a actriz y...

Lexi dejó de escuchar. Se estaba mirando al espejo... Contemplaba ese rostro con forma de corazón, rodeado de una melena de color cobrizo.

«Al atardecer parece de fuego...», le había susurrado Franco en una ocasión, enredando los dedos de la mano en su cabello.

«Pelo de caramelo, piel de crema, y labios... Mmm... Labios deliciosos, como fresas silvestres...».

–Eso es una cursilada, Francesco Tolle –le había dicho ella–. Pensaba que tenías mucho más estilo.

–Lo tengo cuando hay que tenerlo, *bella mia*. ¿Lo ves? Te lo demostraré.

Ya no tenía los labios color fresa... Lexi se dio cuenta en ese momento. Estaba pálida, sin color alguno.

–Y no le has visto en años, así que no se me ocurrió pensar que todavía sentías algo por él.

Lexi cerró los ojos un momento y volvió a abrirlos.

–Es un ser humano, Suzy...

–Sí... –dijo la joven en un tono de culpa–. Oh, pero es tan guapo, Lexi –añadió, suspirando–. Tan sexy... Podría haber sido uno de los actores que tenemos en...

Lexi dejó de escuchar de nuevo... Sabía que Suzy no tenía ni idea de lo que estaba diciendo. No quería hacerle daño, hablando de esa manera, pero Lexi no tenía ganas de oírla de todos modos.

Dio media vuelta y salió del aseo. Suzy se quedó hablando sola. Las piernas apenas la sostenían y tampoco la obedecían. Se encerró en su despacho y se quedó allí, de pie, contemplando la nada. Se sentía vacía por dentro, pero su corazón estaba encerrado en un puño de hierro.

–Lexi...

La puerta se abrió, pero ella apenas se dio cuenta. Se volvió y se encontró con Bruce, alto y esbelto, tan apuesto como siempre. Su cara seria la asustó aún más.

–¿Qué? –le preguntó, sabiendo que otra noticia horrible estaba por llegar.

Bruce dio un paso adelante, cerró la puerta y la agarró del brazo. Sin decir ni una palabra, la condujo hasta la silla más próxima. Al sentarse, Lexi empezó a sentir el escozor de las lágrimas bajo los párpados.

–Será... será mejor que me lo digas cuando antes.

Inclinándose contra el escritorio, Bruce cruzó los brazos.

–Tienes una llamada. Es Salvatore Tolle.

¿El padre de Franco? Retorciendo los dedos sobre su regazo, Lexi volvió a cerrar los ojos, con fuerza. Solo podía haber una razón para esa llamada... Salvatore la odiaba. Decía que había arruinado la vida de su hijo.

«Una aspirante a actriz espabilada y dispuesta a prostituirse para conseguir una mina de oro...».

Le había oído espetarle esas palabras afiladas a su hijo, pero no sabía qué le había contestado Franco porque había salido huyendo, despavorida y hecha un mar de lágrimas.

–Le dije que esperara –dijo Bruce, que no se achantaba ante nadie, ni siquiera ante un peso pesado como Salvatore Tolle–. Pensé que necesitabas unos minutos más para... Para preparar la función antes de escuchar lo que tenga que decirte.

–Gracias –murmuró ella, abriendo los ojos y mirándose los dedos–. ¿Te... te dijo... por... qué llamaba?

–No.

Intentando humedecerse la boca, Lexi asintió con la cabeza y trató de recuperar la compostura una vez más.

–Muy bien –se puso en pie a duras penas–. Será mejor que hable con él.

–¿Quieres que me quede?

Lo cierto es que no tenía respuesta para esa pregunta. Bruce siempre había desempeñado un papel importante en su vida. Había sido el mánager de su madre, Grace, y la había acompañado durante su carrera artística. Siempre había estado ahí cuando más lo necesitaba... Aquella niña de quince años se había dado de bruces con el estrellato gracias a una película de bajo presupuesto que se había convertido en un éxito de taquilla de forma inesperada... Y las cosas no siempre habían sido fáciles, pero Bruce siempre había estado ahí... Y después, cuando lo había dejado todo para irse con su apuesto novio italiano, se las había ingeniado para no perder el contacto con ella. Tras la repentina muerte de su madre, también había sido él quien se había ofrecido a darle todo el apoyo que necesitaba, pero por aquel entonces todavía tenía a Franco. O por lo menos eso creía... Había pasado meses sumida en un profundo dolor, con el corazón roto, pero al final se había rendido. Se había subido a un avión y había vuelto a casa, había vuelto junto a Bruce.

El tiempo había pasado rápidamente... En ese momento trabajaba para él en su compañía de teatro. Funcionaban bien juntos. Ella era capaz de entender a los clientes más temperamentales y él tenía muchos años de experiencia en el mundo del teatro. En algún momento, habían llegado a entenderse muy bien.

–Será mejor que esto lo haga sola –dijo por fin, consciente de que Bruce no podía arreglar las cosas esa vez.

Él guardó silencio un momento. Su expresión no revelaba nada. Asintió con la cabeza y se incorporó. Lexi sabía que había herido sus sentimientos, sabía que debía de sentirse excluido, pero también tenía que entender por qué había rechazado su ofrecimiento. Esa llamada tenía que ver con Franco, y ni siquiera Bruce podía protegerla y amortiguar el golpe que iba a darse.

–Línea 3 –dijo Bruce, señalando el teléfono que estaba sobre su escritorio. Dio media vuelta y se marchó.

Lexi esperó a que se cerrara la puerta y entonces se volvió hacia el teléfono. Se quedó mirándolo durante unos segundos, respiró hondo y extendió una mano temblorosa hacia el auricular.

–*Buongiorno, signor* –murmuró con la voz entrecortada.

Hubo una pausa. El corazón de Lexi dio un pequeño vuelco.

–No es un buen día hoy, Alexia –dijo Salvatore Tolle por fin–. En realidad es un día muy malo. Supongo que ya sabes lo de Francesco.

Lexi cerró los ojos y una ola de mareo se apoderó de ella.

–Sí.

–Entonces seré breve. Lo he preparado todo para que vengas a Livorno. Un coche te recogerá en tu apartamento dentro de una hora. Mi avión te llevará hasta Pisa y allí te estarán esperando. Cuando llegues al hospital tendrás que identificarte antes de poder ver a mi hijo, así que asegúrate de...

–Francesco está... ¿Vivo? –Lexi respiró con fuerza, como si alguien acabara de golpearla en el pecho.

Se hizo otro silencio. Y entonces se oyó un juramento al otro lado de la línea.

–Creías que estaba muerto. Pues, lo siento –dijo el padre de Franco con brusquedad–. Con todo el caos que se formó después del accidente, no se me ocurrió pensar que... Sí... Francesco está vivo. Pero tengo que advertirte que está gravemente herido. No sé cómo demonios...

El padre de Franco se detuvo de nuevo. Lexi podía sentir la batalla que debía de estar librando en su interior. Francesco era su único hijo; su adorado primogénito y único heredero.

–Yo... Siento que tenga que pasar por esto –logró decir Lexi.

–No necesito tu compasión –dijo Salvatore. Su voz se hacía cada vez más dura y sus palabras sonaron como un latigazo.

De haber tenido ganas, Lexi hubiera sonreído. Podía entender muy bien por qué Salvatore no quería saber nada de ella. El desprecio que un hombre como él podía sentir por «las de su clase» no desaparecía así como así con el paso del tiempo.

–Simplemente espero que hagas lo que hay que hacer –añadió, en un tono más calmado–. Aquí se te necesita. Mi hijo te está llamando, así que vendrás a verle.

¿Ir a ver a Franco? Lexi parpadeó y vio la luz del sol por primera vez.

–Lo siento, pero no puedo hacer eso –le dijo. Fue como si le hubieran arrancado las palabras de la garganta.

–¿Qué quieres decir? –masculló Salvatore–. Eres su esposa. Es tu deber estar aquí con él.

Su esposa... Qué raras sonaban esas palabras. Lexi se volvió hacia la ventana. Sus ojos tomaron una tonalidad grisácea. Su deber para con Franco había terminado tres años y medio antes, cuando él...

–Su esposa abandonada –apuntó–. Siento mucho que Francesco haya resultado herido, señor, pero yo ya no soy parte de su vida.

–¿Pero es que no tienes corazón? –exclamó Salvatore. Su tono de voz era gélido, inflexible... muy apropiado para alguien como él–. ¡Está en el quirófano, desangrándose, roto en mil pedazos! ¡Su mejor amigo acaba de morir!

–¿Ma... Marco ha muerto? –Lexi se quedó helada.

Se quedó contemplando esos cielos grises que se abrían más allá de la ventana de su habitación, con la mirada perdida... y entonces vio el rostro hermoso y risueño de Marco Clemente. Su corazón se encogió de dolor. Todo era tan injusto. Marco nunca le había hecho daño a nadie. Siempre había sido el más simpático y dulce de los dos. Franco era el temerario, la cabeza loca, el chico de moda al que todos seguían y adoraban... Y Marco era su más fiel seguidor porque, tal y como él mismo le había dicho en una ocasión, se consideraba un poco vago, perezoso. Era más fácil dejarse arrastrar por Franco antes que nadar a contracorriente.

Conociendo a Franco como le conocía, Lexi sabía que en ese momento debía de estarse maldiciendo una y mil veces por haber despertado en Marco esa sed de peligro que le había llevado a la muerte.

–Lo siento muchísimo –susurró.

–Sí –reconoció Salvatore Tolle–. Me alegra saber que estás triste por Franco. Y ahora te lo pregunto de nuevo. ¿Vas a venir a ver a mi hijo?

–Sí –dijo Lexi, esa vez sin vacilar. Las viejas heridas no habían cicatrizado del todo, pero la muerte de Marco lo cambiaba todo.

Marco, Franco... El uno sin el otro era como el día sin la noche.

Lexi dejó el auricular en su sitio y empezó a temblar de nuevo. No podía evitarlo. Se llevó una mano a los ojos y trató de contener las lágrimas que amenazaban con brotar en cualquier momento.

–Entonces está vivo.

Lexi se dio la vuelta de golpe y se encontró con Bruce. Apretó los labios y asintió con la cabeza.

Bruce hizo una mueca.

—Eso me imaginaba. Los cerdos como él tienen mucha suerte.

—¡No hay nada de suerte en salir despedido de una lancha y volar por los aires rodeado de un montón de chatarra, Bruce! —exclamó Lexi, súbitamente exaltada.

—¿Y el otro? ¿Marco Clemente?

Lexi bajó la vista y negó con la cabeza.

—Pobre diablo —murmuró Bruce.

Por lo menos ese comentario no iba cargado de sarcasmo. Lexi respiró hondo.

—Creo que voy a tener que tomarme un poco de tiempo libre.

Bruce se le quedó mirando unos segundos. Lexi sabía que lo que acababa de decir no le sorprendía en absoluto.

—Entonces el efecto Tolle sigue siendo muy fuerte para ti, ¿no? Vas a ir a verle.

—Estaría mal que no lo hiciera.

—¿Aunque te estés divorciando de él?

Lexi se sonrojó violentamente. De repente deseó no haberle dicho a Bruce que les había enviado los papeles del divorcio a los abogados de Franco dos semanas antes.

—Eso no tiene importancia en esta situación —alegó ella—. Marco y Franco eran como hermanos. Creo que lo correcto es dejar a un lado las diferencias en un momento como este.

—Eso es una tontería, Lexi —dijo Bruce—. Yo fui el tipo al que acudiste cuando tu matrimonio se fue al garete —le recordó él con mordacidad—. Vi lo que te hizo. Yo fui quien te secó las lágrimas. Y si esperas que me eche a un lado y te deje volver a esa relación venenosa sin rechistar, te equivocas.

Ella levantó la barbilla y le hizo frente.

–No voy a volver a tener una relación con Franco.

–¿Y entonces por qué vas?

–¡Voy a ver a un hombre que está al borde de la muerte!

–¿Y para qué?

Presa de una furia repentina, Lexi abrió la boca para decir algo brusco y cargado de rabia, pero entonces se lo pensó mejor.

–Todavía le quieres.

–No le quiero –le dijo a Bruce. Rodeó el escritorio y se puso a buscar su bolso por todos los cajones.

–Todavía le deseas.

–¡No! –encontró el bolso y lo sacó de un cajón.

–¿Por qué vas entonces? –le preguntó Bruce, insistiendo y yendo hacia ella.

–Solo voy a tomarme un par de días libres. ¡Por Dios!

–¿Estuvo él junto a tu cama cuando perdiste a tu bebé? –le espetó Bruce–. No. ¿Le importó algo que sufrieras, que estuvieras asustada y sola? No. Estaba demasiado ocupado revolcándose con una de sus gatitas. Tardó veinticuatro horas en aparecer, y para entonces esa zorra ya se había asegurado bien de que supieras dónde había estado. ¡No le debes nada, Lexi!

–¡Pero eso no significa que me tenga que comportar tan mal como él! –gritó Lexi, pálida como la leche.

Todo era dolorosamente real.

–Está herido, Bruce, y Marco me caía bien. ¡Por favor, trata de entender que no podría vivir conmigo misma si no voy!

–¿A costa de quién? ¿De nosotros?

Esa última palabra dejó a Lexi petrificada. Se quedó mirando fijamente al hombre que tenía delante, tan elegante con ese traje gris... Volvió a sentir el escozor de las lágrimas en la garganta. Bruce tenía treinta y cinco años, y muchas veces se sentía apabullada por esa arrolladora madurez. La fría rabia que chispeaba en sus ojos azul claro, el filo cínico que acompañaba a todas y cada una de sus palabras... Bruce no solía mostrarle ese lado de sí mismo... En realidad, Lexi jamás se hubiera podido imaginar que fuera a hacer algo así; sacar a colación un tema que ambos llevaban meses esquivando. Bruce era su mentor, su salvador, su mejor amigo, y le quería mucho, de una manera muy especial que solo se daba con él. Pero no le quería como él hubiera querido, por mucho que quisiera hacerlo.

—No. Olvida lo que he dicho —Bruce suspiró de repente y gesticuló con una mano, como si estuviera dejando a un lado el desafío—. Estoy enojado por... —se detuvo y masculló un juramento en voz baja antes de proseguir—. Franco ha reaparecido justo en el momento en que empezabas a... —suspiró de nuevo—. Vete —dijo finalmente, dando media vuelta—. A lo mejor verle después de tanto tiempo te hace ver que has madurado, mientras que él sigue siendo... Solo espero que seas capaz de cerrar de una vez ese capítulo, que le pongas fin a tus sentimientos por él y que cuando vuelvas seas capaz de seguir adelante con tu vida sin ese bastardo.

Lexi, parada detrás del escritorio y asiendo con fuerza el bolso, supo en ese preciso instante que algo había llegado a su fin. Su relación con Bruce estaba acabada. Lágrimas amargas afloraron a sus ojos en cuanto se dio cuenta de lo que implicaba esa revelación. Había sido una tonta, injusta, egoísta... Sabía lo que él sentía por ella, pero había elegido obviar esa realidad para no tener que enfrentarse a ella. En los meses anteriores, incluso había empezado a convencerse de que sí era posible tener una relación más íntima con él. Trabajaban tan bien juntos y se gustaban tanto...

Pero gustarse no era suficiente, y ella lo sabía. Siempre lo había sabido. No había jugado limpio con Bruce, desde el momento en que había notado cómo cambiaban sus sentimientos hacia ella.

Lexi agarró el abrigo. No tenía tiempo en ese momento, pero cuando regresara de Italia, Bruce y ella tendrían una larga conversación...

El golpe que se había llevado ese día le había hecho verse a sí misma desde otra perspectiva. Solo tenía veintitrés años, pero ya se había enamorado de un playboy rico e irresponsable, se había quedado embarazada de él, se había casado y había aprendido a odiarle... Y él la había despreciado por todo ello.

«¿Por qué vuelves a su vida entonces?».

Esa misma tarde Lexi seguía dándole vueltas a esa pregunta mientras se abría camino por el aeropuerto de Pisa. Esbelta, pero pequeña, caminaba a paso ligero entre la gente, con sus vaqueros ajustados y elásticos, una chaqueta gris y un fular alrededor del cuello. Llevaba el cabello suelto y sus ojos azul verdoso escudriñaban la multitud, buscando a la persona que iba a recogerla. No tardó mucho en localizar a un rostro que le resultaba familiar.

Pietro, un hombre bajito y elegante, con el pelo canoso y la tez bronceada, la esperaba detrás de la barrera. Era el chófer personal de Salvatore, y su esposa, Zeta, era el ama de llaves en el mayestático Castello Monfalcone, la finca de los Tolle, situado en las afueras de la ciudad de Livorno. Pietro y Zeta siempre habían sido cordiales, pero ella sabía que nunca había sido santo de su devoción. Dando un paso adelante, Pietro la saludó con un gesto sombrío.

—Me alegro de verla de nuevo, *signora,* aunque no en estas circunstancias.

—No.

El hombre agarró su bolso de viaje y echó a andar. Lexi fue tras él. Diez minutos después estaban en camino, rumbo a Livorno.

Lexi guardaba silencio y miraba por la ventana, reconociendo vistas que le eran muy familiares. Era extraño... pero había llegado a tomarle aprecio a aquella ciudad, aunque odiara todo lo demás.

Aquella ciudad había sido... su escape de la tensión y de las miradas condenatorias. Por aquel entonces solo tenía diecinueve años de edad, no era más que una niña... casada, embarazada y asustada. La habían hecho sentir como una fugitiva, marginada y relegada. Salvatore ni siquiera podía mirarla a la cara. Francesco solía ponerse furioso, con cualquiera que se le acercara... Se peleaba, sobre todo con su padre... Le guardaba mucho resentimiento por su actitud hacia ella. Odiaba no poder defenderla... porque tampoco estaba seguro de ella. Su padre había logrado sembrar la semilla de la sospecha en él con sus acusaciones.

—¿Por qué te molestaste en casarte conmigo?

Lexi se sobresaltó al oír el eco de su propia voz dentro de su cabeza.

—¿Qué se suponía que tenía que hacer contigo? ¿Dejar que te murieras de hambre en las calles?

«Cuando el amor verdadero se convierte en odio...».

Todavía podía recordar el dolor que había padecido durante meses...

«Oh, por favor, que empiecen ya los violines...», se dijo a sí misma.

Había tenido una aventura apasionante con el playboy más sexy y se había quedado embarazada. Después se había casado con él, se había arrepentido de ello profundamente y había perdido al bebé, lo cual, para la mayoría de la gente, había sido un gran alivio...

Tenía que llorar por ese niño, pero no por un disparatado matrimonio que jamás debió llevarse a cabo.

«Y no empieces a compadecerte de ti misma, porque no te sirvió de nada en el pasado y tampoco te va a servir ahora...», se dijo, enojada consigo misma.

El coche aminoró la marcha y Lexi volvió a la realidad. Atravesaron las puertas del hospital. Era un edificio blanco muy exclusivo, situado en una finca bien protegida y aislada. Era el mismo hospital al que la habían llevado de urgencia tres años antes.

Lexi bajó del vehículo, levantó la vista y sintió cómo la embargaban esas viejas emociones, tan amargas como siempre. No quería volver a entrar en ese lugar... Se puso fría con solo pensarlo. Su bebé... su pequeño bebé... Había muerto allí, entre esas paredes... esos silenciosos corredores, esas lujosas estancias.

–El señor Salvatore me pidió que la acompañara, *signora*.

Al oír la voz de Pietro a su lado, Lexi se sobresaltó. Parpadeó rápidamente.

–Por aquí.

De alguna forma, consiguió poner un pie delante del otro. Un guarda de seguridad esperaba frente a las puertas principales. Le pidió el pasaporte... Lexi lo buscó con urgencia dentro del bolso mientras Pietro trataba de explicar que no era necesario tomar tantas precauciones, que él mismo podía garantizar la identidad de la señora...

Lexi solo deseaba que se callara un momento... La situación ya empezaba a superarla de todas las formas posibles. Francesco no la necesitaba... No estaba solo en el mundo ni nada parecido. Tenía muchos familiares y amigos que seguramente estaban más que dispuestos a estar a su lado. Si aún le quedaba alguna pizca de sentido común, lo mejor que podía hacer era dar media vuelta y marcharse de allí. Pero no lo hizo. Siguiendo a Pietro, atravesó el vestíbulo del hospital y entró en el ascensor que los llevaría a la planta correspondiente. Tras recorrer un silencioso pasillo, Pietro abrió una puerta y se hizo a un lado para dejarla pasar. Sintiéndose como si flotara sobre una corriente de aire frío, Lexi respiró profundamente y entró en la habitación.

Lo primero que se encontró fue un grupo de sillas mullidas situadas alrededor de una mesa baja. Encima había unas cuantas revistas. El aroma a café recién hecho impregnaba el ambiente... Desconcertada, Lexi se dio cuenta de que estaba en un salón previo a la habitación de Franco. Había una enfermera bastante guapa sentada frente a un ordenador. Al ver a Lexi levantó la vista y sonrió.

—Ah, *buona sera, signora* Tolle.

Lexi se sorprendió al ver que la reconocía.

—Su marido está durmiendo ahora mismo, pero puede entrar y quedarse con él. Él se sentirá mucho mejor sabiendo que ya está aquí.

Lexi atravesó la estancia y fue hacia la puerta que le indicaba la enfermera. El corazón se le salía del pecho, retumbaba en sus oídos. Empujó la puerta con cuidado, cruzó el umbral y la cerró con suavidad. Se apoyó en ella un instante, temerosa de lo que se iba a encontrar.

La habitación era mucho más grande que aquella en la que había estado tres años antes. Era un espacio amplio y blanco. Las cortinas, a medio abrir, arrojaban sombras en forma de rayas que paliaban el sol intenso de media tarde.

Lexi sentía que cada célula de su cuerpo absorbía esa

quietud perfecta que impregnaba todo el lugar... No podía moverse. Solo era capaz de mirar esos tubos y cables que conducían a un monitor lleno de gráficos y números que parpadeaban en silencio.

–Puedes acercarte un poco más, Lexi. No muerdo.

Capítulo 2

EL SONIDO de esa voz seca, ligeramente aho-
gada, reverberó por el cuerpo de Lexi como un
escalofrío. Miró hacia la cama, consciente de que
había estado evitándolo, temerosa de lo que iba a ver.

No había almohada y habían colocado una especie
de jaula sobre sus piernas. De repente la joven sintió
que el corazón se le encogía... Cuando alguien tenía que
permanecer tumbado de esa manera, normalmente significaba que tenía una lesión en la espalda. La jaula solía indicar que había fracturas en las piernas, pero todos
esos tubos a los que estaba enchufado... No se había
molestado en preguntarle a nadie cuáles eran sus heridas, ni a la enfermera, ni a Pietro... A lo mejor debía
volver a salir y...

—Lexi... —murmuró Franco con impaciencia al ver
que ella tardaba en contestar—. Si estás pensando en irte
corriendo, no lo hagas, por favor.

—¿Cómo sabías que era yo?

—Todavía llevas el mismo perfume.

Lexi se sorprendió al ver que él se acordaba, sobre
todo teniendo en cuenta la larga lista de perfumes que
habían pasado por su vida desde que había roto con ella.
Decenas de mujeres que aparecían con él en las porta-
das de las revistas... Todas eran sofisticadas, esbeltas,
glamurosas...

—No me puedo mover. Apiádate un poco de mí,
cara. Ven y deja que te vea, por favor.

Asiendo el bolso con fuerza, Lexi se soltó de la puerta y avanzó, con las piernas temblando. Se detuvo al pie de la cama. Al ver ese hermoso cuerpo, siempre fuerte y vital, tumbado en aquella cama, como un muerto, la joven sintió que se le caía el alma a los pies. Una sábana de lino blanco le cubría hasta el abdomen. Solo se le veía el torso, sólido y musculoso, bronceado... Tenía un aparatoso vendaje alrededor del hombro izquierdo que le daba la vuelta alrededor de las costillas. De repente Lexi se fijó en los hematomas oscuros que parecían brotar por el borde de las vendas.

–*Ciao* –murmuró él en un tono ronco, áspero.

Lexi sacudió la cabeza y trato de ocultar las lágrimas.

–Pero, mírate, Franco –susurró.

Franco se alegró de ver esas lágrimas en sus ojos. Quería alegrarse. Quería que sufriera, quería darle pena.

Estaba tan guapa... Su melena parecía flotar alrededor de sus hombros como un halo de fuego, enmarcando ese hermoso rostro con forma de corazón. Le daba igual que llevara esa ropa tan sencilla y gris. Para él seguía siendo aquel rayo de luz que le había sacado de la oscuridad en los días más aciagos de toda su vida.

–Mírame –le pidió, sintiendo la tensión entre ellos. Podía sentirla luchando consigo misma y conocía el porqué de esa batalla. En otro tiempo, nunca habían sido capaces de mirarse a los ojos sin devorarse con la mirada. El día que habían dejado de mirarse así, todo se había ido al traste.

–Por favor, *cara*.

De repente, ella parpadeó rápidamente y levantó la vista, revelando una mirada tan azul y profunda como el océano, enturbiada por un maremágnum de emociones. Franco sintió que algo se clavaba en su interior como un cuchillo afilado. La máquina a la que estaba conectado empezó a pitar.

Lexi miró el aparato con ojos de angustia. El aliento se le escapó. Estaban pasando cosas. No sabía cómo era un pulso normal, pero esos números que parpadeaban sin cesar aumentaban vertiginosamente. Incapaz de seguir quieta por más tiempo, rodeó la cama y fue hacia él.

–¿Qué sucede? –quiso agarrar la mano de Franco y se encontró con un soporte de plástico del que salían innumerables cables. Pero antes de que pudiera apartarse, él le agarró la suya con fuerza, atrapándola.

–Estoy bien –le dijo, con suficiente confianza como para inspirar tranquilidad.

La puerta se abrió de repente y una enfermera entró a toda velocidad. Fue hasta el otro lado de la cama y empezó a hacer una serie de comprobaciones.

–Creo que su esposa le ha dado una buena sorpresa.

–Sí que me ha hecho algo –dijo Franco con tristeza.

Lexi trató de soltarse en ese momento, pero él le apretó la mano con más fuerza. Unos segundos más tarde, la compasión se apoderó de ella y entonces relajó los dedos por fin. Él cerró los ojos y soltó el aliento lentamente. Casi de forma automática los números que aparecían en la pantalla empezaron a disminuir con suavidad. Paradas a ambos lados de la cama, Lexi y la enfermera se quedaron mirando el monitor durante unos segundos. La enfermera le tomó el pulso...

Cuando todo volvió a la normalidad, Lexi sintió que necesitaba sentarse. Las piernas le fallaban. Arrastró una silla que tenía a su derecha y se sentó junto a él. Franco no se movía, ni abría los ojos, así que se atrevió a mirarle de nuevo. Ese magnetismo fiero que siempre había tenido seguía ahí...

–Siento mucho lo de Marco –murmuró ella con dolor.

La máquina empezó a pitar de nuevo. La enfermera

le lanzó una mirada de advertencia y sacudió la cabeza.
Captando el mensaje, Lexi apretó los labios. Volvió a
mirar a Franco. Parecía que se había puesto aún más pálido, y ella sabía por qué. Debía de estarse culpando por
la muerte de Marco, su amigo del alma, su más fiel seguidor. Él disponía, y Marco hacía... Pero esa lealtad
casi de esclavo también había sido una carga para él.
Nadie lo sabía tan bien como ella, porque ella también
se había esclavizado de esa manera.

¿Era por eso que había ido a verlo? ¿Porque sabía
que ese amor de esclavo y esa dependencia total de él
se había convertido en una terrible carga para él, y se
sentía culpable por ello? De repente su mente volvió a
aquel largo verano, cuatro años antes, cuando por fin
había sido capaz de hacer algo por sí misma, lejos del
control sobreprotector de su madre, la gran Grace Hamilton, que había sacrificado su propia carrera para de-
dicarse a la de su hija... Solo tenía diecinueve años...
Era tan joven e ingenua...

Pero aquel año su madre también se había enamorado por primera vez en toda su vida y se había casado
con Philippe Reynard, un empresario francés, rico y poderoso, todo lo que ella había querido siempre. Él tenía
un apartamento de lujo en París y una mansión en Bur-
deos; un yate en el que pasaba los veranos... La había
hecho sentir como una princesa y se la había llevado a
navegar por las islas griegas en la luna de miel. Gracias
a él, Lexi había podido ser libre por primera vez en su
vida. La habían dejado asistir al Festival de Cannes, sin
la opresiva compañía de su madre esa vez... Pero tanta
libertad repentina había terminado subiéndosele un
poco a la cabeza y así se había dejado llevar por el gla-
mour de una vida lujosa. Se había dejado absorber por
ese mundo como un yonqui, ciego y destructivo... Y al
final había perdido el discernimiento, la capacidad de

pensar con claridad, sobre todo con las cosas que más deberían haberle importado.

De Cannes a Niza, Cap Ferrat, Monte Carlo, San Remo...

San Remo.

Lexi cerró los ojos y vio ese mismo cielo azul y esas aguas radiantes que había visto por la televisión. Vio las hileras de yates de lujo, atracados en el puerto deportivo... Los bulevares fastuosos, llenos de boutiques exclusivas, las terrazas frecuentadas por esos niños mimados y escandalosamente ricos. Por allí se dejaba ver la *jet set*, la flor y nata de la sociedad... Millonarios de piel dorada y sonrisas de oro... Lexi podía oír sus carcajadas sofisticadas, podía sentir el tirón seductor de su soberbia y su ego. Realmente había llegado a sentirse como uno de ellos... La estrella de moda...

Y allí estaba Franco... El más radiante y maravilloso de todos ellos, el que poseía toda esa belleza masculina que solo daban unos ancestros italianos y aristocráticos... Era algo mayor que ella, y mucho más experimentado en todas las cosas de la vida, el líder de la manada... Pero ella le había atrapado... La señorita más ingenua y remilgada se había llevado la joya de la corona, sin siquiera preguntarse cómo lo había hecho. Jamás se le hubiera ocurrido pensar que sus amigos pudieran encontrar diversión en esa inocencia que la caracterizaba; toda una novedad que se había convertido en un juego muy divertido.

Lexi se estremeció. La cruda realidad de la humillación trepaba por sus huesos y la dejaba helada. Seis meses después todo había terminado. De repente se había sorprendido a sí misma, recogiendo los escombros de su propia vida, en medio de tanta destrucción. Su madre y su padrastro se habían matado en un accidente de coche... Todo había salido a la luz... Philippe Reynard llevaba toda la vida endeudado y, durante ese breve matrimonio, le había robado todo el dinero a su madre...

«Invirtiendo en el futuro de Lexi...», solía decir él. Una broma de mal gusto.

Pero ni siquiera había sido eso lo que la había hundido en la más profunda de las miserias. Con el rostro encendido, Lexi contempló al hombre que se había apoderado de su vida y recordó aquello que la había roto en mil pedazos. Al final se había enterado de lo de la apuesta... Sus supuestos amigos habían apostado por ver quién se la llevaba a la cama antes de que terminara el verano. Toda esa gente a la que llamaba «amigos» se había reído de ella hasta la saciedad cuando Franco había resultado ganador...

Jamás podría olvidar el vídeo que le habían enviado a su teléfono móvil... En él se podía ver a Franco, recogiendo el premio. Aún recordaba la hora, el día, su sonrisa perezosa y complaciente... Lo único que faltaba eran fotos de él con ella en la cama... Pero eso no significaba que no hubiera pruebas de ello. Cuando por fin se había quitado la venda de los ojos, se había dado cuenta de que Franco era capaz de eso, y de mucho más. No había sido más que un pasatiempo, un entretenimiento más en su vida de lujos y excesos.

Pero, al parecer, el destino siempre pasaba factura. Francesco Tolle, niño mimado de la alta sociedad europea, había recibido su merecido por fin... La crueldad con que había tratado a aquella pobre chica huérfana, embarazada y arruinada, no había quedado impune.

Lexi parpadeó varias veces, volviendo al presente. La puerta se cerró... La enfermera acababa de salir. Volvió a mirar el monitor... Todo había vuelto a la normalidad.

Franco seguía sin abrir los ojos, así que empezó a preguntarse si se había quedado dormido. Todavía le sujetaba la mano; sus dedos grandes y fuertes le abarcaban toda la mano, igual que siempre... Pero todo era distinto... Esa vía llena de cables le inyectaba drogas y alimento en las venas...

Tenía que afeitarse... De pronto Lexi sintió el deseo de tocar ese rostro, deslizar las yemas de los dedos sobre esa barba de un día... Sentir el picor del fino vello bajo los dedos... No era de extrañar que hubiera perdido la cabeza por él como una adolescente... Pero ese amor inocente se había convertido en veneno; un veneno que la había corroído por dentro. Todavía podía recordar su cara al enterarse de que estaba embarazada. Sus pupilas marrones y profundas se habían vuelto de vidrio de repente, y entonces, por fin, había asumido la responsabilidad, de todo... ¿Dónde estaba su amor propio? ¿Cómo le había dejado humillarla de esa manera? El amor ciego y el miedo a perderle habían sido su ruina... Lexi sentía vergüenza de sí misma, pero sobre todo se avergonzaba de saber que, a pesar de todas las cosas horribles que le había hecho, había accedido a casarse con él para castigarle por esa despreciable apuesta.

Al levantar la vista, se topó con dos ojos oscuros que la dejaban desnuda, por dentro y por fuera.

Lexi se soltó bruscamente y se echó hacia atrás en la silla, tensa y molesta.

–No sé por qué he venido –confesó rápidamente–. Tuve una premonición horrible... Sentí que ibas a morir... Y que, si no venía, siempre me quedaría esa horrible sensación de haberme portado mal...

–¿Te sentirías mejor si cumpliera tu premonición al pie de la letra, *cara*? Por lo menos serías una viuda muy rica.

–No hables así –Lexi le atravesó con una mirada afilada–. Yo nunca te he deseado la muerte y no quiero tu dinero.

–Sé que no, y es por eso que esta situación es tan irónica.

–¿Irónica? ¿Dónde está la ironía? Yo solo veo a un
tipo que está destrozado.

–No estoy tan mal como crees.

Lexi le miró de arriba abajo una vez más.

–Bueno, pues explícame qué es estar destrozado
para ti –dijo Lexi, gesticulando con la mano–. Estás pa-
ralizado, y tienes una jaula alrededor de las piernas.

–Tengo que permanecer tumbado por precaución,
porque me disloqué un par de vértebras... En las piernas
solo tengo una herida en el muslo izquierdo. Me tuvieron que dar unos cuantos puntos.

–¿Y todos esos vendajes? –le preguntó Lexi, mirándole el pecho.

–Un par de costillas rotas y un hombro dislocado
que les costó un poco poner en su sitio.

Lexi se puso pálida al imaginarlo todo.

–¿Algo más?

–¿La cabeza adolorida?

La cabeza adolorida... Entonces no había ni huesos
rotos, ni daños cerebrales, ni heridas de muerte que jus-
tificaran la insistencia de Salvatore Tolle... Lexi cambió
la ansiedad por incomodidad en un abrir y cerrar de
ojos.

–Se supone que estabas gravemente herido –le dijo,
en un tono acusador.

–¿No te parecen serias estas lesiones?

–No –dijo ella.

El verano durante el que había conocido a Franco, él
estaba de crucero por el Mediterráneo, convaleciente
tras una fractura en una pierna que le había hecho pasar
varias veces por el quirófano. Habían tenido que me-
terle unos cuantos clavos para soldar la rotura.

–Tu padre me hizo pensar que tú...

–¿Que quería verte?

–¡Sangrando, destrozado, llamándome! –exclamó Lexi, recordando lo que le había dicho Salvatore–. Eso implicaba que estabas en coma o algo.

–La gente que está en coma no habla.

–Oh, cállate –Lexi se puso en pie de un salto, dio un par de pasos y volvió a darse la vuelta de golpe.

Franco cerró los párpados un momento.

–Deja el bolso y quítate la chaqueta y la bufanda. Te vas a asar.

–Me voy.

–No te vas –le dijo él–. Porque nada más mirarme, ya no pudiste dejar de hacerlo.

Lexi respiró entrecortadamente.

–Eres el ser más engreído que... –masculló con rabia.

–*Dio mio* –dijo él–. ¡Vaya! Incluso viéndome aquí tumbado, herido y adolorido, indefenso, no has podido resistirte a desnudarme con la imaginación para recordar qué aspecto tengo.

–¡Eso no es cierto! –dijo Lexi, enfurecida.

Él sonrió.

–Estoy algo estropeado, pero lo importante me funciona bien. Sé cuándo me desean. Tú también estás increíble, *bella mia*. Incluso con toda esa ropa que llevas encima.

–En Inglaterra hace frío –Lexi no tenía ni idea de por qué le había dicho eso.

–Me alegro de no haberme ido para allá entonces –contestó Franco–. Septiembre debería ser un mes maravilloso. El clima de Inglaterra ya no es lo que era.

Cerró los ojos, como si ya no tuviera fuerzas para mantenerlos abiertos. Lexi se mordió el labio inferior unos segundos, preguntándose qué debía hacer.

–Estás cansado –murmuró–. Deberías descansar.

–Estoy descansando.

–Sí, pero... –le miró de arriba abajo–. Debería irme ahora para que puedas descansar de verdad.

–Pero si acabas de llegar.

–Lo sé... –Lexi se dio cuenta de que había vuelto a acercarse a la cama–. Pero sabes que en realidad no me necesitas aquí, Franco. Es solo que...

–Iba a ir a verte a Londres después de la carrera, y entonces pasó esto –le dijo, gesticulando–. Tenemos que hablar de unas cuantas cosas.

–¿Me estás diciendo que tuviste el accidente porque te envié los papeles del divorcio? –le preguntó, pensando lo peor de él.

–No. No estoy diciendo eso –le dijo él rápidamente y entonces dejó escapar una especie de gruñido, como si enfadarse le hiciera más daño que cualquier otra cosa.

–¿Estás bien? –le preguntó Lexi, mirando el monitor.

–Sí –murmuró él.

Pero su respiración se había hecho más débil de repente.

–Estas malditas costillas me matan cada vez que respiro.

–Parece que vayas a desmayarte en cualquier momento –dijo Lexi, ansiosa, viendo cómo se ponía cada vez más pálido.

–Son las drogas. Mañana ya no tendré que tomarlas más y podré salir de aquí.

Lexi quiso decirle que no se hiciera tantas ilusiones, pero entonces se lo pensó mejor.

Se hizo un silencio entre ellos. Lexi volvió a sentarse...

De repente recordó aquel día lejano... años antes... cuando Franco había pasado toda la noche junto a su cama. Habían tenido una pelea horrible, una más de tantas, pero aquella había terminado de la peor manera posible. Dejándole con la palabra en la boca, Lexi había dado media vuelta y entonces se había desmayado, cayendo a los pies de él. Debía de haber pasado mucho tiempo inconsciente... Solo recordaba haberse despertado en su cama, con un médico a su lado, tomándole la tensión.

Levantó la vista y miró una vez más el monitor que controlaba las constantes vitales de Franco. Volvió a mirarle a él. El pelo se le había rizado. De haberlo sabido, se hubiera enfadado mucho. Siempre hacía todo lo posible por llevarlo liso... Aquel día, cuando se había desmayado, también se le había rizado. Parecía una estatua sombría junto a su cama, inmóvil, gris...

—Su esposa necesita descansar, *signor Tolle*. Volveré mañana —le había dicho el médico y entonces se había dirigido a ella—. Si la tensión no le ha bajado para entonces, tendrá que ir al hospital —había añadido a modo de advertencia.

—Lo siento.

Lexi parpadeó. Aquella disculpa reticente había sonado como si él acabara de decirla.

—Vete y déjame en paz —le había dicho ella entonces, dándole la espalda.

Pero él no se había ido...

Volviendo al presente, Lexi se sorprendió de ver que se había hecho de noche mientras pensaba en sus cosas, absorta en el pasado, en los recuerdos. Franco seguía sin moverse.

¿De qué habían discutido? No podía recordarlo... Pero seguramente había sido ella quien había empezado. Solía ser ella... Cuando el amor se convertía en odio, siempre era un odio amargo, lleno de resentimiento, de veneno... Y el objeto de ese odio ya no podía decir o hacer nada bien.

Buen momento para marcharse... No quería volver

a sentirse como la persona que solía ser por aquel entonces. Se agachó para recoger el bolso, se puso en pie y se volvió hacia la puerta.

–¿Adónde vas?

La sorpresa le recorrió la espalda en forma de un escalofrío.

–He pensado que es mejor que me vaya y te deje dormir.

–¿Si te prometo caer en un coma profundo, te quedas?

Lexi se dio la vuelta.

–¡Eso no ha tenido ninguna gracia, Francesco!

En la penumbra pudo ver que él hacía una mueca burlona.

–Suenas como una esposa cascarrabias.

–Bueno, eso ha tenido menos gracia todavía.

–Ya... Y yo era ese maldito marido egoísta.

–Escucha... –Lexi respiró hondo–. Espero que te mejores pronto. Y siento mucho lo de... Marco... –tenía que decirlo, aunque la enfermera le hubiera dicho que aún no estaba preparado para hablar de Marco–. Pero sabes tan bien como yo que mi sitio no está aquí.

–Quiero que estés aquí.

Lexi sacudió la cabeza.

–Todo va a estar bien. En un par de días te preguntarás por qué te empeñaste en que viniera.

–Sé exactamente por qué quiero que estés aquí.

–Me vuelvo a Londres.

–Si sales por esa puerta, me arrancaré todos estos cables e iré a por ti, Lexi.

Ella suspiró.

–¿Por qué ibas a hacer una estupidez como esa?

–Ya te lo dije. Tenemos que hablar.

–Podemos hablar a través de nuestros abogados –dijo Lexi, siguiendo su camino hacia la puerta.

–Tendrás que hablar de esto conmigo cara a cara, porque no quiero divorciarme.

Lexi se dio la vuelta con brusquedad.

–¡Pero si llevamos tres años sin hablar, sin vernos siquiera! Claro que quieres divorciarte. Yo quiero divorciarme.

Dio media vuelta y agarró el picaporte, pero justo en ese momento oyó un ruido que venía de detrás. Un gélido escalofrío le recorrió la espalda y la hizo volverse de nuevo. Él se había incorporado e intentaba quitarse las vías que tenía en el dorso de la mano. Por suerte, las drogas que le habían dado disminuían su coordinación.

–Pero ¿qué te crees que estás haciendo?

Corrió junto a él y le cubrió la mano con la suya propia, intentando detenerle, pero él cambió de idea y empezó a quitarse la sábana de encima. Justo en el instante en que Lexi intentaba sujetar la jaula que le rodeaba las piernas, la estructura completa cayó al suelo. Y entonces pudo ver lo que había debajo. Horrorizada, se quedó mirando una de sus piernas, violentamente amoratada y sujeta por una estructura de metal.

–Oh, Dios mío –forcejeando con él para quitarle la sábana al tiempo que intentaba impedirle que se levantara de la cama.

Las alarmas empezaron a sonar por todas partes. Reaccionando de forma automática, Lexi le sujetó las mejillas con ambas manos y le obligó a mirarla a los ojos.

–Por favor, para ya –se inclinó sobre él y le besó en los labios.

Le besó sin saber por qué lo hacía. Le besó hasta que él dejó de resistirse y se quedó completamente quieto. Fue un pequeño momento de locura; tanto así que ni siquiera se detuvo cuando unas luces brillantes se encendieron y la enfermera entró a toda velocidad.

Cuando por fin se apartó, él casi no podía respirar. Podía sentir su aliento entrecortado sobre la cara... Parecía que se asfixiaba... Le miró a los ojos... Negro azabache... Las lágrimas le nublaron la vista. No podía dejar de temblar.

—Me quedo —le dijo, tartamudeando—. Haré lo que sea con tal de que vuelvas a tumbarte. Por favor, Franco... Por favor, me quedo.

Capítulo 3

L EXI se sentó en una de las sillas de la antesala que precedía a la habitación de Franco, con una taza de café caliente que la enfermera acababa de darle. A su lado estaba el doctor Cavelli, esperando a que se calmara un poco.

—Tiene que entender, *signora Tolle*, que su marido no necesita vigilancia las veinticuatro horas porque sus heridas sean graves. Es su estado mental lo que más nos preocupa.

—¿Su estado mental? —Lexi levantó la cabeza, sorprendida.

—Su marido es extraordinariamente fuerte y saludable, tal y como acaba de demostrar —el doctor Cavelli esbozó una triste sonrisa—. Tiene muchas lesiones, pero ya están empezando a mejorar. Sin embargo, acaba de perder a su mejor amigo en unas circunstancias muy violentas.

—Franco y Marco eran como hermanos —Lexi asintió con la cabeza—. Claro que siente mucho la pérdida de su amigo.

—Pero la forma en que está lidiando con esa pérdida es lo que más nos preocupa. Creo que ya ha visto cómo reacciona cuando se menciona el nombre del señor Clemente... O lo ignora por completo, o se agita muchísimo.

—Claro que se agita mucho —dijo Lexi, saliendo en defensa de Franco—. ¿Cómo quiere que reaccione?

¿Quiere que se eche a llorar? Está conmocionado y herido. Debe de sentirse muy culpable por haber sobrevivido a Marco.

–*Signora*, eso es lo que trato de decir. Franco ha elegido adoptar una postura defensiva, retrayéndose por completo y huyendo de la tragedia. Bloquea el incidente del todo.

–Solo necesita tiempo para... recuperarse un poco –Lexi salió en defensa de Franco una vez más–. El accidente ocurrió esta mañana, y usted ya me está diciendo que hay algún riesgo de suicidio.

–No creo haber usado un lenguaje tan dramático –aseveró el médico con prudencia.

Lexi le miró fijamente y se dio cuenta de que el doctor Cavelli la observaba con el ceño fruncido. Algo la hizo mirar hacia la enfermera, que estaba en su puesto. Esta también la miraba de una forma rara.

–¿Qué? ¿Qué he dicho para que me miren así? –Lexi dejó sobre la mesa la taza de café antes de derramar algo–. No habrá intentado...

El doctor Cavelli lo negó con la cabeza rápidamente.

–*Signora*... El accidente tuvo lugar hace tres días.

Lexi parpadeó.

–Pero lo he visto hoy en las noticias. Decían que... –no recordaba muy bien si habían dado una fecha exacta–. Y el padre de Franco me llamó esta mañana...

–Su marido lleva dos días entrando y saliendo de un estado de inconsciencia. No ha sido hasta hoy que ha recuperado plena consciencia.

Lexi siguió mirándole fijamente. Se sentía como un búho, posado sobre una rama, a punto de caer. Twitter... Había oído a Suzy hablando de Twitter. En su cabeza volvió a ver las imágenes en aquella pantalla plana y se dio cuenta de que debían de haberlo visto en uno de esos canales de noticias sensacionalistas. Se tapó la boca con la mano y empezó a temblar de repente. Franco llevaba en esa cama tres días y ella acababa de enterarse.

–Nada más despertarse, se puso muy intranquilo –dijo el médico, prosiguiendo–. Se negó a que habláramos del señor Clemente desde el momento en que su padre le dio la noticia de su muerte. Hizo que retiraran de la habitación todas las flores y tarjetas que le habían mandado familiares y amigos y les prohibió a todos que vinieran a visitarle.

Por primera vez desde su llegada, Lexi reparó en lo vacía que estaba esa sala de espera. Debería haber estado llena de gente...

–¿Dónde está el padre de Franco? –susurró.

–El señor Salvatore Tolle tampoco puede entrar. Su hijo también se lo ha prohibido.

Lexi abrió los ojos, perpleja.

–¿Se está quedando conmigo, doctor?

–Ojalá fuera así, pero no –el médico sacudió la cabeza–. Su marido está furioso con el mundo. Es una reacción más habitual de lo que cree. Sin embargo, cuando pidió verla a usted y su padre le explicó que nadie la había llamado, reaccionó... muy mal. Intentó levantarse de la cama, insistió en que quería ir a Londres a verla. Se alteró tanto que le pedimos a su padre que la llamara y que la trajera lo más pronto posible. Una vez supo que usted estaba en camino, se calmó un poco... Creemos que su forma de lidiar con la muerte del señor Clemente ha sido desviar el foco de atención hacia usted y... discúlpeme... hacia el problema de su matrimonio.

Los papeles del divorcio... Lexi cerró los ojos. El corazón se le cayó a los pies. De repente sintió ganas de vomitar. Franco había tenido ese accidente porque estaba pensando en esos papeles...

No.

Mesándose el cabello con dedos temblorosos, Lexi sacudió la cabeza con fiereza, negándose a creer que esa hubiera sido la causa.

–Nuestro matrimonio terminó hace tres años y medio –murmuró, para sí misma, más que para el médico. No podía creer que él hubiera podido reaccionar tan mal ante algo que sin duda ya debía de esperar–. Iré y hablaré con él –se puso en pie–. No puedo creerme que le haya prohibido la entrada a su propio padre. Averiguaré por qué se está comportando así y...

–Está durmiendo, señora –le recordó el médico al tiempo que ella se volvía hacia la puerta de Franco–. A lo mejor sería más conveniente que pensara un poco en todo lo que le he dicho antes de hablar con él.

Aquello no había sido una sugerencia, sino una orden muy bien expresada... Los ojos de Lexi echaron chispas.

–No está en su lecho de muerte. Y tampoco es un niño pequeño para que lo mimen y lo protejan de la verdad de esa manera. Y lo cierto es que no es justo que la pague con su padre de esa forma.

–A lo mejor mañana estará más calmada y lo habrá pensado todo mucho mejor... No creo que sea buena idea enfrentarse a él ahora mismo...

–Pero ¿qué clase de médico es usted?

–La clase de médico que se ocupa de la salud mental de las personas –le dijo el doctor Cavelli, esbozando una sonrisa seca–. Su marido tiene muchas lesiones, *signora*. No quisiera que se llevara la impresión de que no le prestamos suficiente atención a sus heridas físicas, porque no es así. Su corazón se paró dos veces en el lugar del accidente. El equipo de emergencias tuvo que esforzarse mucho para traerle de vuelta. Su conmoción cerebral fue, y es todavía, muy preocupante. Tiene la visión borrosa y sufre mareos continuos...

Lexi parpadeó al recordar la descoordinación de Franco al intentar quitarse las vías de la mano. No era capaz de atinar y controlar sus movimientos.

–La herida que tiene en el muslo era profunda, e hicieron falta unas cuantas horas de cirugía para volver a conectar correctamente todas las terminaciones nerviosas y los músculos.

Lexi se puso pálida. El doctor Cavelli extendió las manos, disculpándose por darle una explicación tan gráfica.

–Tuvo una hemorragia interna abundante y tuvimos que insertarle un drenaje en el pecho. Supongo que habrá visto los moratones que tiene. La pérdida de sangre fue importante y necesitó varias transfusiones. Además, durante un tiempo temimos que tuviera una lesión en la médula. Le digo todo esto porque creo que hacerle frente ahora para preguntarle por una situación tan traumática quizá no sea una buena idea. A lo mejor eso lo lleva a hacer algo más drástico que levantarse de la cama. No quisiera que le diera por marcharse de repente.

–¿Pero tiene fuerza suficiente para irse así como así?

–Tiene la fuerza de voluntad y la determinación que hacen falta para ello. Su marido la ha convertido en el alfiler, por así decir, que le mantiene de una pieza ahora mismo. Y, por tanto, tengo que pedirle que tenga mucho cuidado cuando hable con él... Usted es de gran importancia en este momento para su recuperación.

–Me mentiste sobre la gravedad de tus lesiones –dijo Lexi en cuanto Franco abrió los ojos.

Era muy tarde. Había ignorado el consejo del médico y había regresado a la habitación. Llevaba un buen rato observándole mientras dormía.

–Y no puedes prohibirle la entrada a tu padre a menos que quieras romperle el corazón. ¿Por qué iba a llamarme Salvatore y a traerme aquí? No es que tú y yo seamos amigos precisamente, ¿no?

Lexi se dio cuenta de que había cometido un error en cuanto vio la cara que ponía Franco. Mencionar la palabra «amigo» le había hecho recordar a Marco y su rostro se había vuelto hermético, indescifrable.

–Muy bien –Lexi dejó escapar el aliento con exasperación. Lo intentó con otra estrategia–. No puedes seguir levantándote de esta cama, no hasta que te digan que puedes.

–¿Te quedas?

Al recordar el beso del día anterior, y la promesa, Lexi se puso tensa.

–Ya te dije que sí.

–Dímelo de nuevo para que pueda estar seguro. Y prométemelo de verdad esta vez.

–Franco... Esto es tan... –se mordió el labio inferior.

Franco vio que estaba pálida, cansada... Tenía oscuras ojeras bajo los ojos. Siempre había sido testaruda. Era impulsiva, temperamental, y él sabía que en ese momento estaba haciendo todo lo posible por no arremeter contra él. La había atado a esa cama, a su lado, pero no se sentía mal por ello, no obstante. En realidad sentía una gran alegría y quería que ella se lo confirmara.

–Muy bien –dijo ella, respirando profundamente–. Te prometo que me quedo.

–Entonces no trataré de levantarme de esta cama hasta que me lo digan –volvió la mano sobre la sábana, la palma hacia arriba.

Lexi bajó la vista, sabiendo lo que ese gesto significaba. Después de un momento de vacilación, puso su propia mano sobre la de él.

Trato hecho.

Franco se la agarró con fuerza y entonces soltó el aliento, cerrando los ojos.

–¿Qué hora es?

–Las diez. Seguiste dormido durante la cena...

–No tengo hambre.

–... así que me la comí yo.

Eso le hizo abrir los ojos de nuevo. Esbozó una sonrisa perezosa y se volvió hacia ella. Su mirada se había suavizado.

–¿Qué era? –le preguntó con curiosidad.

–*Pomodori con riso*, de Zeta –le dijo ella–. Tu padre le pidió que...

–¿Mandó postre?

Lo había vuelto a hacer. Había obviado la mención de su padre.

–Un par de pasteles Maritozzi deliciosos. Franco, lo de tu padre...

Él apartó sus manos de las de ella.

–¿Desde cuándo te preocupas tanto por mi padre? –le preguntó con impaciencia–. Te trató como a una prostituta cuando estábamos juntos...

–Pero yo no soy su hijo adorado.

Franco apretó los labios y volvió a cerrar los ojos.

Molesta y frustrada, Lexi se echó hacia atrás y hacia delante de forma automática. No podía dejar el tema, a pesar de lo que el médico le había dicho.

–Francesco, por favor, escucha... –le dijo, intentando agarrarle la mano.

–Franco... Sé que estás furiosa conmigo cuando me llamas Francesco.

Lexi bajó la vista y vio que estaba trazando figuras sobre la palma de su propia mano, tal y como solía hacer cuando hablaban. De repente sintió unas ganas terribles de llorar. Habían pasado seis meses juntos y durante dos de esos meses habían sido inseparables. Durante los otros cuatro se habían odiado a muerte.

–Y cuando me llamas por mi nombre completo, Francesco Tolle... –añadió, imitando su impecable acento inglés–. Sé que estoy en un lío.

–Tú dejaste de llamarme Lexi. Me convertí en Alexia, y si dices que mi acento era frío, el tuyo era como un picahielos.

–Estaba enfadado.

–Sé que sí.

–Estaba locamente enamorado de ti, pero...

Ella se levantó tan rápidamente que Franco no tuvo tiempo de reaccionar. Cuando abrió los párpados nuevamente, fue como si mirara a una extraña; una extraña preciosa, pero dolorosamente distante.

–Será mejor que me vaya. Tengo que encontrar un sitio donde quedarme.

–Pietro habrá reservado una suite para ti en el hotel más próximo al hospital –consciente de que ya empezaba a arrastrar las palabras a causa de las drogas, Franco decidió dejarla escapar–. Te estará esperando para llevarte al hotel.

–Te veo mañana –murmuró ella y se marchó antes de que él pudiera decir nada más.

Soltando el aliento, Franco dejó caer los párpados y vio a esa otra Lexi, tan joven, sentada con las piernas cruzadas en la proa de su yate, el *Miranda*, contándole alguna historia estrambótica sobre algo que le había ocurrido en el set de rodaje de la película que había ido a promocionar a Cannes. No se daba cuenta de que el viento le agitaba el cabello, enredándoselo en nudos, ni tampoco sabía que ese biquini rojo que llevaba revelaba más de lo que debía. Y su inocencia brillaba como un aura extraña.

Pero por aquel entonces él solo estaba interesado en otra cosa...

Franco se cubrió los ojos con un brazo y por una vez deseó que le hubieran dado más sedantes, porque no quería recordar al depredador sexual que solía ser en aquella época. La habitación del yate, donde había vivido durante ese largo verano, ya estaba preparada para la seducción, y se moría de expectación...

Aquel juego les había llevado desde Cannes a Niza, Cabo Ferrat, Monte Carlo, y después San Remo...

San Remo...

Franco se apoyó en un brazo, sin importar lo mucho que le dolía. Alcanzó la campanilla y esperó a que la enfermera apareciera.

—Quiero que me quiten la jaula y todos estos tubos. Quiero un par de almohadas, y quiero mi teléfono móvil.

—Pero, *signor*...

—O, si no, me levanto y lo hago todo yo mismo.

No consiguió las dos primeras cosas, pero sí le dieron el teléfono.

—*Grazie*.

Lexi durmió como un tronco. No creía que fuera a poder pegar ojo, pero en cuanto su cabeza entró en contacto con la almohada, el agotamiento más arrollador se apoderó de ella.

A la mañana siguiente se despertó totalmente renovada, como si le hubieran recargado las pilas, pero sin saber por qué se sentía tan bien.

O a lo mejor era que no quería saberlo... Agarró el teléfono y pidió el desayuno. Se dio una ducha y esperó a que le llevaran la comida. Estaba muerta de hambre... Aunque le hubiera dicho a Franco que se había comido su cena, en realidad lo que había hecho era picotear los manjares que Zeta le había preparado.

Se levantó y atravesó la elegante sala de estar de la suite para mirar por la ventana y así decidir qué ponerse. El estómago le sonaba.

Tampoco tenía muchas opciones de vestuario. Había hecho la maleta a toda prisa y no había metido lo que realmente necesitaba. No había nada apropiado para el calor de Livorno en septiembre, y ni siquiera se había puesto zapatos.

Al final se decantó por un top de rayas y manga larga, unos leggings negros y botines. Justo cuando estaba terminando de vestirse, llamaron a la puerta... Fue a abrir, dando por hecho que era el servicio de habitaciones... Pero no. Tuvo que retroceder dos pasos, perpleja.

No se podía negar que Franco era la viva imagen de su padre. Impecablemente vestido con un traje oscuro, Salvatore Tolle, a sus cincuenta y tantos años de edad, seguía siendo un hombre muy atractivo.

–*Buongiorno,* Alexia.

–*Bu... buongiornio,* señor –dijo ella, tartamudeando.

–¿Puedo entrar?

Sin decir ni una palabra más, Lexi se echó a un lado. Los nervios la hicieron quedarse cerca de la puerta después de haberla cerrado. Él avanzó hasta el centro de la estancia y miró a su alrededor.

–¿Estás cómoda aquí?

Ella entrelazó las manos por delante.

–Sí, claro... Gracias.

Él asintió con la cabeza.

–He hablado con Francesco –le dijo de repente–. Me llamó anoche.

–¡Oh! Me alegro mucho de que lo haya hecho. Me sorprendí mucho cuando me dijeron que había...

–Tu preocupación por mí resulta conmovedora, pero yo preferiría que te la ahorraras –le dijo Salvatore, interrumpiéndola.

Fue como si le hubieran cerrado una puerta en la cara. Ya debería haberse acostumbrado, no obstante. Las pocas conversaciones que había mantenido con Salvatore siempre habían sido así.

–Aunque sí que te doy las gracias, Alexia –añadió de repente–. Por hablar con mi hijo.

–No fue nada.

Volvieron a llamar a la puerta y esa vez sí que era el desayuno. Contenta de poder hacer un paréntesis, Lexi dejó que entrara el camarero. Este se dirigió hacia una pequeña mesa situada junto a la ventana y dejó allí la bandeja.

–¿Le... le apetece una taza de té? –le preguntó a Salvatore cuando el camarero se marchó.

–No, *grazie* –contestó el padre de Franco–. Pero, siéntate, por favor, y tómate tu desayuno.

Lexi se sentó frente a la mesa, pero la idea de comer delante de Salvatore Tolle le quitó el apetito.

–Por favor, dígame por qué está aquí –le dijo, reconociendo la ansiedad que había en su propia voz–. No es por Franco, ¿verdad? Él no ha...

–Francesco está bien, si es que esa palabra puede describir las lesiones que ha sufrido. Vengo de verle.

–Oh, eso es... –Lexi se mordió el labio.

–Francesco no sabe que estoy aquí. ¿Lo entiendes? Me ha prohibido que me acerque a ti, así que mi relación con mi hijo vuelve a estar en tus manos, Alexia –sonrió con tristeza–. Pero hay un tema del que tengo que hablar contigo.

–¿Por qué no se sienta por lo menos? –le sugirió, señalando la otra silla.

Por un momento pareció que Salvatore Tolle iba a

tomarle la palabra, pero entonces miró el reloj, frunció el ceño y sacudió la cabeza.

–Tengo que irme en unos minutos. No quiero perder el vuelo a Nueva York. Estamos a punto de asegurar un contrato importante allí que nos permitirá mantener los astilleros de la ciudad a pleno rendimiento durante los próximos cuatro años. Francesco se estaba ocupando de todo, así que ahora tengo que ir yo en su lugar.

Lexi apretó los labios y asintió con la cabeza. Tenía que hacer algo con sus dedos inquietos, así que agarró un vaso de zumo.

–Por eso tengo que pedirte otro favor –añadió Salvatore–. No quiero dejar solo a mi hijo en un momento como este. Llegaré a tiempo para asistir al funeral de Marco la semana que viene –añadió rápidamente–. Sin embargo, tendré que regresar a Nueva York inmediatamente después. El tema es, Alexia, que, si todo sale bien, Francesco saldrá del hospital dentro de unos días. Como ha decidido depositar toda su confianza en ti, tengo que preguntarte si estás dispuesta a seguir a su lado durante las próximas semanas, puesto que yo no voy a poder.

Incapaz de seguir sentada, Lexi se puso en pie. Se sentía muy tensa, porque no sabía por cuánto tiempo podría soportar la compañía de Franco sin...

–¿De cuánto tiempo estamos hablando? Yo tengo un trabajo en Londres... Además de otros compromisos.

–No creo que un mes sea mucho pedir, dadas las circunstancias.

Era evidente que Salvatore Tolle no conocía a Bruce.

–Como Francesco sigue negándose a que vayan a verle, esperaba que tú pudieras convencerle de que fuera directamente a Monfalcone, en vez de quedarse en su apartamento de Livorno. Allí, Pietro y Zeta podrán ayudarte a cuidarle durante el período de convalecencia.

Salvatore se estaba refiriendo a la finca de la familia, situada en las afueras de Livorno. Allí habían vivido durante los pocos meses que había durado su desastroso matrimonio. Monfalcone era un castillo centenario hecho de piedras doradas. También era el lugar donde se había casado con Franco. Pero era mejor no recordar aquel día. La familia Tolle le había dado una fría bienvenida y Franco, furioso, les había echado de allí antes del primer vals. Al final se la había llevado a su apartamento de la ciudad durante una semana. Las peleas continuas les habían hecho volver a Monfalcone, no obstante, porque el castillo era tan grande que en él podían evitarse sin problemas.

–No se irá a Monfalcone sin ti –le dijo Salvatore con contundencia–. Está decidido a seguirte a Londres si no te quedas. No me explico por qué ha desarrollado esta fijación con vuestro matrimonio, pero sí sé que es fundamental para él.

Culpa...

Eso hubiera querido decir Lexi, pero prefirió callárselo.

El sentimiento de culpa por la muerte de Marco había reabierto viejas heridas... aunque Lexi también sabía que ella no le había tratado mucho mejor que él a ella. Cada vez que le miraba veía esa sonrisa complaciente que había puesto años antes al recoger el premio de la apuesta ganada. Cada vez que él trataba de arreglar las cosas, ella arremetía contra él como un látigo. Un día se había ido del castillo y ella casi se había alegrado de verle marchar... No había vuelto hasta dos semanas después... La amargura y la desilusión se habían convertido en una armadura bajo la que se escondía el dolor palpitante de un corazón roto...

–¿Es mucho pedir?

Lexi parpadeó y se dio cuenta de que había pasado

demasiado tiempo absorta en sus propios pensamientos. Levantó la vista hacia su suegro y vio una emoción que jamás hubiera esperado encontrar en aquel rostro de rasgos impasibles. Era algo parecido a la desesperación.

–Me quedo –le dijo y sonrió.

Ya había usado esa frase unas cuantas veces desde su llegada...

Capítulo 4

LEXI se detuvo ante la puerta. Se habían llevado los monitores, la cama estaba hecha, pero Franco no estaba por ninguna parte. Se dio la vuelta y se lo encontró sentado en una cómoda silla, junto a la ventana, frente a un ordenador portátil.

–¡Oh, ya te has levantado de la cama! –exclamó–. Genial.

–No soy un crío. No me hables como si lo fuera –respondió Franco con suficiente hostilidad como para poner en guardia a Lexi–. Llegas tarde. ¿Dónde has estado?

Ella entró del todo y cerró la puerta.

–Lo siento. Tenía cosas que hacer –dejó las bolsas que llevaba en el suelo y fue hacia él–. ¿Cuándo te dejaron levantarte?

–No me dejaron hacer nada. Me levanté y ya está.

–¿Y es buena idea?

–Sigo respirando.

Lexi estuvo a punto de contestarle con algo muy sarcástico, pero entonces se lo pensó mejor. Se quitó la chaqueta, la puso sobre el respaldo de una silla y volvió a mirarle. Él llevaba un albornoz blanco, pero nada más, según podía ver... Aún tenía el pelo mojado y la barba de medio día que tenía el día anterior ya no estaba. Su cara había tomado un poco de color. Sus ojos parecían concentrados, fijos en la pantalla... De alguna manera, el hombre que tenía delante le recordó a aquel otro con el que se había casado más de tres años antes, frío y profesional. Las palabras podían convertirse en armas letales.

–Bueno, por lo menos hueles bien –le dijo en un tono ligero, decidida a no responder a la provocación.

Los ojos de Franco emitieron un destello fugaz. Con una sola mano, pues las vendas del hombro derecho le impedían usar la otra, siguió tecleando con una eficiencia impresionante.

–Esta mañana saliste del hotel en taxi a las nueve. De eso hace tres horas... ¿Es que has olvidado cómo se pone una falda?

Lexi parpadeó y se miró las piernas. Todavía llevaba esos leggings negros y los botines. Los pies le dolían... Hacía demasiado calor para llevar ese calzado.

–¿Qué clase de falda quieres que me ponga? –le preguntó con inocencia–. ¿Corta y apretada? ¿Suelta y sexy? ¿Larga y vaporosa? –volvió a por las bolsas y las tiró a los pies de Franco. Se agachó y empezó a buscar–. He comprado de los tres tipos, porque no sabía cuál sería de tu gusto, y también compré un par de vestidos, más que nada porque me encantaron –sacó las prendas una a una mientras las enumeraba y se las echó todas encima del ordenador–. Cuando llegué me di cuenta de que no traía nada apropiado, como hice la maleta a toda prisa... Quiero decir... ¿Qué puede hacer una chica con un solo par de vaqueros, ninguna camiseta, ni ropa interior, ni tampoco zapatos?

Franco atrapó los zapatos en el aire, antes de que aterrizaran sobre el teclado. Sus dedos grandes se cerraron alrededor de las sandalias planas de tiras.

–Oh, y esto –Lexi metió la mano hasta el fondo de la bolsa y sacó unos cuantos cosméticos y un cepillo.

–No lo hagas –le advirtió él suavemente, al ver que también tenía intención de echarlos sobre el ordenador.

–Muy bien. Ya veo que las necesidades femeninas no te impresionan. ¿Y esto? –sacó un conejito de peluche gris con grandes orejas. Se lo puso suavemente contra el pecho–. Un regalito para ti –le dijo con dulzura.

Franco bajó la vista y contempló un momento el juguete. Poco a poco una sonrisa se dibujó en sus labios. Finalmente la miró.

–Pensaba que habías salido huyendo de nuevo.

Lexi tardó un par de segundos en darse cuenta de lo que le estaba diciendo. Tres años antes, había salido huyendo rumbo a Inglaterra sin dejarle ni una nota siquiera. Había salido de ese mismo hospital, se había subido a un taxi y se había marchado sin más.

–No –le dijo, intentando mantener la conversación en un tono ligero–. Me fui de compras –señaló el conejito–. Bueno, dile «hola» por lo menos.

Sin decir ni una palabra, él le entregó las sandalias, agarró el conejito y lo miró un momento.

–Lleva una pajarita rosa.

–Es que no tenían en azul.

–¿Tiene nombre?

–Sí. William –dijo Lexi con decisión–. William Wabbit, porque el joven dependiente de la tienda no era capaz de pronunciar la «r» y su *«wabbit»* sonaba muy bien.

–«Rabbit» en italiano es *«coniglio»*.

–Ah, sí, pero el chaval estaba intentando enseñarme su mejor inglés, para impresionarme.

–¿Estaba coqueteando contigo?

–Claro que sí –Lexi volvió a meter los zapatos en la bolsa–. Era italiano.

Franco le agarró la mano de repente. Al mirarle a los ojos, Lexi supo lo que estaba por venir y trató de soltarse. Pero para entonces él ya estaba tirando de ella, echándola hacia delante. Un segundo más tarde la estaba besando. Una ola de calor invadió sus sentidos. El tacto de sus labios unidos era tan natural que era muy difícil resistirse... Pero Lexi lo consiguió. Se apartó bruscamente.

–*Grazie*... Por el «*wabbit*».

–De nada –dijo Lexi, mirando el muñeco, y entonces siguió guardando las compras.

–¿Cómo sabías que salí a las nueve? –le preguntó, sintiendo curiosidad.

–Pietro llegó para recogerte cinco minutos después.

Agarró su teléfono móvil y se lo dio a Lexi.

–Guárdame tu número.

–¿Para que puedas tenerme controlada?

–Es una herramienta de comunicación, no un dispositivo de rastreo.

Haciendo una mueca, Lexi tomó el móvil en la mano e hizo lo que le pedía sin decir nada más.

Franco quería leerle la mente, saber qué estaba pensando... Ese muñeco que le había regalado podía significar algo... Aquel verano que habían pasado juntos, ella solía darle toda clase de regalitos, como el camello de plástico sobre un pedestal que giraba cuando se apretaba un botón, o los tres patitos de goma que le había echado en la bañera... Y esas ranas de distintos tamaños que le había puesto en la estantería encima de la cama... Cada noche se empeñaba en besarlas a todas, convencida de que alguna se transformaría en su Príncipe Azul.

Nunca había conocido a nadie como ella, niña y mujer al mismo tiempo. Y había confiado tanto en él que se lo había dado todo. Le robaba la ropa, usaba su cepillo de dientes y tiraba por la borda del *Miranda* a sus amigos sin preguntar... Cuando salían de fiesta, le ignoraba por completo y se perdía entre la multitud febril, riendo, flirteando... Pero cuando se cansaba de bailar le buscaba y le apartaba, se lo llevaba sin una disculpa, sin siquiera despedirse de la gente...

Jamás se le había ocurrido pensar que él pudiera cansarse de ella. Le había amado sin reservas y había creído ciegamente que él también la amaba. Y cuando todo se había estropeado, se había quedado a la deriva en un mar de desilusión que pronto se convertiría en resentimiento... De la noche a la mañana se había convertido en una extraña trágicamente perdida...

Agarró el conejito y lo miró un momento, haciendo una mueca. Ella se incorporó con las bolsas y fue hacia la cama. Volcó todas las prendas para doblarlas de nuevo. Franco recorrió sus piernas esbeltas con la mirada y se preguntó por qué había criticado su ropa. Esos leggings negros le recordaban cómo era tener sus piernas enroscadas alrededor de la cintura...

De repente empezó a sonar un teléfono. Franco bajó la vista, pero no era el suyo. Lexi se estiró por encima de la cama y agarró el bolso de mano. Pescó el móvil a toda prisa y frunció el ceño al mirar la pantalla.

—Lo siento, pero tengo que contestar —murmuró y salió de la habitación.

Franco oyó un murmullo.

—Hola, Bruce —la oyó decir justo antes de que se cerrara la puerta.

Alejó la mesa y se puso en pie con brusquedad; tanto así que no pudo evitar hacer una mueca de dolor. Masculló un juramento y fue hacia la ventana. Livorno rutilaba bajo el inclemente sol de mediodía. Podía ver la limusina de su padre, aparcada. Pietro estaba apoyado contra el capó, charlando con uno de los guardias de seguridad que su padre había contratado para impedir el acceso de la prensa. Más allá del perímetro del hospital, no obstante, había un pequeño grupo de paparazis armados con cámaras, merodeando cerca de las puertas.

Lexi no le había dicho nada de ellos. ¿La habrían acosado a su llegada? Seguramente estaban sedientos de noticias. Internet estaba lleno de información sobre el accidente y la trágica muerte de Marco. Como no conseguían muchos datos, los medios se habían dedicado a sacar cosas del pasado, como su precipitado matrimonio con Lexi y la consecuente ruptura.

Incluso habían llegado a publicar unas declaraciones de Bruce Dayton acompañadas de una foto en la que aparecía tan impecable y estirado como siempre, parado delante de su empresa.

–*Lexi Hamilton está muy afectada por la muerte de Marco y ha ido a darle todo su apoyo a su marido en un momento tan difícil. Eso es todo lo que tengo que decir. Gracias.*

No había ninguna declaración de Lexi en Internet, no obstante. Era evidente que no quería hablar con la prensa.

Dayton, en cambio, había hablado con el logo de su empresa al lado. Nada como un poco de publicidad gratis... Y el apellido de Lexi era Tolle...

¿Por qué la estaba llamando? ¿Acaso temía perderla de nuevo? ¿Perder el control?

Cuando Lexi había salido huyendo de Italia, se había ido directamente a buscar a Bruce Dayton... A Franco le hervía la sangre cada vez que recordaba que aquel bastardo había conseguido llevársela a la cama. ¿Todavía eran amantes?

Agarró el móvil y llamó a Pietro. Desde la ventana, le vio contestar. Cinco minutos después, cojeó hasta el armario y abrió la puerta como pudo.

Lexi, mientras tanto, andaba por el pasillo de un lado a otro, lejos de oídos indiscretos.

–Por favor, Bruce, escúchame...

–No tienes pensado volver al trabajo, ¿no? –le preguntó él en un tono hosco.

–Yo no he dicho eso –le dijo, negando con la cabeza–. Pero sí que creo que es hora de poner un poco de espacio entre nosotros. Tú mismo dijiste que tengo que pensar bien qué rumbo está tomando mi vida.

–Ahora mismo, Lexi, veo que vas directa hacia otro bache.

–Tú y yo... estábamos acercándonos demasiado, pero no está bien.

–Explícame eso –masculló Bruce–. ¿Me estás diciendo que no sientes nada por mí?

–Me importas mucho, pero...

–Todavía sigues enamorada de ese cerdo italiano –le espetó Bruce–. ¿Se te ha ocurrido pensar que se está aprovechando de ti, dándote pena para que sigas a su lado? Patético.

–Esta conversación no tiene nada que ver con Franco –apuntó Lexi.

–Claro que tiene que ver con él. No tiene más que mover un dedo y vas corriendo a su lado.

–No. Se trata de que tú me has abierto los ojos y he podido ver la clase de relación que está surgiendo entre nosotros. Y creo que siempre he sabido que no iba a funcionar –dijo Lexi, insistiendo, aunque supiera que le iba a doler–. Tú también te has dado cuenta, Bruce –le recordó suavemente–. Lo vi en la expresión de tu cara. Y lo oí en tu voz. Has sido el mejor amigo para mí, el mejor. Pero en algún momento los sentimientos que teníamos el uno por el otro se han vuelto confusos.

–Gracias, Lexi, por pensar que soy un completo idiota y decírmelo.

Ella agarró el teléfono con más fuerza.

–No quería decir eso...

–Bien. Porque no soy yo quien está confundido acerca de mis sentimientos. Puedo entender que necesites más tiempo para tomar una decisión acerca de nosotros, pero lo que no puedo soportar es que lo hagas mientras sigues saliendo con él. Es veneno para ti, Lexi. Siempre lo fue y siempre lo será. Tienes hasta después del funeral, y después será mejor que vuelvas aquí rápido, o iré a por ti. ¡Porque no pienso rendirme!

Le colgó el teléfono.

Lexi se inclinó contra la pared y cerró los ojos. Debería haberse ocupado de ese problema mucho antes. Debería haberse ocupado de ello meses antes. Dilatando la resolución del problema, lo único que había hecho había sido darle la razón, darle todo el derecho a estar enfadado con ella. El problema era que no le gustaba hacerle daño a la gente. Sabía lo que sentía, porque le habían hecho daño muchas veces. Y lo peor era que Bruce no era su enemigo. Franco, en cambio, sí lo era, aunque solo fuera por lo que podía hacerla sentir.

Regresó a la habitación, pero él no estaba allí. Miró hacia la puerta del cuarto de baño y respiró hondo. Fue hacia la cama y siguió ordenando la ropa. Por lo menos tenía unos minutos para reponerse de su conversación con Bruce. La puerta del cuarto de baño se abrió de repente. Lexi se dio la vuelta y casi se cayó sobre la cama. Franco, vestido para salir, atravesó el umbral. Nunca se había acostumbrado a verle así. Era como si alguien le hubiera clavado un cable de alta tensión en el pecho. Un cosquilleo casi doloroso la recorría de pies a cabeza.

Él llevaba un traje oscuro, de la mejor calidad. El tejido se le ceñía a los músculos, realzando todos sus contornos masculinos.

—No puedes vestirte —le dijo, con voz temblorosa—. ¿Por qué te has vestido?

Lexi logró apartar la vista de él a duras penas. El hombre que tenía ante sus ojos ya no era tierno e indefenso... Franco había vuelto a ser ese hombre frío e inflexible que le había hecho la vida un infierno tres años antes; un extraño distante y déspota... Lexi se abrazó, estremeciéndose bajo su mirada.

–Nos vamos –le dijo él. Se dirigió hacia la mesa, exhibiendo una cojera ligera, y cerró el portátil. Después agarró el teléfono.

–No... no lo entiendo –Lexi miró hacia el timbre que colgaba sobre las almohadas y se preguntó si debía llamar a alguien antes de que pudiera hacerse daño.

–Es muy sencillo. Ya me han desenchufado. Me han quitado la medicación. Y quiero salir de este sitio lo antes posible.

–¿Me estás diciendo que te han dado el alta?

Franco le lanzó una mirada siniestra y burlona.

–¿Quiénes?

–Los... –Lexi gesticuló–. Los médicos y... Quien sea. No puedes irte así como así porque te apetezca, Franco. Podrías tener algo serio y...

–Tú lo hiciste.

Lexi se calló a mitad de la frase.

–¿Perdón?

–Te marchaste sin que te dieran el alta, tal y como acabas de decir –Franco se guardó el teléfono en el bolsillo, recogió el conejo de peluche y fue hacia ella–. En realidad, saliste corriendo.

Lexi, que miraba sus piernas con atención, en busca de alguna cojera que indicara lo mucho que le dolía, no tuvo más remedio que levantar la cabeza. De repente fue como si todo su mundo se hubiera puesto patas arriba... Tuvo que levantar la vista... Más y más... hasta llegar a los duros rasgos de su rostro masculino.

Lexi sintió que la respiración se le paraba. Había pasado tanto tiempo desde la última vez que se habían mirado así, cara a cara, frente a frente, de puntillas.

–Y ni siquiera te estoy tocando –dijo él de pronto–. Y sin embargo...

Lexi se sonrojó y sus pupilas se dilataron hasta tapar por completo el azul del iris.

–Este efecto que ejercemos el uno sobre el otro es un afrodisiaco muy potente, *cara*. ¿Quieres saber lo que me haces?

Lexi bajó la mirada. Tenía que liberarse de ese influjo abrumador. Se sentía mareada. Pequeños músculos de su cuerpo se contraían una y otra vez, produciendo una pulsación continua.

–No... No tienes motivos para salir huyendo –por suerte, Lexi consiguió hacer funcionar la única neurona espabilada que le quedaba en ese momento.

–¿Pero tú sí?

Lexi apretó los labios. Parecían hinchados, adoloridos. Asintió con la cabeza.

–Y volveré a hacerlo, si no dejas de lanzarme esas indirectas.

Él esbozó una sonrisa maliciosa.

–Qué bueno saber que aún estoy en forma, *amore*.

–¿Tú y cuántos más? –Lexi descruzó los brazos y cerró los puños–. Tú...

–Ahórrame los números.

Dándole la espalda con brusquedad, Franco metió el conejito de peluche en una de las bolsas. En cuanto él se distrajo un momento, ella agarró el timbre y apretó el botón con insistencia. Pero él se volvió rápidamente.

Lexi soltó el interruptor como si quemara. Franco la traspasó con la mirada, pero ella levantó la barbilla con un gesto desafiante. Sorprendentemente, él echó atrás la cabeza y se rio a carcajadas.

–¡Así que tú también crees que me he vuelto loco!

–No vas a irte de aquí sin que te den el alta.

–Pietro llegará dentro de cinco minutos. Le mandé a tu hotel para que pagara y recogiera tus cosas.

La puerta se abrió antes de que Lexi pudiera reaccionar. El doctor Cavellí entró en la habitación. Al ver a su paciente, vestido y en pie, se detuvo en seco.

Franco se volvió y cruzó la habitación, tan impasible y desenfadado como siempre.

–Gracias –dijo, con una sonrisa en los labios, extendiéndole la mano al médico–. Por el cuidado y las atenciones que me han dado, tanto usted como el resto del personal. Pero ya es hora de que me vaya.

Perplejo, el médico había seguido a Franco con la mirada de un lado a otro.

–No sé si... –dijo, mirando la mano que Franco le extendía.

–Ya no estoy tomando medicinas y me siento mucho mejor –señaló Franco en un tono suave.

El médico miró a Lexi con incertidumbre. Esta se encogió de hombros.

–No hay motivos médicos para retenerle aquí, *signor* –dijo el doctor Cavelli–. Sin embargo, tendrá que cuidar muy bien esos hematomas durante las próximas dos semanas. El riesgo de trombos no ha disminuido. Y va a necesitar que le cambien las vendas de la herida del muslo.

–Alexia y yo estaremos pendientes de los coágulos –le aseguró Franco, sin atreverse a mirar a Lexi–. Y yo mismo puedo cambiarme las vendas.

El médico volvió a mirar a Lexi, como si estuviera esperando a que ella corroborara lo que él acababa de decir. Lexi abrió la boca con la intención de negarse a todo, pero entonces le miró, vio la tensión que contraía su hermoso rostro... Recordó a Marco, sintió un dolor profundo y entonces asintió con la cabeza. Pietro llegó poco después. Franco le ordenó que recogiera su bolsa en el cuarto de baño.

Casi se cayó al entrar en la parte de atrás de la limusina de su padre. Debía de ser duro fingir estar hecho un roble... Lexi estaba a su lado, y le observaba con atención, examinando su rostro pálido, sus ojos cerrados. Tenía una mano sobre el pecho, por dentro de la chaqueta, como si sujetara algo. Podía ver los orificios de las vías en el dorso de su mano, y los cardenales alrededor. Pero lo que más le preocupaba era su respiración, demasiado débil.

–Te estaría bien empleado si tuvieras una recaída ahora, Franco, ¡con tanta estupidez y mentiras! –le espetó, dejándose llevar por la ansiedad.

–Esa clase de estupidez se la dejé a Marco –le dijo Franco, en un tono tajante.

Capítulo 5

LEXI se giró y le miró fijamente.

–¿Ma... Marco?

–Pietro, los paparazis. ¿Nos están siguiendo?

Había vuelto a hacerlo. Había obviado el tema de la muerte de Marco.

–Sí –contestó el chófer–. Nos pisan los talones como locos. ¿Quiere que los pierda de vista?

–¿Puedes hacerlo?

–Ah, sí, por supuesto.

–¿Qué paparazis? –Lexi se volvió para mirar por la ventanilla trasera al tiempo que Pietro daba un golpe de volante hacia la izquierda.

–Te han estado siguiendo desde que llegaste a Livorno –le dijo Franco, intentando soportar el dolor lacerante que le había provocado ese movimiento tan brusco.

–Oh... Cuando dejé de actuar dejé de estar pendiente de ellos.

–¿Por qué lo dejaste? –le preguntó Franco, volviéndose hacia ella–. Se suponía que te esperaba una rutilante carrera en Hollywood después de dejarme.

–La interpretación nunca fue mi sueño –le dijo, encogiéndose de hombros. Era mejor ignorar la última parte de la frase–. Era el sueño de mi madre. Empecé con lo de las películas por casualidad. Estaba entreteniéndome con un guion durante uno de los castings de mi madre. Alguien me oyó, me llevó hasta el plató y me hizo repetir lo que estaba diciendo. Lo hice. Me dieron el papel.

–Nunca me lo habías contado.

–Nunca me lo habías preguntado. ¿Por qué me miras así, con esos ojos siniestros?

–No son siniestros. ¿Cuál era tu sueño entonces?

Lexi no contestó. Su sueño siempre había sido demasiado sencillo como para que un hombre como Franco pudiera entenderlo. Una casa con jardín, niños, un marido que trabajara de nueve a cinco y luego volviera a casa con su familia cada noche... Crecer en un apartamento en la ciudad con una madre soltera que trabajaba a horas raras significaba tener que criarse sola. Y eso había tenido que hacer ella. Su jardín, su patio de juego, había sido el plató de una película o el camerino de su madre.

–Mi madre quería que yo fuera pianista –dijo Franco, levantando las manos y observando sus propios dedos–. Yo solo quería trastear con los barcos y los motores.

Pero todavía tocaba el piano, mejor que muchos... Lexi podía dar fe de ello. Podía mantener en vilo a todo Monfalcone con una pieza clásica o animar una fiesta con el mejor popurrí de pop, jazz y rock... con esos mismos dedos capaces de desmontar un motor de barco con tanto cuidado y dedicación.

–Era hermosa... tu madre... –murmuró Lexi, recordando el cuadro que estaba en el gran salón de Monfalcone.

–Y la tuya también –Franco bajó las manos y la miró a los ojos. Ese dolor que se asemejaba tanto al entendimiento mutuo cayó como un peso sobre su corazón–. Siento no haberla conocido nunca.

Y Lexi también lo sentía. De haberle conocido, Grace se hubiera enamorado de Franco, italiano, alto y encantador. Isabella Tolle, por el contrario, no hubiera congeniado mucho con ella. Una mujer de alcurnia, nacida en una cuna de oro, jamás hubiera querido que su único hijo se casara a toda prisa con una estrella fugaz adolescente que se había propuesto atraparle en sus redes... No. Lexi detuvo ese pensamiento de golpe. Ella nunca se había propuesto atraparle en sus redes; simplemente lo había hecho, le había atrapado, y luego se había odiado a sí misma por ello.

−¿Vamos al apartamento o a Monfalcone?

La pregunta de Franco la devolvió a la realidad. Lexi parpadeó y le miró.

−Monfalcone −le dijo, recordando lo que su padre le había dicho esa misma mañana.

Ojalá no hubiera accedido a esa parte del trato... Los recuerdos que tenía de esa casa no eran nada buenos.

−Nos vamos a casa, Pietro.

−Ah, sí, sí −el conductor sonrió y asintió con la cabeza−. Eso es bueno, *signor*. Muy bueno...

−Al menos hay una persona que aprueba lo nuestro, *bella mia*.

Lexi se movió en el asiento, inquieta. No sabía muy bien si le gustaba o no esa mirada enigmática de Franco. Le ponía la carne de gallina... Sabía que se estaba perdiendo algo importante...

−Eso de «lo nuestro» no existe −tenía que decirlo, por si acaso.

−¿Y entonces qué somos?

Lexi abrió la boca para contestar y volvió a cerrarla de inmediato. No tenía respuesta. Sacudió la cabeza y se volvió hacia la ventanilla, dejando la pregunta en el aire... Franco la miró durante unos segundos y entonces sintió un dolor agudo en su interior.

−¿Qué quería Dayton?

Franco y Bruce nunca se habían llevado bien.

−Trabajo para él.

–Ya lo sé.

¿Lo sabía?

Lexi se sorprendió. Pensaba que la había sacado de su vida completamente, tal y como estaba haciendo con Marco en ese momento. Otra cosa mala que había borrado de su vida.

–Bueno, entonces... Tú también eres empresario y ya sabes cómo funciona. No me hagas preguntas estúpidas –Lexi reaccionó con brusquedad, apartándose. No quería hablar con él de Bruce porque... Ella le era fiel a las personas que quería y en ese momento quería más a Bruce que a...

Lexi se movió en el asiento como si estuviera tratando de ahuyentar un pensamiento que la asustaba mucho.

El viaje en coche prosiguió. Los dos guardaban silencio. Lexi se recostó en su asiento y se dedicó a mirar las vistas por la ventanilla, de cristales tintados para paliar los rayos de sol. Esa parte de Italia tenía que ser una de las zonas más hermosas de todo el país. El sol de mediodía lo teñía todo de dorado, y la elegancia de los cipreses decoraba kilómetros y kilómetros del paisaje más variado. Se volvió hacia Franco y descubrió que se había quedado dormido. Ni siquiera en sueños parecía tranquilo... La tensión contraía sus bellos rasgos. Tenía una mano por dentro de la chaqueta, justo sobre las costillas rotas... Y con la otra mano se tocaba el muslo, donde tenía esa herida tan horrible. A lo mejor deberían haberse ido a su apartamento en lugar de viajar hasta Monfalcone. A lo mejor no debería haberle dejado salir del hospital...

–Ya no falta mucho, *signora*.

La tranquilidad de la voz de Pietro hizo volverse a Lexi hacia el espejo retrovisor.

Asintió con la cabeza.

–¿Los medios? –susurró.

–Se rindieron en cuanto vieron que íbamos a Monfalcone.

Un rato más tarde, como si supiera que ya se estaban acercando, Franco abrió los ojos justo en el momento en que iban a cruzar el estrecho puente que pasaba por encima del río. Lexi le vio hacer una mueca al tiempo que intentaba cambiar de postura.

–¿Todo bien? –le preguntó.

–Sí –dijo él, pero en realidad no lo estaba. Su sonrisa seca y tensa la hizo sentirse extrañamente culpable.

Tras atravesar el puente se dirigieron hacia un camino asfaltado que zigzagueaba sobre la orografía del terreno, flanqueado por dos hileras de cipreses. A medida que el coche avanzaba por el camino, la luz del sol se colaba a intervalos entre los árboles, produciendo un efecto casi hipnótico y peligroso para los conductores.

Lexi lo sabía muy bien. Una vez había terminado desviándose de la senda y precipitándose a una acequia situada al otro lado de los árboles. Había estado a punto de impactar contra un árbol, pero había tenido suerte... Francesco se había puesto furioso, no obstante. La había llamado «estúpida y temeraria», sacándola del coche aplastado como si quisiera matarla él mismo.

–¿Querías matarte tú o querías matar al bebé?

Lexi se estremeció al oír el eco iracundo de su voz como si estuviera ocurriendo en ese momento preciso. Había llorado hasta el agotamiento allí mismo. Él la había estrechado entre sus brazos y la había dejado llorar y llorar...

–No sé qué decirte.

Aquel tono de voz, profundo y prudente, la hizo volverse hacia él. Él miraba por la otra ventanilla, pero cuando ella volvió la cabeza él también lo hizo, y entonces quedó atrapada en la oscuridad de su mirada. A través de los destellos intermitentes que iluminaban su rostro, Lexi pudo ver el mismo recuerdo en su semblante.

–Estaba fuera de control –le confesó. Era la primera vez que lograba aceptarlo–. Me propuse hacerte la vida imposible, y lo conseguí.

–Lo dices como si yo fuera un santo –dijo él, esbozando una sonrisa amarga–. Estaba agobiada con muchas cosas. Embarazada. Acababas de perder a tu madre.

Y en lo más profundo de su ser, sabía que debía dejarle, pero se había aferrado a él, aunque ya le odiara por aquel entonces. Lexi bajó la vista y se miró las manos, entrelazadas sobre su regazo. Sintió un temblor en los labios. Sí. Estaba fuera de control... mucho antes de estrellar el coche.

Habían volado a Italia justo después del entierro de su madre. Franco se había ocupado de todo, aunque Bruce hubiera insistido en responsabilizarse de todos los trámites y preparativos. En mitad de una discusión entre ambos, Lexi le había dicho que estaba embarazada. Bruce había reaccionado dándole un puñetazo a Franco, pero él, sorprendentemente, no se lo había devuelto. Se había quedado mudo, perplejo...

Pero Lexi no se había dado cuenta de eso hasta mucho después.

–Me precipité demasiado contigo, empeñado en hacer lo correcto, y te obligué a casarte cuando lo que realmente necesitabas era estar sola y llorar por tu madre.

Grace... Después de toda una vida soñando con la fama, la noticia de su muerte apenas había recibido cobertura en los medios, mientras que la apresurada boda de su hija con Francesco Tolle había aparecido en todos los titulares. Él tenía razón. No había tenido tiempo de llorar la pérdida... Se había visto inmersa en los preparativos de una boda sin saber muy bien lo que estaba ocurriendo. Pero en Monfalcone nadie había oído hablar de Grace Hamilton. Para ellos Lexi no era más que una extraña a la que trataban con frialdad porque creían que le había arruinado la vida a Franco.

San Remo... El lugar que había puesto punto y final a aquel verano de locura, dando paso a un invierno infernal.

El coche aminoró de nuevo. Los cipreses dieron paso a unos setos perfectamente cuidados que protegían la casa de miradas curiosas. A medida que se acercaban se abría el enorme portón de hierro decorado con el escudo Monfalcone y más allá se divisaba un glorioso jardín que parecía sacado de una película; con fuentes, estatuas cubiertas de liquen, caminos de ensueño...

Detrás estaba Monfalcone... En otra época había un foso con un puente retráctil que conducía a un patio interior. Al atravesar el arco de la entrada principal, el aire abrasador se enfrió de repente, como si acabaran de encender el aire acondicionado. Lexi se estremeció. La carne se le puso de gallina. Y entonces volvieron a salir al patio soleado, rodeado de terrazas que abarcaban los cuatro lados de la mansión.

En cuanto el coche se detuvo, Franco abrió la puerta y trató de salir. Un sonido gutural llamó la atención de Lexi.

–Espera, voy a ayudarte –dijo ella, saliendo del coche al mismo tiempo que Pietro.

Rodeó la parte de atrás de la limusina a toda carrera, pero Franco ya había bajado. Estaba parado junto al vehículo, mirando hacia arriba, como si quisiera dejarse bañar por la luz del sol. Lexi se detuvo en seco, contuvo el aliento. Parecía mucho más alto, más joven, arrebatadoramente guapo, pero vulnerable... Enseguida supo lo que estaba haciendo... Seguramente había creído que nunca volvería a pisar ese suelo, que nunca volvería a ver su casa... De repente, todas las cosas raras que Franco había estado haciendo desde el accidente cobraron un sentido dolorosamente real durante ese momento de homenaje en silencio.

Las puertas se abrieron y Zeta apareció ante ellos. Era una mujer pequeña y rolliza, con el pelo canoso y recogido en un moño. Parecía muy nerviosa.

–Pero mírate –le dijo a Franco directamente–. No deberías caminar, y no deberías haber salido del hospital. ¿Es que te has vuelto loco o algo así?

–*Buongiorno,* Zeta –respondió Franco–. Yo también me alegro de verte.

Zeta soltó el aliento y levantó los brazos, haciendo un gesto de impotencia.

–Si a tu padre le quedara algo de sentido común después de que tú se lo quitarás todo, habría...

–¿Crees que podré entrar en mi casa sin que me despellejen?

El ama de llaves se echó a un lado. Tanto Pietro como Lexi quisieron ayudar a Franco.

–Puedo hacerlo yo solo –masculló él.

Todos se quedaron quietos y le observaron. Franco atravesó el umbral sin hacer el menor gesto de dolor. Lexi se mordió la lengua. Hubiera querido gritarle cualquier cosa ante semejante espectáculo de orgullo y obstinación masculinos, pero él ya estaba subiendo las escaleras.

Y lo consiguió sin problemas. Consiguió llegar al rellano superior y entonces se detuvo un instante.

–Supongo que estás orgulloso por lo que has hecho –dijo Lexi, incapaz de aguantar más–. ¡Pues yo no!

Él se volvió y la miró desde lo alto de la escalinata.

–Muy orgulloso –admitió y entonces esbozó una de sus sonrisas más maliciosas–. Bueno, ya puedes subir y ayudarme a quitarme este traje tan incómodo.

Arrogante...

Lexi levantó la barbilla y se volvió hacia Pietro.

–O va usted a ayudarle, Pietro, o subo yo y le mato –le dijo, echando chispas.

Por desgracia Lexi se dio cuenta de su error demasiado tarde. A la pobre Zeta acababa de cambiarle la cara... Sin duda debía de estar recordando todos esos años de estruendosas broncas y gritos...

Pietro, por el contrario, se limitó a darle un beso en la mejilla a su esposa y entonces recogió el equipaje del suelo.

–Voy a poner sus cosas en su antigua habitación, señora –le dijo a Lexi y se dirigió hacia las escaleras.

Lexi no tuvo más remedio que quedarse con Zeta, que ya empezaba a tener cara de pocos amigos... Tres años antes, Lexi se hubiera defendido con una mirada desafiante, pero las cosas habían cambiado mucho. Dejó escapar un suspiro.

–Sabía que estaba yendo demasiado lejos cuando dijo lo que dijo, pero aun así lo dijo –apuntó, intentando justificar su propio arranque impulsivo–. Y me dio un susto tremendo... Hola, Zeta –dijo finalmente y le tendió la mano, con la esperanza de poder dejar atrás las hostilidades del pasado.

Unos segundos más tarde, Zeta asintió con la cabeza y le estrechó la mano. No iban a ser las mejores amigas de la noche a la mañana, pero era un comienzo.

¿Un comienzo de qué?... La pregunta la hizo contener la respiración.

Tenía que averiguar cuanto antes qué estaba haciendo allí porque... daba la sensación de que se estaba convirtiendo en algo permanente y eso era peligroso...

–¿Qué está haciendo? –preguntó Franco al tiempo que Pietro le ayudaba a quitarse la chaqueta.

–Me parece que amenazó con matarle.

Franco esbozó una sonrisa que no tardó en desaparecer.

–Esta vez hay que hacerla sentir bienvenida, Pietro... Es muy importante para mí.

–Lo sé, señor –Pietro le ayudó a desabrocharse la camisa, pero Franco insistió en hacerlo él mismo.

Le dolía todo el cuerpo, y todo lo que quería hacer era tumbarse en la cama. Incluso quitarse los zapatos se había convertido en toda una agonía. ¿Cómo había podido ponérselos en el hospital?

–Ya sigo yo –se apartó de Pietro–. Ve a ver si mi esposa...

«Mi esposa...».

Aquel posesivo sonaba tan extraño en sus labios después de tanto tiempo... No solía llamarla así... Ni siquiera cuando estaban juntos. Nunca pensaba en ella de esa manera.

–Por favor, averigua si ha comido hoy –dijo, frunciendo el ceño. No quería usar el término de nuevo, porque sabía que no tenía derecho a usarlo, todavía no.

–¿Y usted ha comido ya? –preguntó Pietro.

–Sí –le dijo Franco, aunque no fuera verdad.

No quería verse obligado a responder a más preguntas, ni tampoco quería que Zeta fuera a poner la cocina patas arriba para prepararle todos sus platos favoritos... como solía hacer cuando era niño y estaba enfermo.

–Si le dices a Lexi... No –cambió de idea. Sonrió con malicia–. Pídele que venga a verme cuando se haya acomodado.

Pietro asintió con la cabeza y se marchó, no sin reticencia. En cuanto la puerta se cerró Franco desistió de quitarse la camisa y se tumbó en la cama con cuidado. Se quedaría allí durante un par de minutos y entonces...

Las drogas, aún en su organismo, y el agotamiento

de después del viaje le robaron la consciencia en un abrir y cerrar de ojos.

Mientras tanto, Lexi se dio una ducha y se puso uno de esos vestidos nuevos, más acordes al clima veraniego de Italia. Poco después apareció Zeta con un té y unas pastas, los cuales disfrutó como si no hubiera comido en días.

Más de una hora después salió de la suite que le habían dado tantos años antes, situada al otro lado de la casa, lo más lejos posible de Franco. Los amantes más apasionados se habían convertido en dos extraños...

Tras atravesar un largo entramado de corredores silenciosos, llegó a la puerta de Franco. Se dispuso a llamar, pero algo la hizo detenerse en seco. Era un ruido que parecía... un sollozo... Agarró el picaporte con fuerza y abrió de par en par, sin saber lo que iba a encontrarse al otro lado.

Franco estaba sentado en la cama, pero no estaba solo. Claudia Clemente, la preciosa hermana de Marco, estaba arrodillada a sus pies, entre sus muslos, abiertos... Le agarraba la cabeza con las manos, pintadas del rojo más intenso, y lloraba desconsoladamente sobre su pecho.

Lexi sintió que una mano de hielo le arrancaba el corazón. Claudia había sido la persona que le había mandado la prueba de aquella estúpida apuesta a su teléfono móvil muchos años antes. Y también era la mujer con la que Franco había pasado la noche mientras ella perdía a su bebé y lloraba en soledad...

Capítulo 6

LEXI hubiera querido dar media vuelta y no volver jamás, pero un aluvión de emociones le impedía moverse. Le dolía tanto que era como si esos tres años no hubieran pasado. Sintió ganas de ir hacia ellos... Se veía a sí misma apartando a Claudia Clemente de un tirón y dándole un puñetazo a Franco en esa boca manchada de pintalabios rojo. En ese momento no le importaba que ella fuera la hermana del difunto Marco...

¿Cómo había entrado en la habitación? ¿Zeta la había dejado entrar? ¿Pietro quizás? ¿Una de las empleadas del servicio?

De repente Franco levantó la vista y se la encontró allí parada, mirándole fijamente.

–Lexi...

Ella le vio sonrojarse. Culpa...

Le odiaba... a muerte.

Claudia levantó la mirada y volvió su hermosa cabeza. Era dos años mayor que ella. En otra época esos dos años le parecían una década... en cuanto a sofisticación y experiencia se refería. Sus ojos, dos gemas negro azabache, insondables y endrinos, le seguían pareciendo los más hermosos que jamás había visto. No se parecía en nada a su hermano, rubio, de ojos azules. Además, tampoco tenía el temperamento abierto y desenfadado del fallecido Marco. Claudia era una harpía taimada, calculadora, celosa y posesiva.

–Lexi... –susurró la joven, poniéndose en pie–. No esperaba verte aquí.

Lexi la creía. La sorpresa que se acababa de llevar era evidente.

–Hola, Claudia –dijo Lexi, manteniendo la vista fija en ella. Soltó el picaporte y bajó ambas manos.

«Camina hacia delante...», se dijo.

–Siento mucho lo de Marco.

Por lo menos eso era sincero. Fue hacia Claudia Clemente y la besó en las mejillas. Su perfume floral le secaba la garganta. Por el rabillo del ojo pudo ver a Franco, frunciendo el ceño cuando mencionó el nombre de Marco.

«Demasiado tarde para eso. Con Claudia delante no hay forma de evitar el tema...», pensó con frialdad.

–Oh, por favor, no digas su nombre –le suplicó Claudia. Sus fabulosos ojos volvieron a llenarse de lágrimas–. Creo que me voy a morir de pena.

Empezó a sollozar de nuevo y Lexi sintió una punzada de culpa por haberse tomado su dolor con escepticismo. Aunque fuera una víbora, no podía negar que siempre había querido mucho a su hermano.

Sacó una cajita de pañuelos de la mesita de noche y se la ofreció para que se secara las lágrimas.

–Tenía que venir –le explicó Claudia una vez recuperó la compostura–. Sabía que Franco estaría torturándose a sí mismo. Tenía que decirle que nadie lo culpa por lo ocurrido.

Franco había cerrado los ojos y cada vez estaba más pálido.

–Y mamá y papá necesitaban saber si podrían asistir al funeral de Marco el próximo martes.

–Estaremos allí –dijo Franco por fin, y entonces empezó a hablar en italiano a toda velocidad.

Claudia volvió a arrodillarse y le rodeó el cuello con los brazos.

Lexi fue hacia la ventana y se quedó allí hasta que Claudia se despidió. El silencio posterior a su marcha cayó sobre ellos como el filo de un hacha, separándolos, partiéndolos en dos.

Tres años era mucho tiempo para guardar resentimiento... Tenían que haber madurado mucho durante esos años...

Eso quería pensar Lexi, pero en lo más profundo no podía creer que la hermana de Marco hubiera cambiado mucho. Había visto esa misma actitud posesiva de siempre; la forma en que le había tocado, cómo le había besado en los labios antes de irse... El ambiente se había enrarecido y el silencio era atronador.

«¿Qué estoy haciendo aquí?». Una vez más volvió a hacerse la misma pregunta. Franco necesitaba a gente como Claudia a su alrededor; amigos, familia, amantes...

—¿Qué sucede, Lexi?

—¿Cómo ha entrado?

—Llegó hace unos minutos. No pude decirle que se fuera.

Lexi se volvió hacia él.

—¿De tu dormitorio?

—Estaba dormido —dijo Franco, pasándose una mano por el pelo—. Zeta me despertó para decirme que Claudia estaba aquí. Al parecer vino directamente desde el hospital cuando se enteró de que yo... de que nos habíamos ido.

—¿Hablaste con ella de Marco? —le preguntó Lexi, asintiendo con la cabeza.

Franco asintió, frotándose la cara con ambas manos.

—¿Qué hora es? —miró el reloj—. Me vendría bien beber algo. Tengo la boca acartonada. ¿Quieres algo? —le dijo, alcanzando el teléfono fijo que estaba junto a la cama.

–Si quieres, le digo a Claudia que vuelva y que se tome algo con nosotros.

–¿Qué pasa? –Franco frunció el ceño–. Entraste, te encontraste a Claudia en mi habitación... No es que yo esté en condiciones de seducir a la pobre chica. Siempre has estado celosa de ella.

–Marco me dijo...

–¡Marco ya no está aquí para decir nada! –Franco se puso en pie y trató de recuperar el equilibrio.

Tenía la camisa abierta y los pantalones por debajo de la cintura. Le habían quitado las vendas, y los moratones estaban casi negros. Incapaz de no seguir con la mirada la fina línea de vello que se perdía por dentro de la cintura de su pantalón, Lexi se imaginó esos dedos con las uñas pintadas de rojo... deslizándose sobre Franco...

–Marco me dijo una vez que probablemente terminarías casándote con Claudia. Él creía que estabais hechos el uno para el otro... que con dos temperamentos tan volátiles como los vuestros saltarían chispas de pasión... –dijo Lexi, en un tono irónico y dramático.

–¿Chispas de pasión? –dijo Franco con sequedad–. Yo no soy tan volátil. Tú eres la que eres volátil en esta relación.

–Voy a dar un paseo –Lexi tomó la decisión de forma impulsiva, pero nada más decirlo se dio cuenta de que no podía irse así como así.

–Pero ¿qué te pasa? –exclamó Franco en un tono de frustración.

Lexi salió por la puerta antes de que pudiera decir nada más.

–¿Va a salir, señora? –una de las empleadas del servicio estaba cruzando el pasillo en ese momento. Debía de recordarla de la última vez que había estado allí.

Lexi asintió con la cabeza.

–Necesito algo de aire fresco –murmuró y salió a toda prisa.

Una vez fuera, cruzó la logia que abarcaba toda la parte trasera de la casa y bajó a los jardines. Había varios caminos de gravilla que zigzagueaban de forma caprichosa alrededor de los canteros de flores. Todos llevaban a un pequeño lago, situado más allá de los árboles, que daban sombra al caminante y lo protegían de un sol de justicia. No sabía adónde se dirigía, pero el lago parecía seducirla. Por dentro se sentía como si la hubieran apagado de la misma forma en que se sopla y se apaga una llama.

Franco, parado junto a la ventana, la observaba desde el piso superior de la mansión... Verla escapar así le producía una extraña sensación de *déjà-vu*. Mascullando un juramento, miró a su alrededor y buscó el teléfono móvil. Marcó su teléfono y la llamó.

No lo tenía encima... Frustrado, salió y cruzó unos cuantos pasillos hasta llegar a la habitación de ella. Entró y se detuvo unos segundos para recuperar el aliento. Luego buscó su bolso y sacó el móvil. Regresó a su propia habitación y usó la línea fija de la casa para comunicarse con Zeta y darle instrucciones. Le dijo dónde dormiría su esposa esa noche y le pidió que mandara a una de las empleadas.

Lexi había encontrado un viejo banco de madera que estaba junto al lago. Se sentó y se dedicó a contemplar el resplandor del agua, tratando de calmar el maremágnum de sensaciones que la hacía bullir por dentro. Poco después apareció una empleada del servicio. Estaba sin aliento, como si hubiera corrido a toda prisa hasta allí.

–El señor Francesco me pidió que le trajera esto, señora –le explicó con voz entrecortada, entregándole su teléfono móvil.

El aparato sonó en cuanto la empleada dio media vuelta.

–¿Has enviado a alguien a mi habitación para que me registrara el bolso y sacara mi móvil? –le espetó ella a Franco, sin darle tiempo a saludar siquiera.

–Fui yo mismo a por él –le dijo él–. Y no empieces a echarme sermones sobre mi estado de salud y todo eso, porque ya sé muy bien que no debo andar por ahí. Pero ¿qué te pasa, Lexi? ¿Por qué te has ido así?

Lexi quería decírselo. De hecho se preguntaba por qué no se lo había dicho antes, tres años antes, cuando aún significaba algo... Pero entonces había salido corriendo también, temerosa de hacerle frente.

–El pasado me está pasando factura –murmuró, odiando esa voz atenazada por las lágrimas–. Y tú no me dejas hablar de ello.

–No empieces a llorar, *cara*. Tendré que ir a buscarte si sigues llorando. Sé que tenemos que hablar del pasado.

–¿Puedo hablar de Marco ahora?

–No.

–¿Y de lo tuyo con Claudia?

–No hay nada entre Claudia y yo –le dijo Franco con impaciencia–. O por lo menos no es la clase de relación que tú te crees.

Lexi observó a la pareja de cisnes blancos que solían andar por el lago, deslizándose suavemente sobre el agua.

–Te odio –susurró.

–No. No me odias. Te odias a ti misma porque todavía me quieres aunque no quieras hacerlo. Vuelve y hablaremos de ello.

Lexi sacudió la cabeza lentamente.

–Lo he visto.

–¿Desde dónde? –Lexi se puso en pie de golpe, se dio la vuelta, pero no vio nada.

–Desde la ventana de mi dormitorio.

Levantando la vista, Lexi recorrió la terraza superior con la mirada hasta dar con su ventana. Podía ver su oscura silueta detrás del cristal.

–Deberías estar tumbado o algo así.

–O algo así... Apiádate de mí. Me duele todo, y ahora mismo no me apetece nada volver al pasado, a ese día cuando desapareciste y yo me quedé pensando qué había hecho.

–Eres malo para mí, Franco –dijo Lexi, sacudiendo la cabeza una vez más–. Sé que ni siquiera debería estar aquí contigo y... Y no quiero volver a sentirme tan apegada a ti.

–*Madre de Dio* –exclamó él y empezó a hablar en italiano a toda velocidad–. ¡Quiero que vuelvas a estar apegada a mí! –dijo, volviendo al inglés–. ¿Por qué crees que te pedí que volvieras?

–No lo sé...

–Pero viniste.

–¿Tuviste ese accidente porque te había mandado esos papeles del divorcio?

Franco masculló toda una sarta de juramentos.

–No –dijo finalmente.

–Bueno, ¿entonces cómo fue?

Franco sintió un dolor opresivo en el pecho. Todavía no quería pensar en ello.

–Vuelve o iré a buscarte ahora mismo. De hecho, ya estoy yendo hacia la puerta.

Al verle desaparecer de la ventana, Lexi cortó la llamada y echó a correr a toda prisa.

En cuando entró en la habitación, no obstante, supo que la había engañado. Estaba sentado junto a la ventana, batallando con los gemelos de la camisa...

–Ayúdame –le dijo, impaciente.

Lexi cruzó la habitación y se agachó a su lado.

–¿Todavía no ves bien? –le preguntó, desabrochándole el gemelo.

–No –dijo él, molesto con ella. ¿Por qué tenía que ser tan perceptiva?–. ¿Por qué te fuiste así?

–No me gustan las reglas que has puesto por aquí –tras soltarle el primer gemelo, le levantó la otra muñeca de un tirón, la del lado donde tenía las lesiones.

Franco hizo una mueca de dolor.

–Si dejas entrar a Claudia, no veo por qué tienes que prohibirle la entrada al resto de familiares y amigos.

–Claudia es un caso especial. ¡Ah!

–Lo siento –dijo Lexi–. Entiendo que tenga que ser especial, pero... –el pelo la estaba molestando, así que se lo sujetó detrás de la oreja.

Él iba a hacer lo mismo, y sus dedos se encontraron de la forma más torpe. Como una completa idiota, Lexi levantó la vista y se encontró con su mirada, más intensa que nunca.

–Pero ¿qué? –dijo él.

Lexi hizo un esfuerzo por recordar lo que había estado a punto de decir.

–Tus reglas son irracionales e injustas. ¿O es que es conmigo con quien no quieres hablar del accidente y de Marco?

–Tengo que darme una ducha. ¿Vienes conmigo? –le preguntó, acariciándole el pelo detrás de la oreja con sutileza.

Lexi se estremeció. Una vez más se estaba yendo por la tangente, así que decidió ignorarle, para variar. Frunciendo el ceño, terminó de soltarle el otro gemelo y entonces suspiró. Se echó hacia atrás, alejándose de él.

Un error... Así le dio oportunidad de mirarla de arriba abajo.

–Deja de mirarme así –se incorporó y se apartó de él.

–¿Cómo?

–Como si tuvieras la fuerza de hacer lo que estás pensando.

–¿Crees que estoy demasiado débil para intentarlo?

Lexi fue a dejar los gemelos sobre la cómoda. Se dio la vuelta y se apoyó en el mueble.

–Dime por qué me has traído a Italia –le dijo, cruzando los brazos.

Al principio creyó que él no iba a contestar. El silencio se hizo pesado... Finalmente Franco soltó el aliento, se puso en pie y se quitó la camisa. En cuanto lo hizo Lexi empezó a sentirse indefensa, como si una amenaza se cerniera sobre ella. Pero ¿qué iba a hacerle? Podía pensar que estaba en condiciones de seducir a una mujer reticente, pero la realidad era muy distinta. Apenas podía mantenerse en pie.

–Tuve una epifanía.

Lexi parpadeó rápidamente, trató de aclararse la cabeza, y levantó la vista.

–¿Perdona?

–Una epifanía –repitió él, aguzando la mirada–. Sobre mi vida, y lo que quiero hacer con ella.

Una epifanía... Lexi se relamió los labios y bajó los brazos.

–¿Y qué te dijo la epifanía exactamente?

–Que ya es hora de recuperar a mi esposa. Es hora de dejar a un lado todo lo malo y de reencauzar nuestro matrimonio.

–Nunca ha estado encauzado.

–Bueno, pues entonces es buen momento para empezar a hacerlo –añadió, gesticulando con una mano.

–Quédate donde estás –le dijo Lexi al ver que iba hacia ella–. ¿Cuándo... cuándo tuviste esa epifanía?

–¿Importa? –dijo él, sin detenerse.

–Sí –Lexi se incorporó.

–Cuando acepté de una vez lo mal que me sentía sin ti.

–Te sentías peor conmigo –le recordó ella, sintiendo cómo se le clavaba la manivela de un cajón en la espalda al echarse hacia atrás.

–Lo sé. Es por eso por lo que le llamo «epifanía» –se detuvo a unos pocos centímetros de distancia–. Fue como un golpe súbito de intuición. Así supe que estaba mal contigo, pero aún peor sin ti –se encogió de hombros–. Es así de sencillo e incomprensible.

–Tú lo has dicho... ¿Tuviste otra de esas epifanías cuando abrazabas a Claudia contra tu pecho?

–Eso fue simpatía, compasión...

–Bueno, entonces muéstrame un poco de ella y échate atrás.

–¿Para que puedas salir huyendo?

–Sí. Ya sabes que no voy a obligarte a hacerlo estando así, todo magullado.

–Ah... Estás apelando a mi sentido del juego limpio, ¿no?

Lexi apretó los labios y asintió con la cabeza.

–Mírame. A los ojos –dijo, señalando sus propios ojos con una mano–. Cara a cara, *cara*. Y te juro que me echo atrás.

Lexi soltó el aliento con exasperación y levantó la barbilla.

Él se atrevió a sonreír, con los labios y con la mirada. Ese tierno sentido del humor se clavó en el corazón de Lexi como una flecha en llamas.

–Ojalá no fueras tan guapo –le dijo con tristeza–. ¿Por qué no tienes la nariz más grande o algo así? Una boca horrible...

–Sabes que... –Franco la agarró de la cintura y la

atrajo hacia sí–. Tanta sinceridad puede despertar al diablo.

–¿Y tú eres el diablo? –le preguntó ella, sin intentar detenerle.

Franco hizo una mueca.

–Probablemente... Supongo que sí... Sí –admitió él–. Porque estoy a punto de romper la promesa que te hice y... –no se molestó en terminar la frase, sino que le dio un beso directamente.

Fue como echarse a volar sin alas, y lo peor fue que Lexi ni siquiera se resistió. Se acercó a él hasta sentir el calor que manaba de su cuerpo, endureciéndole los pezones. Entreabrió los labios y dejó escapar un pequeño suspiro que él atrapó con la lengua. La besó hasta hacerla derretirse, hasta hacerla sucumbir a la ola de deseo. Lexi empezó a acariciarle los músculos de los brazos y entonces sintió cómo lo recorría un ligero temblor.

Peligroso...

Y fue entonces cuando probó el pintalabios. De Claudia. Tenía que ser de la hermana de Marco porque ella no llevaba. Y ese era el motivo principal por el que estar al lado de Franco era tan peligroso. Él podía subirle y bajarle la temperatura al mismo tiempo.

Al ver que ella se retraía, Franco aguzó la mirada. Lexi bajó la vista para no delatarse a sí misma.

–¿Puedo irme ahora?

De repente la tensión subió entre ellos, como microondas que la agitaran por dentro, y entonces él la soltó y retrocedió.

Con la boca seca y el corazón adolorido, Lexi pasó por su lado y abandonó la habitación.

Franco la vio marchar, preguntándose qué la había hecho cambiar de actitud tan repentinamente. Se llevó los dedos a la boca y entonces se dio cuenta. Algo le hizo bajar la vista. En ellos estaba el pintalabios rojo de Claudia que no le había dado tiempo a quitarse.

Masculló un juramento.

Lexi pasó veinticuatro horas evitándole. Ni siquiera fue a verle protestar por el cambio de habitación. La habían puesto en la suite contigua. Zeta le llevaba comidas deliciosas para tentarle, pero los platos volvían intactos a la cocina. El ama de llaves no tardó en mostrarse preocupada. Se quejaba de que no hacía más que trabajar frente al ordenador, de que estaba demasiado exhausto como para poder comer... Pero eso a Lexi le traía sin cuidado. Pasó la tarde entera en el sofá, delante de la televisión. Le daba igual lo que Franco hiciera o dejara de hacer.

No quería que le importara.

Cuando llegó la hora de irse a la cama, ni siquiera se molestó en ir a verle. Se puso uno de sus camisones de seda y se metió entre las frescas sábanas de lino. Apagó la luz y se dispuso a dormir. A la mañana siguiente, dio un largo paseo por el lago después de desayunar y les dio un poco de pan a los cisnes. Sabía que Franco la observaba desde la terraza superior, pero no le vio las dos veces que se atrevió a levantar la vista. Tenía el teléfono móvil en uno de los bolsillos del vestido de flores que se había puesto... Pero él no la llamaba. Era como si estuvieran echando un pulso. Lexi quería evitarle, pero también quería que la llamara. ¿Qué sentido tenía?

Pensó que a lo mejor bajaba a comer, pero no lo hizo. Albergó la esperanza de que apareciera por allí cuando Zeta les sirvió el té a media tarde en la terraza inferior, pero finalmente el ama de llaves le dijo que por fin estaba durmiendo y que había cerrado el ordenador.

A la hora de la cena, Lexi se dio cuenta de que es-

taba perdiendo la batalla. Estaba a punto de rendirse...
Se detuvo frente a su habitación un momento. Zeta le
había dicho que seguía durmiendo. Agarró el picaporte
y abrió la puerta. Entró rápidamente y cerró la puerta
tras de sí, como un niño que sabe que está haciendo una
travesura. Ya estaba atardeciendo, y las lámparas que
estaban a ambos lados de la cama arrojaban una suave
luz por toda la habitación. Los enormes ventanales estaban abiertos y por ellos entraba una brisa cargada de
aromas provenientes del jardín.

Él no estaba allí. El corazón de Lexi se aceleró. La
puerta del cuarto de baño estaba abierta y se veía que
tampoco estaba allí dentro. Consciente de que una extraña flojera se estaba apoderando de sus extremidades,
Lexi cruzó la habitación, rumbo al único lugar donde
podía estar.

Salió a la terraza y le encontró sentado en una de las
sillas, con las piernas estiradas por delante y los pies
apoyados en la silla de enfrente. Llevaba unos chinos
claros y una camisa azul. En la mesita que tenía al lado,
había una botella de vino tinto y dos copas grandes. En
cuanto se volvió hacia ella, Lexi supo que estaba perdida.

Y él supo que había ganado...

Capítulo 7

FRANCO levantó la mano, la extendió hacia Lexi y eso fue todo lo que hizo falta para que ella se acercara. Avanzó unos pasos y puso su propia mano sobre la de él. Él cerró los dedos alrededor de los de ella, cálidos, ligeramente endurecidos, fuertes.

—¿Una copa de vino?

—Por favor —le dijo ella en un susurro que le arañó la garganta.

Franco apoyó los pies en el suelo y se levantó. Sus movimientos eran libres y suaves, como si ya no le doliera nada. Como si lo hubiera planeado todo hasta el último detalle, la atrajo hacia sí, le puso el brazo alrededor de la cintura y entonces sirvió el vino.

Le dio una copa.

—Por nosotros —dijo, chocando su copa contra la de ella.

Y entonces esperó a que ella bebiera un sorbo.

—Por nosotros, o por el ahora —dijo Lexi y bebió un poco.

Franco tardó unos segundos en darse cuenta de lo que ella había dicho. Levantó su copa y bebió.

En un rincón profundo de su cabeza, Lexi sabía que tenía ganas de llorar. A lo mejor él lo notaba. A lo mejor era consciente de que por mucho que le deseara, no quería lo que estaba ocurriendo. Franco soltó un pequeño suspiro, volvió a poner su copa sobre la mesa, puso la de ella, y entonces la estrechó entre sus brazos.

–Poco a poco, ¿eh? –murmuró, dándole un beso en la frente.

Lexi levantó el rostro y le miró fijamente.

–Aunque... Si ahora solo puedes ir poquito a poquito... –dijo ella, intentando aligerar el tono de la conversación.

Franco se rio.

–No sé cómo estoy –confesó con sinceridad–. Aunque podría ser interesante averiguarlo.

Lexi soltó una carcajada. Franco se volvió, sin dejar de abrazarla, y la hizo entrar. Bajo la suave luz de la habitación, la hizo ponerse justo delante de él y la besó, como si fuera lo más natural del mundo. Ella se acercó un poco más y deslizó las manos alrededor de su cuello. Él enredó los dedos en su cabello y atrapó uno de sus suspiros con la boca al tiempo que ella se entregaba al beso con desenfreno.

Cuando Franco se apartó, Lexi tenía las mejillas encendidas. Una timidez terrible, como nunca antes había experimentado, le impedía apartar la vista de su pecho.

–Supongo que deberíamos bajar a cenar antes –se oyó decir.

–¿Ya te vas a escapar?

«Si lo hago, no te darías cuenta...», pensó Lexi, sintiendo las yemas de sus dedos sobre la espalda. Fue suficiente para sentir ganas de arquear la espalda y pegarse más a él.

–Zeta va a venir a buscarme si no bajo.

Él retrocedió y fue a buscar el teléfono fijo. Habló con el ama de llaves.

–Ahora ya sabe lo que estamos haciendo –le dijo Lexi, protestando.

–Somos marido y mujer. No tiene nada de malo posponer un poco la cena mientras hacemos el amor.

–Sí, pero...

–¿Quieres comer primero? –le preguntó.

Lexi se desesperó un poco. No sabía lo que quería en realidad.

–¡Quiero estar contigo, pero no quiero estar contigo! –le confesó, poniendo todas las cartas sobre la mesa.

–Lo sé –contestó él con dulzura.

–¡Quiero... quiero irme a Londres, a casa, olvidarme de ti, pero no puedo!

–Eso también lo sé.

–Y... ¡Y preguntarme si quiero ir a comer antes de acostarme contigo tampoco me ayuda mucho!

–Bueno, entonces lo diré de otra manera. ¿Quieres comer, hacer el amor o pelear?

Lexi quería hacerlo todo y nada a la vez. Alzó las manos al cielo, rindiéndose. Le miró fijamente. Él estaba a unos metros, la viva imagen de la paciencia. Su hombre. Su amante. Su único amante. Estaba casada con él. Tenía su anillo alrededor del dedo. Su apellido se había convertido en el suyo propio cuatro años antes. Sin embargo, no recordaba haberlo usado ni una sola vez fuera de Italia.

–Éramos tan jóvenes –susurró–. Diecinueve y veinticuatro. Debería haber sido un romance de verano y nada más.

–Pero no lo fue.

–No –Lexi cruzó los brazos–. Nos quedamos embarazados.

Un gesto de color cruzó la mirada de Franco y entonces levantó una mano de nuevo.

–Lexi...

–Todavía somos jóvenes –susurró ella, sacudiendo la cabeza–. Yo debería estar por ahí, de fiesta todas las noches, saliendo con uno distinto todos los días. Y tú deberías ir de juerga por ahí, dedicarte al alcohol y a las mujeres, y a estrellar esas superlanchas de machotes.

Eso sí que le hizo reír. Y Lexi lo entendía muy bien. Ella misma había estado a punto de echarse a reír, pero...

–Esa... epifanía que tuviste sobre nosotros... Podría quedar en nada en cuanto te recuperes del accidente y pongas en orden tus sentimientos respecto a Marco...

–¿Cuál fue tu epifanía?

Lexi parpadeó.

–Yo no tuve ninguna. Fuiste tú quien la tuvo.

–¿Entonces por qué estás aquí conmigo, *cara*? ¿Qué te hizo volver a mi vida?

–Estabas su...

–Ahora estoy mejor. Pero sigues aquí –soltó el aliento y fue hacia ella. Le agarró los brazos y la hizo descruzarlos–. He tomado una decisión. Vamos a bajar y cenamos como un matrimonio respetable al que no le queda ni una pizca de pasión.

–¿Estás enfadado conmigo?

–No –le dijo él, llevándola hacia el rellano–. Me estoy esforzando por darte lo que crees que necesitas ahora.

–¿Peleas y frustración?

–Llámalo como quieras, Lexi.

Lexi se detuvo frente a la puerta de su dormitorio.

–Tengo que cambiarme y...

–Estás genial así –le dijo Franco–. Bronceada y en forma después de todo el ejercicio que has hecho paseando por el lago, intentando aguantar las ganas de venir a verme.

–Entonces sí que me estabas observando –Lexi suspiró.

Él empezó a bajar las escaleras con ella.

–Cada suspiro, cada movimiento de esa cabecita, cada mirada indiscreta para ver si yo estaba en la ventana... Lo vi todo.

–Pero yo no te vi.

–Es que me escondí como un espía en pleno acto de servicio.

Entraron al pequeño comedor. La mesa estaba puesta para dos, decorada con varias velas.

–¿Ibas a bajar a cenar? –Lexi se detuvo de golpe.

–Mmm –murmuró él–. Pero tú viniste a visitarme y me arruinaste la sorpresa.

Lexi se dio cuenta de que se había rendido demasiado pronto. Si hubiera esperado un poco más, se hubiera ahorrado un buen golpe en el orgullo.

Zeta llegó en ese momento. Se detuvo, sorprendida, al verlos a los dos.

–Pensaba que...

–Cambiamos de idea –dijo Franco–. Al parecer, a la edad de veintiocho años, ya soy demasiado mayor para esos arrebatos de pasión.

Lexi se sonrojó hasta la médula y le fulminó con la mirada. Él se limitó a reírse al tiempo que sacaba una de las sillas para ella. Después le dio un beso en la mejilla y tomó asiento.

Cenaron y charlaron de cosas inconsecuentes, pero la tensión de fondo no desapareció; los acechaba como un tigre que esperaba el momento preciso para abalanzarse sobre ellos.

–Háblame de todos esos hombres con los que has estado cuando salías de fiesta.

–Es de mal gusto contarlo después.

–A Dayton no debió de hacerle mucha gracia.

Lexi contempló la llama parpadeante de una de las velas y entonces sintió un golpe de culpa.

–Bruce ha pasado a estar en la lista prohibida.

–Pero es una parte importante en tu vida.

–¿Estás listo para hablar de Marco? –le espetó, desafiante.

Franco se cerró por completo.

–No.

–¿Por qué no?

–Háblame de tu infancia.

–No hay mucho que contar –dijo, sirviéndose un poco de la crema que había preparado Zeta–. Viví hasta los diez años con mi abuela.

–¿Dónde estaba tu madre?

–Trabajando –contestó Lexi–. Esa es la vida de los actores. Por aquel entonces viajaba mucho, siempre con la maleta hecha. Mi abuela me crio. Cuando murió, Grace tuvo que ocuparse de mí, lo cual significaba básicamente dejarme al cuidado de familiares distintos en ciudades distintas mientras ella trabajaba.

–Eso me suena. A mí me crio una larga lista de niñeras tras la muerte de mi madre.

–Oh, pobre niño rico –le dijo Lexi en un tono burlón–. Tu padre te quiere muchísimo y tú lo sabes.

–Pero estaba muy ocupado. Me quería, pero solo cuando tenía tiempo de hacerlo. La mayor parte del tiempo estaba solo por esta casa enorme, o en un internado para niños ricos.

–¿Allí conociste a Marco?

–Estábamos hablando de tu infancia.

–Bueno, no hice muchos amigos –hizo una mueca–. Es difícil hacer lazos duraderos cuando estás viajando constantemente. Toma... Prueba esto –le sirvió un poco del postre y le puso el plato delante–. Es lo más rico que he probado en mucho tiempo.

–¿Qué preferías entonces? ¿No parar de viajar o vivir con tu abuela? –le preguntó él, llevándose la cuchara a la boca.

–Oh, vivir con mi abuela. Era un poco estricta. Tenía miedo de que me convirtiera en una chiquilla frívola, igual que mi madre, pero nos llevábamos bastante bien por lo general.

–¿Y tu padre? ¿No formaba parte de tu vida entonces?

¿Parte de su vida? Para eso tendría que haber sabido quién era.

–¿Por qué me haces todas estas preguntas sobre mi pasado? –le preguntó, frunciendo el ceño–. Tú nunca te interesaste por saber de dónde venía.

–Es por eso que te lo pregunto ahora.

–Bueno, no lo hagas –se incorporó y se sirvió un poco de la crema de caramelo, pero no fue capaz de llevarse la cuchara a la boca, así que volvió a dejarla en el plato. Franco la miraba fijamente–. ¿Qué?

–Creo que he puesto el dedo en la llaga sin darme cuenta.

–No. Es que no entiendo ese interés repentino.

–Eres mi esposa...

–Tu esposa perdida, por así decir –Lexi agarró la copa de vino y se quedó mirando el oscuro líquido un instante.

En el pasado él nunca se había interesado por su vida de esa manera. Entonces solía vivir en una suite situada al otro lado de la casa. Y él jamás se había quejado, ni tampoco había hecho que la trasladaran a la habitación contigua a la suya. Solía visitarla con reticencia, como un anfitrión comedido y cortés. Llamaba a su puerta con suavidad y le preguntaba qué tal estaba, todas las mañanas antes de irse al trabajo.

–Lexi...

–No tengo padre.

–Todo el mundo tiene uno.

–Bueno, yo no. Y ahora, cambiemos de tema.

Él se había echado hacia atrás y su rostro estaba en penumbra. Era imposible descifrar su expresión.

–Si te afecta tanto, te pido disculpas. Estoy de acuerdo. Cambiemos de tema.

–No. Terminemos lo que ya has empezado y dejémoslo de una vez. ¿Qué quieres saber exactamente? ¿Mi árbol genealógico? Muy bien –se apoyó en el respaldo de la silla, tensa y desafiante. Se quitó el pelo de la cara–. Madre. Grace Hamilton. Actriz, pero no famosa –levantó la mano para situar a Grace en una rama imaginaria en el aire. Los dedos le temblaban–. Padre. Desconocido. Porque Grace nunca quería hablar de las cosas a las que no quería hacer frente y no había ningún nombre en mi certificado de nacimiento –situó a su padre junto a su madre–. Oh, y me he olvidado de poner a mi abuela ahí también. ¿Alguien más? –fingió pensarlo un poco. Sus ojos lanzaban flechas en llamas.

Franco escuchaba en silencio, impasible.

–Un hámster llamado Racket. Yo quería un perro, pero no me dejaban tener uno porque viajábamos demasiado. Y después está Bruce, claro –mientras hablaba, taladró a Franco con la mirada, retándole a decir algo–. Bruce es la única persona que ha permanecido a mi lado, durante toda mi vida. Me pregunto en qué parte del árbol debería estar.

–¿Figura paternal? –sugirió Franco.

Lexi sintió ganas de golpearle.

–Tienes que lavarte la boca con jabón –le lanzó una mirada siniestra–. Por lo menos a él siempre le ha importado lo que me pasa.

–Sí. Y ha querido babosearte como un viejo libidinoso.

–Pero ¿cómo te atreves a decir eso?

–Me atrevo porque tiene doce años más que tú, pero nunca ha sido capaz de mirarte sin desear arrancarte la ropa.

–Bueno, es mejor tener a un viejo libidinoso que a un supermacho joven.

–¿Me estás llamando libidinoso o algo así?

–¿Qué le llamarías tú a un chaval que persigue a una chica inocente y estúpida con la única intención de llevársela a la cama y así ganar una apuesta?

–Esa apuesta estuvo... muy poco inspirada –le dijo, gesticulando con una mano–. No tenía nada que ver con lo que había de verdad entre nosotros.

–Bueno, eso se lo dices a tus amigotes –Lexi se rio, pero no fue una risa divertida–. Y no olvidemos que finalmente recogiste tu premio cuando ganaste –añadió.

–Hay una razón.

–Soy todo oídos.

–Estábamos hablando de esa obsesión malsana que tiene Bruce Dayton contigo.

–Bruce siempre ha sido bueno conmigo.

–La figura paternal perfecta.

–Deja de llamarle así. ¡No es lo bastante mayor como para ser mi padre!

–Bueno, entonces tu tío. Lo que sea... Era enfermizo.

Lexi levantó la barbilla.

–La forma en que tú me trataste sí que fue enfermiza, Franco.

Franco se levantó de la mesa y fue hacia el mueble de las bebidas. Había vuelto a cojear de repente.

–Si te digo que siento una vergüenza enorme de haber seguido adelante con esa apuesta, ¿me creerás y dejarás el tema de una vez?

Se volvió y la observó con la expresión de un hombre que realmente quería decir lo que había dicho.

–Verte aceptar esa apuesta me rompió el corazón.

–Lo siento –dijo él y entonces suspiró–. Claudia era una gata celosa, y quería hacerte daño cuando te envió ese vídeo al teléfono... Ella también se arrepintió mucho

de todo lo que hizo –Franco prosiguió–. Sobre todo
cuando perdiste a tu madre poco después y...

–Todo mi mundo se vino abajo –dijo Lexi, comple-
tando la frase. Respiró profundamente y se puso en
pie–. Os perdono a los dos por la apuesta, ¿de acuerdo?
–dijo con frialdad–. Incluso os perdono por haberme
hecho el vacío durante esa última semana, antes de que
la apuesta saliera a la luz, y te perdono por odiar estar
casado conmigo. Después de todo... –soltó una risotada
áspera–. Por aquel entonces ya te odiaba en la misma
medida. Pero lo que no puedo perdonar es... –añadió,
sonrojándose–. Es que te acostaras con Claudia en
nuestro apartamento mientras yo estaba en el hospital,
perdiendo a nuestro bebé. Y ahora mismo creo que me
voy sola a la cama.

–Espera un momento –Franco se puso tenso–. ¡Esa
última parte no pasó!

–Los teléfonos con cámara lo ven todo –dijo Lexi
con sorna, cruzando la habitación, rumbo a la puerta–.
Y créeme, Franco –no pudo resistirse a arremeter contra
él–. ¡Diga lo que diga la gente, las cámaras no mienten!

–¡Lexi, vuelve aquí! –gritó él al tiempo que ella salía
de la habitación a toda velocidad.

Estaba a mitad de las escaleras cuando oyó un ruido
y una sarta de juramentos.

–¡Espero que fueras tú, cayéndote de bruces y dándote en esa cara mentirosa que tienes! –le gritó, dete-
niéndose–. ¡Me alegro mucho de haberte conocido,
Francesco! Y gracias por este viaje al pasado –le espetó,
llena de sarcasmo.

Ni siquiera se fijó en Zeta, parada en el vestíbulo. La
señora la siguió con la mirada, con gesto de preocupación. Franco sí que la vio, no obstante, cuando se presentó en la puerta, tras oír sus juramentos furibundos.
Se incorporó como pudo, frotándose el muslo. Una de

las sillas del comedor estaba de lado, porque se había tropezado con ella. La botella de vino que tenía en la mano estaba volcada en el suelo. El oscuro líquido se estaba derramando sobre el parqué de roble.

–No digas ni una palabra –le advirtió a Zeta con cara de pocos amigos.

–¿Pero... ha sido ella?

–Mi esposa puede hacerme lo que quiera –contestó él, sujetándose el hombro porque se lo había dislocado al intentar frenar la caída–. Puede ponerme una pistola cargada en la sien y apretar el gatillo si quiere. Es su derecho, su legítimo derecho... ¡Maldita sea! –gritó al intentar apoyar el peso en la pierna herida. Casi se cayó de nuevo.

Zeta echó a correr rápidamente, pero él la hizo retroceder con un gesto.

–Estoy bien –murmuró–. Vete, Zeta, por favor. Esto es algo entre Lexi y yo, y no necesitamos testigos mientras hacemos el ridículo.

Pero Lexi no sentía que estuviera haciendo el ridículo. Sentía que iba a explotar de rabia. ¿Qué estaba haciendo allí? Ya no había nada más que hacer. La puerta que había en su cabeza estaba abierta de par en par y todo estaba saliendo a borbotones; el dolor, la traición, como si acabara de pasar. Triste e impotente, se quitó la ropa, se puso el camisón como pudo y se metió entre las frescas sábanas de lino. Se hizo un ovillo. Estaba temblando, de nuevo. De pronto la puerta del dormitorio se abrió de par en par. Sabía que era Franco.

–Si has venido a preguntarme cómo estoy, ¡no te molestes! –le dijo, sin siquiera destaparse la cabeza.

Él guardó silencio.

–¡Y no has llamado!

–¿De qué demonios estás hablando ahora?

–Dímelo tú –forcejeando con la sábana para poder incorporarse, Lexi se apartó el pelo de la cara.

Él estaba allí de pie, una enorme silueta negra.

–¿Tu padre te manda a vigilarme todas las mañanas?

–¿Mandarme a vigilarte?

–La última vez que estuve aquí, recuerdo a tu padre, diciéndote que subieras a verme a mi habitación, antes de iros a Livorno cada mañana. Solías llamar con educación. Y después te parabas en la puerta, tal y como estás haciendo ahora. Y me mirabas como si no desearas que estuviera ahí.

Franco se puso rígido, como si acabara de darle una bofetada.

–No me tenían que decir que subiera a verte, ¡y no te miraba como si deseara que no estuvieras!

–¿Marido y mujer con habitaciones separadas en cada punta de la casa? Ni te molestaste en hacer que me cambiaran, ¿verdad? Te gustaba tenerme en la otra punta de la casa –Lexi le oyó suspirar.

Franco avanzó hasta la cama.

–Me sentía inseguro. No me decías nada del sitio donde dormías, y yo no sabía cómo sacar el tema sin parecer sediento de sexo, así que lo dejé pasar.

–No estabas sediento de sexo conmigo.

Él calló.

–Y me hubieran hecho falta nervios de acero para quejarme de mi habitación cuando sabía lo mucho que me odiabas.

–Tú también me odiabas, Lexi.

Ella suspiró, porque era la verdad. Él también suspiró y se sentó al borde de la cama. Lexi le vio hacer una mueca. Le vio poner una mano sobre su muslo herido. Deseó no quererle y odiarle al mismo tiempo.

Porque todavía le quería...

–¿Qué quieres que te diga? ¿Que lo estropeé todo? –admitió–. Muy bien. Lo estropeé todo. Yo creía... –se detuvo, pero Lexi esperó a que terminara.

Cuando siguió adelante, tuvo la sensación de que acababa de cambiar lo que iba a decir en primera instancia.

–Dejé... que otra gente me dijera lo que tenía que sentir por ti. Pero nunca deseé que te fueras. Nunca.

–Solía llorar en mi cama todas las mañanas, cuando te ibas –no le estaba mirando en ese momento. Tenía la cabeza baja, se miraba los dedos–. Deseaba tanto que mi madre entrara en ese dormitorio, me tomara en brazos y me llevara de este lugar.

–Lexi...

Lexi sacudió la cabeza.

–Te volviste frío conmigo antes de que nos casáramos. Antes de que Grace muriera, antes de que descubriera lo de esa estúpida apuesta. Sabiendo eso, no debería haberme casado contigo.

Mascullando un juramento, él le agarró los dedos.

–Mira, siento mucho lo de la apuesta. Lo digo de verdad. Lo siento. Fui un loco arrogante. Me creí algo que me dijeron sobre ti y... Quería devolverte el golpe, así que... Recogí mi premio, sabiendo que Claudia lo estaba grabando todo y que probablemente te lo enviaría.

–¿Te creíste algo que te dijeron sobre mí? –Lexi levantó la cabeza y le miró–. ¿Qué fue?

Él se limitó a fruncir el ceño y a negar con la cabeza.

–Hablemos de cámaras y de orgías que no tuvieron lugar.

Lexi volvió a tumbarse sobre la almohada.

–No. Vete –dijo, tapándose la cabeza con la sábana.

Sin aviso alguno, Franco perdió la paciencia. Y casi sin darse cuenta, Lexi terminó aplastada debajo de su cuerpo una fracción de segundo después.

–Habla –le dijo, quitándole la sábana de la cara para poder mirarla a los ojos.

–Yo no me acosté con Claudia. ¡Nunca me he acostado con Claudia! Quiero saber por qué pensaste alguna
vez que sí lo hice.

Si Lexi no hubiera visto las evidencias con sus propios ojos, hubiera podido creerle. Parecía tan ofendido.
Llamas de rebeldía ardían en sus ojos.

–¿Dónde estabas la noche en que me llevaron al hospital? –le preguntó, desafiante.

–Borracho perdido en un bar, en alguna parte de la
ciudad. Ahogado en alcohol hasta el punto de no saber
lo que hacía ni querer saberlo.

–Te llamé. ¡Cuatro veces! –le dijo ella, echando chispas por los ojos–. Ni siquiera te molestaste en contes-
tarme. ¡Ni una vez!

Franco trató de recordar qué más había estado haciendo mientras se emborrachaba hasta la inconsciencia.

–Marco me encontró y me llevó a casa. Apenas podía mantenerme en pie. Me metió en la cama. No recuerdo ninguna llamada de teléfono. No recuerdo mucho de esa noche.

–Entonces Claudia se escondió en un armario, esperó a que estuvieras desnudo y comatoso en la cama,
y entonces saltó sobre ti, ¿no?

–¿Lo viste? –le preguntó Franco. Parecía sorprendido.

–¡Claro que lo vi! –Lexi trató de quitárselo de encima, retorciéndose y forcejeando.

–Quédate quieta. Me duele todo.

Aunque no quisiera, Lexi se quedó inmóvil.

–¿Crees que me gusta inventarme una escenita como
esa, en la que el marido está en la cama con otra mujer
mientras...?

–¿De quién era el teléfono?

–Era el de Claudia, aunque no sé cómo pudo hacer

fotos mientras estabais... ¿Qué? –le preguntó Lexi al ver que se quedaba blanco como la leche.

Pero él no dijo nada. De repente se levantó de la cama y se quedó allí parado, junto a la cama, con la mirada perdida. Lexi se incorporó de nuevo. Un sentimiento de alarma se estaba apoderando de ella.

–¿Franco?

Franco ni siquiera la oyó. Una neblina roja le emborronaba la vista de repente y en el medio había una imagen que recordaba gracias a Marco; una imagen de Lexi con su mejor amigo en la cama, en el fragor de la batalla amorosa... Pero en ese momento se veía a sí mismo con Claudia, tal y como Lexi se los había descrito, y esa imagen se la había enviado...

Como si estuviera totalmente borracho de repente, igual que aquella noche cuando Lexi había perdido a su bebé, se dirigió hacia la puerta y salió sin decir ni una palabra más.

Capítulo 8

LEXI se quedó allí sentada, abrazándose las rodillas, consciente de que algo terriblemente dramático había pasado, pero no sabía qué era... Él parecía roto, hecho añicos. ¿Había sido culpa suya? Una punzada de remordimiento corrió por su espalda como un escalofrío. Se suponía que estaba allí para cuidar de él, no para provocar una pelea cada cinco minutos. Marco... Le había dicho algo de Marco antes de... Saltando de la cama, Lexi corrió detrás de él. El sentimiento de culpa se hizo mayor cuando le encontró sentado al borde de la cama, con el rostro escondido entre las manos.

–¿Franco? –se agachó delante de él–. ¿Te encuentras bien?

Él no dijo nada durante unos segundos. Angustiada, Lexi metió sus dedos entre los de él y le quitó las manos de la cara.

–Estoy bien.

–Lo siento. Me he pasado un poco –susurró ella–. Siempre se me olvida que...

–¿Que estoy medio loco?

–Que no estás bien –dijo ella, esbozando una media sonrisa.

Él también sonrió con tristeza.

–Enfermo, loco, estúpido, ciego... –dijo él, ofreciendo otras alternativas.

–¿Todavía no ves bien? ¿Por eso te tropezaste con los muebles abajo?

–Creo que me he hecho daño en la herida del muslo.

Ella le miró las piernas. Levantó sus manos entrelazadas para ver si tenía sangre por algún sitio. No había nada.

–Muy bien. Será mejor que te eche un vistazo –le dijo Lexi, contenta de tener algo práctico en qué pensar que no fueran esas emociones intensas y extrañas que fluían entre ellos. Se puso en pie–. Tendrás que quitarte los pantalones.

–¿Es que vamos a jugar a los médicos y las enfermeras? ¿Vestida así? –le dijo, mirándola de arriba abajo con una mirada burlona.

–Yo nunca voy a ser enfermera –le dijo Lexi, decidida a mantener la conversación en un plano ligero–. Y ya me has visto llevando menos ropa que esto, así que no te quejes.

–No me estaba quejando. Solo estaba haciendo una observación.

–Bueno... –respiró hondo, pero no sin dificultad–. Si puedes levantarte, quítate los pantalones, y estaremos igual.

Cuando se quitó los pantalones, Lexi se dio cuenta de que lo de la herida no era ninguna broma. Un hilo de sangre atravesaba los vendajes.

–Bueno, ¿ahora qué hacemos? –le preguntó, mordiéndose el labio inferior.

–Me quito el vendaje y echo un vistazo mientras tú vas a buscar otro –se sentó de nuevo y empezó a despegar el borde de la venda blanca–. En el baño, junto a la taza del váter.

Lexi asintió y se movió obedientemente. Tenía la sensación de que él también estaba intentando tomarse las cosas a la ligera, porque no quería empezar con la pelea de nuevo.

¿Cómo lo habían hecho? Casi habían llegado a gritarse...

Ella le había gritado. Eso sí lo recordaba... Se lavó las manos y agarró el paquete de gasas estériles. Volvió al dormitorio con una toalla limpia.

–¿Remilgos? –le preguntó él al verla detenerse a unos metros de distancia.

–No lo sé. Nunca he visto una herida abierta antes.

–No está abierta.

Se quitó los últimos restos de gasa y Lexi pudo ver que le estaba diciendo la verdad. Solo quedaba una línea violácea de unos diez centímetros con una pequeña brecha en el medio. Seguramente se había golpeado justo ahí.

–Ha mejorado muy rápido –Lexi avanzó y se sentó junto a él en la cama–. ¿Te duele?

–No mucho. Si abres ese paquete, encontrarás un tubo pequeño de plástico. Está lleno de líquido.

Ella lo encontró enseguida y se lo dio. Franco abrió el tubo y se puso un poco del líquido en la herida.

–¿Qué hace ese líquido? –le preguntó Lexi con curiosidad.

–Acelera el proceso de cicatrización... Haces muchas preguntas para no querer ser enfermera.

–No soy yo quien está haciendo de enfermera. Ya no estás sangrando...

–Debería haber un apósito limpio y seco en el paquete.

Lexi lo encontró rápidamente y se lo entregó. Él lo usó para absorber el exceso de líquido. Cuando terminó, ella le dio el vendaje nuevo sin decir ni una palabra.

–Lexi, lo siento –murmuró él de repente–. Siento todo lo que te hemos hecho pasar.

Aquel uso del pronombre plural sonaba extraño, pero Lexi no quiso insistir en el tema.

–Fui un blanco fácil. Era insoportable la mayor parte del tiempo.

–Con razón.

–Sí, bueno... –como necesitaba algo que hacer, Lexi recogió las cosas y se puso en pie–. Voy a poner todo esto en el baño.

–Y vuelve a la cama.

Lexi se paró a medio camino del cuarto de baño.

–Gracias por darme permiso –susurró.

–Y mañana, si quieres, puedes volver a Londres.

Ella se sintió como si acabaran de darle una puñalada por la espalda. Se giró de golpe, pálida. Él seguía allí sentado, alisando el vendaje con los dedos, cabizbajo.

–¿Quieres que me vaya?

–Los dos sabemos que no voy a hacer ninguna estupidez, Lexi –le dijo con seriedad–. No debería haber... No debería haber usado el chantaje emocional para traerte y retenerte aquí. Ya es hora de empezar a jugar limpio de nuevo. Puedes irte a casa. Sin remordimientos.

Lexi no esperaba todo aquello. Después de todo lo que habían pasado en esos últimos días, jamás hubiera esperado...

–Bueno, entonces todo eso de... Intentarlo de nuevo... ¿Qué era? ¿Me estabas utilizando para no tener que pensar en Marco?

Él se puso en pie, el ceño fruncido...

–Solo trato de jugar limpio.

–¡No quiero que juegues limpio! –dijo Lexi, sintiendo un nudo en la garganta–. Quiero que seas sincero conmigo y me digas... ¿He sido solo una diversión para no tener que hacerle frente a la culpa y no tener que pensar en Marco?

–¡No!

–Entonces ¿qué?

Como un hombre a punto de hacer algo horrible, Franco fue hacia ella, la agarró de los hombros y la alzó contra su pecho.

–Es que nunca sabes cuándo es seguro decir algo, ¿verdad? –le dijo, enfadado–. ¡Eras así hace cuatro años! ¡Una pequeña vampiresa respondona que nunca sabía cerrar el pico!

–Entonces decías que te gustaba respondona.

–Y me sigues gustando respondona. ¡Ese es el problema! –suspiró al ver que ella temblaba.

Sus ojos parecían enormes, heridos...

–*Santa cielo* –gruñó, exasperado–. Estoy tratando de hacer lo correcto dándote elección. Vete porque quieres irte, o quédate porque quieres quedarte. No tienes que hacer nada obligada. ¡Tú eliges!

–Me quiero quedar –susurró Lexi.

Él volvió a fruncir el ceño, como si le hubiera dado la respuesta equivocada.

–¿Por qué? Si no he hecho más que causarte molestias y sufrimiento.

–Me estaba acostumbrando a la idea de... nosotros, juntos, tratando de seguir casados y... –trató de encogerse de hombros–. Todavía siento algo por ti, ¿de acuerdo?

A la defensiva y tensa, esperó a que él dijera algo. Él seguía frunciendo el ceño, pero había un destello brillante en su mirada. El silencio se dilataba. Lexi deseaba saber qué estaba pensando.

Soltó una risita nerviosa.

–Y me encantan tus piernas. Siempre tuviste unas piernas preciosas.

–¿Mis piernas? –repitió Franco.

Lexi asintió, mordiéndose el labio inferior.

–Largas, fuertes, bronceadas... Sexy. Incluso con todas las cicatrices que has acumulado a lo...

Él la hizo callar con un beso caliente, brusco. Ella soltó las cosas que llevaba en la mano porque necesitaba agarrarse de sus brazos para mantener el equilibrio. En algún rincón de su mente sabía que no habían terminado con lo de Claudia, pero tampoco quería pensar en eso en ese momento.

Lo único que importaba era que la estaba besando con esa sed ardiente que solía sentir... Él enredó una mano en su pelo y con la otra le agarró el trasero, atrayéndola hacia sí para que pudiera sentir la intensidad de su deseo. Un chorro de sangre caliente recorrió las venas de Lexi y se concentró entre sus piernas. Empezó a mover las manos, deslizándolas por encima del suave tejido de su camisa y palpando la fuerza arrolladora de sus bíceps, de sus hombros, el fuego que desprendía su cuerpo. Le estaba rozando las piernas, aumentando así el ansia que crecía en su interior. El fino vello que le cubría la piel le hacía cosquillas. Era como estar conectada a una red eléctrica... Se estremeció... Le agarraba con fuerza, le sentía temblar... Encogerse...

—Oh... —exclamó, ahogándose un poco. Echó atrás la cabeza. El corazón se le salía del pecho. Respiraba demasiado deprisa. Se encontró con la negrura insondable de los ojos de Franco. No había destellos de oro esa vez.

—Te he hecho daño.

—No.

—Sí que te lo he hecho. Eres un hematoma gigante y no sé cómo vamos a hacer esto sin que sea una tortura para ti.

Franco soltó una risita burlona y le acarició el trasero, apretándola contra su propio cuerpo.

—¿No crees que esto ya es una tortura?

Fue por puro instinto que Lexi empezó a moverse contra su potente y duro miembro. Él se estremeció y tembló. Empezó a acariciarle la espalda con la otra mano

y finalmente la agarró de la cintura, atrayéndola hacia
sí más y más. Capturó sus labios de nuevo y esa vez no
le dio tiempo a pensar. La pasión floreció entre ellos...
Lexi sentía un fuego interior que se acumulaba en cada
célula de su cuerpo.

–Te deseo, *tesoro*, tanto que me corroe por dentro.

Lexi sintió el calor de sus labios sobre la mejilla,
deslizándose hacia la oreja. Se estremeció. Echó atrás
el cuerpo un poco para poder desabrocharle la camisa.
Los dedos le temblaban tanto que apenas podía llevar a
cabo esa tarea tan sencilla. Franco, besándola en el cuello y susurrando palabras en italiano, tampoco la ayudaba mucho. Él también intentaba quitarle el camisón
y no tardó mucho en conseguirlo. La prenda cayó al
suelo con un movimiento rápido.

Desnuda ante él por primera vez en muchos años,
Lexi se quedó helada durante unos segundos... Él también se quedó inmóvil. Retrocedió un poco para verla
mejor. La fuerza de su mirada le marcaba la piel, dejando un rastro de fuego que le endurecía los pezones.
Franco abarcó uno de sus pechos con una mano, lentamente, como si estuviera familiarizándose de nuevo con
ellos. Lexi se quedó muy quieta y le observó mientras
le rodeaba la cintura con la otra mano. El aire a su alrededor vibraba, cargado de tensión sexual. Él tenía la camisa abierta, un rastro de fino vello corría por su abdomen hasta perderse por la cintura de sus calzoncillos. A
Lexi se le hizo la boca agua... Deseaba inclinarse adelante y probar su piel. Podía ver el bulto de su miembro
erecto, presionando la tela. Recorrió su longitud con la
mirada. Recuerdos de lo que era tenerle dentro desper-
taron una excitación que se cerró sobre ella como un
puño. Como si supiera en qué estaba pensando, Franco
deslizó una mano hasta su vientre y siguió bajando. Ella
se estremeció, expectante... Un segundo después sus de-

dos se perdieron en el triángulo de rizos negros... Cuando introdujo la yema del dedo, Lexi se tensó a su alrededor. Estaba húmeda, caliente... Volvieron a besarse. Ella le quitó la camisa y entonces enroscó los dedos alrededor de la cintura de su calzoncillo. Se lo bajó y empezó a acariciar su miembro. Él contenía el aliento y enredaba los dedos en su cabello, echándole atrás la cabeza. Lexi ya tenía los labios entreabiertos y listos para recibir la fuerza de un beso que los hizo caer sobre la cama. Lexi se encontró tumbada en la cama de repente. Franco se deshizo de los calzoncillos.

Cuando se estiró junto a ella, justo antes de ponerse encima, Lexi vio la extensión de los moratones.

–Deberíamos tomárnoslo con mucha calma –le dijo.

–Al diablo con la calma –dijo él y empezó a mordisquearle un pezón, calentándoselo con el aliento.

Después fue a por el otro y capturó la rosada aureola con hambre y desenfreno, arrancándole un grito de los labios.

–Sabes a gloria.

Ella enredó los dedos en la negra espesura de su pelo.

–Francesco... –eso fue todo lo que pudo decir a modo de respuesta.

–*Si, amore*, lo es.

Parecía a punto de reírse, pero también sonaba extrañamente serio, casi sombrío.

–¿Te acuerdas de esto? Lo bien que estamos juntos. Lo poco que nos costó perder la cabeza.

Cada una de las preguntas fue acentuada por una caricia distinta de sus manos o de sus labios. Lexi yacía sobre la cama, temblorosa, contoneándose mientras él le recorría el torso con los labios, hasta la cintura. De pronto le metió la lengua en el ombligo. Ella nunca había podido soportarlo sin volverse loca...

La miró un instante, sintiéndose poderoso. La había hecho perder el control una vez más. Soltó una risotada y siguió torturándola de nuevo. Lexi se agarró de los músculos de sus hombros y le clavó las uñas, retorciéndose debajo de él, intentando librarse de esa deliciosa tortura.

Y entonces él dejó de reírse. Volvió a apoderarse de sus labios con un beso profundo, arrebatador. Al mismo tiempo, deslizó otro dedo más hacia dentro de su sexo. Lexi podía oír los pálpitos de su propio corazón en los oídos, retumbando como el trueno. Se estaba acercando al clímax; el más extraordinario que jamás habría conocido. Desde algún rincón de su mente, podía oír la voz de Franco, lejana, tratando de apartarla del borde del precipicio, pero ya no había vuelta atrás. Olvidándose de las heridas y los moratones, le clavó las uñas en el pecho, en la espalda... Empezó a deslizar las piernas arriba y abajo, rozándole las pantorrillas. Se sentía caliente, sin aliento, totalmente gobernada por lo que sentía.

–Por favor, Franco, por favor... –se oyó decir a sí misma, besándole en la boca, en la mandíbula, en el cuello... Deslizando las manos sobre su cuerpo hasta agarrar su gloriosa erección.

–Lexi... –susurró él–. Frena un poco, *amore*.

Pero ella no quería.

–Por favor... Te he echado tanto de menos. Por favor, Franco, por favor...

Temblando, él se rindió ante sus súplicas... Reprimiendo un gruñido, se metió entre sus piernas, deslizó las manos por debajo de ella y dejó que le guiara hasta entrar en su sexo.

Un ola de gozo le hizo estremecerse al sentir cómo se cerraban los músculos de ella a su alrededor. Su miembro palpitaba de gusto. Ella volvió a abrazarle y le besó. Se perdieron en un viaje; no se negaron nada. A Lexi el orgasmo le llegó demasiado deprisa, pero Franco disfrutó con cada temblor y se aferró a ella hasta que ya no pudo hacerlo más. Entonces se dejó llevar y soltó todo lo que llevaba dentro; sus bocas estaban selladas y sus corazones palpitaban al unísono.

Fue como morir de la manera más exquisita para después despertar junto a un alma gemela. Yacieron así durante un buen rato, incapaces de moverse. Franco era un peso muerto y caliente, pero a Lexi no le importaba.

–Lexi...

–¿Mmm?

–*Accidenti, cara*, pero no me puedo mover.

–¡Los hematomas! –Lexi se movió como si la acabaran de pinchar.

Franco soltó un gemido de dolor.

–¿No te dije que debíamos tener más cuidado? ¿Qué te duele más?

Él logró levantar la cabeza para poder mirarla.

–Todo.

–¿Quieres que me levante?

–Soy demasiado pesado.

–Lo sé –dijo ella en un tono juguetón.

Él sonrió con pereza.

Pasaron varios minutos, pero al final terminaron besándose, con cuidado y suavidad... No tenían prisa. No querían separarse, ni hacerse daño.

–Me alegro de tenerla de vuelta donde tiene que estar, *signora* Tolle –le dijo Franco, besándola en la comisura de los labios–. A lo mejor no es mala idea seguir así durante el resto de nuestras vidas –le dio un pequeño empujón con la cadera para enfatizar lo que quería decir–. Alguien nos descubrirá dentro de miles de años, abrazados todavía... Y pensarán que es muy romántico.

–No creo que Zeta tarde tanto tiempo en llamar a la puerta –Lexi contestó con una pequeña risita.

Al final logró levantarse y salir de debajo de él.

–Y pensar que siempre te consideré un machote –Lexi suspiró y empezó a recoger la ropa.

–Soy un machote –dijo, observándola mientras se movía por la habitación–. ¿No acabo de cumplir con mi deber de machote, con unas cuantas costillas rotas y todo?

Lexi se detuvo un momento.

–Cuando pienso en todos esos meses que pasamos sin hacer el amor... Vaya desperdicio –dijo él.

–Bueno, si quieres verlo así, supongo que serían un gran desperdicio para ti. Pero para mí... –ella siguió recogiendo ropa–. Oírte hablar así me hace pensar que no soy más que otra aventura para ti.

Se hizo un silencio incómodo.

–Será mejor que me expliques eso.

Ella se volvió hacia él, allí tumbado, gloriosamente desnudo. Arrogante... Seguro de su belleza masculina...

–Tuvimos un romance de verano apasionado y un largo invierno de casados... –apartó la vista de nuevo–. Caliente y después frío. No creo que te dieras cuenta cuando me fui de aquí.

–Sí que me di cuenta.

–¿De pasada? ¿Mientras volvías a tu antigua vida? Dime...

Asiendo con fuerza la ropa contra su regazo, Lexi se obligó a mirarle de nuevo.

–¿Cuánto tiempo pasó antes de que te consolaras metiendo a otra mujer en tu cama?

Los ojos de Franco se oscurecieron, haciéndose impenetrables.

–No creo que este tema de conversación sea el más apropiado.

–¿Apropiado para qué?

–Estamos tratando de curar las heridas del pasado.

Pero Lexi no se sentía curada. Más bien se sentía herida, molesta por esa expresión velada.

–¿Es este otro de tus temas prohibidos, Franco? ¿No vamos a hablar del reportaje en el que hablaban de esa mujer a la que metiste en tu cama durante la convención de lanchas deportivas de Lisboa, tan solo un mes después de mi marcha? –respiró rápidamente–. Bueno, esa fue la primera de la que supo la prensa, pero eso no significa que tuviera el privilegio de ser la primera en tu cama. A lo mejor tuviste suficiente sentido común como para ser un poco más discreto con las anteriores.

–Y tú te fuiste directamente a vivir con Dayton. ¿No es así, Lexi? –a pesar del dolor que tenía en el cuerpo, se levantó de la cama y fue hacia ella, lentamente–. ¿Cuánto tiempo le llevó meterte en su cama? ¿Te estrechó entre sus brazos mientras llorabas por tu bebé y se aprovechó de la situación para llevarte a la cama? ¿Te acurrucaste contra él y te desahogaste mientras él se las ingeniaba para llevarte al huerto? –le espetó con mordacidad.

Capítulo 9

ESO ES un golpe bajo –le dijo Lexi, pálida como la leche.

–¿Eso crees? –le dijo Franco en un tono lleno de desprecio–. Eso mismo pensé yo el día que fui lo bastante estúpido como para ir a buscarte a su apartamento. Ese bastardo me lo contó todo.

–¡Eso es mentira!

–¿Lo es? –Franco le arrebató la ropa de las manos, tomó sus propias prendas y le puso el camisón en la mano con un gesto brusco–. Vete a la cama –dio media vuelta y se dirigió hacia el cuarto de baño–. A tu maldita cama.

Pero Lexi no podía moverse. Un temblor helado la tenía paralizada en el sitio.

–Bruce no mentiría sobre algo así. ¿Por qué iba a decir que pasó cuando no fue así?

–Eso es –le dijo Franco con sorna–. El bueno de Bruce jamás haría nada que no fuera en tu beneficio –se detuvo junto a la puerta del cuarto de baño–. Me enseñó las pruebas.

–¿Qué?

–Trató de ahuyentarme dándome una descripción detallada, pero como yo no me lo creía, me enseñó pruebas.

–¡Pero no puede haberte enseñado nada porque eso no pasó!

Franco se dio la vuelta de golpe. Su rostro parecía haber sido esculpido en piedra.

–Tus cosas estaban esparcidas por todo el suelo –miró el camisón que tenía en las manos–. Siempre fuiste la mujer más desordenada que he conocido. Cuando tuvimos esa aventura aquel verano en San Remo, me volvías loco porque nunca recogías nada. En el barco. En la casa que alquilamos en San Remo.

San Remo, el sitio en el que todo se había ido al traste...

–Recogió tu sujetador del suelo delante de mí. Se atrevió a... Se atrevió a mirarme a los ojos, como si fuéramos viejos amigos que intercambian un momento de complicidad, y entonces tiró el sujetador encima de una silla, donde estaba el resto de tu ropa.

–Eso nunca pasó –alegó Lexi, dando un paso hacia él.

Franco se puso tan tenso de repente que ella se detuvo.

–No me digas que no pasó porque yo lo vi –masculló Franco–. ¡Vi la maldita rana en tu almohada!

Lexi parpadeó, trató de aclararse la cabeza.

–Pero... pero era mi habitación.

–Y sus cosas estaban en el armario.

–¡Sí! ¡La ropa de Bruce estaba en el armario! Ya lo sabes, Franco... ¡Ya sabes cómo es con la ropa! Tiene que tener cien trajes de firma y doscientas camisas. Antes de quedarme en su casa, ya tenía la ropa guardada en los dos dormitorios. Solo pasé dos meses allí, ¡así que ni se molestó en quitarlo!

Se hizo el silencio. Lexi miraba a Franco fijamente.

–¿Vi... viniste a verme?

Franco bajó la vista.

–Un mes después de que te fueras –le dijo, como si le hubieran sacado una respuesta a base de tortura.

Lexi se dio cuenta de que acababa de acusarlo de haber estado con mujeres cuando en realidad sí había tratado de contactar con ella... Se estremeció.

–No estabas allí. Me dijo que estabas yendo a castings en un intento por reencauzar tu carrera. Me dijo que la llamada de Hollywood era muy fuerte... –dijo, citando las palabras de Bruce con sarcasmo–. Y me dijo que estarías mucho mejor si yo...

No hizo falta que terminara la frase. Lexi pudo hacerlo ella misma. Bruce había tratado de convencerla para que volviera a actuar. Incluso le había preparado castings con un par de directores famosos, pero ella se había negado a ir. Como todos sus intentos por devolverla a la gran pantalla habían fallado, había terminado ofreciéndole un empleo en la agencia. Y ella había aceptado. Bruce estaba decidido a mantenerla a su lado esa vez, a toda costa. Cuando se había mudado a su propio apartamento, él se lo había tomado muy mal...

–Oh, Dios mío... Él... –se tapó la boca con la mano. De repente todas las piezas del puzle encajaron en su sitio.

Unas náuseas terribles se apoderaron de ella de repente. Dio media vuelta, se dirigió hacia la puerta del dormitorio... Pero no consiguió llegar. Se desplomó junto a la cama.

Todavía parado junto a la puerta del cuarto de baño, Franco deseó no haber dicho nada. Jamás hubiera querido decirle todo aquello... Pero siempre había sentido celos de Dayton. Había visto el deseo en sus ojos el día en que lo había conocido. Sabía exactamente qué se proponía y había querido darle un puñetazo desde entonces. Lexi no supo que se había movido hasta que sintió sus manos alrededor de las muñecas, tirando de ella hasta ponerla en pie. La estrechó entre sus brazos. El vello de su pecho le hacía cosquillas en la nariz a medida que respiraba.

–No debería haber dicho nada –le dijo–. Después de la forma en que terminamos, tenías todo el derecho a rehacer tu vida como quisieras.

–Pero lo que... Lo que dices nunca pasó.

–Ahora lo sé –la atrajo hacia sí hasta apoyarle la frente sobre el pecho.

Lexi trató de secarse una lágrima que le corría por la mejilla.

–¿Por qué estaba todo el mundo en nuestra contra, Franco? ¿Qué hicimos que era tan terrible?

–Todos tenían sus propios intereses, Lexi. Dayton... Claudia... y... –suspiró–. Lo que ellos quisieran no nos tiene que importar. Lo que importa es esto –enredó los dedos en su cabello y la hizo levantar la cabeza con suavidad. Sus miradas se encontraron–. Estamos aquí, ahora, juntos, y nos ha costado llegar a este punto. A eso le llamo yo destino, y el destino les ha dado a todos una bofetada por meterse donde no tenían que meterse.

Quería verla sonreír, pero ella sacudió la cabeza.

–Hizo falta un accidente terrible, la muerte de Marco, para que llegáramos aquí. Sin ese accidente ahora estaríamos hablando a través de nuestros abogados, preparando el divorcio.

–Eso no es cierto –cuando ella trató de apartarse, Franco la abrazó con más fuerza–. Ya te dije que había decidido ir a verte antes de lo del accidente.

–¿Por qué razón? –le preguntó Lexi, encogiéndose de hombros.

–Porque me pasé los últimos tres años buscando una buena excusa para hacerlo.

Lexi se quedó sorprendida ante una confesión tan directa. Franco bajó la cabeza y la besó en los labios.

–Te he echado de menos. Seguí adelante con mi vida y eso seguramente fue bueno para el negocio, pero siempre te seguí echando de menos, añorando lo que teníamos. ¿Puedes decirme de verdad que no fue igual para ti?

Lexi no podía negarlo, pero todavía estaba demasiado molesta por lo que Bruce había hecho como para poder hacer algo más que encogerse de hombros. Franco la estrechó entre sus brazos y guardó silencio. De pronto la sintió temblar. Estaban desnudos.

–Tienes frío. Vamos. Volvamos a la cama.

–Pero has dicho...

–Ya sé lo que dije. He cambiado de idea.

–No quiero...

–No es una sugerencia.

Franco le quitó el camisón de las manos, lo estiró y se lo puso por la cabeza. Después la tomó de la mano y la llevó a la cama. Lexi se acurrucó allí y se dedicó a observarle. Él se puso los calzoncillos. Lexi no podía dejar de mirar esa parte de su anatomía. De repente empezó a sentir ese calor tan familiar que le subía por dentro.

–¿Cómo van esos moratones? –preguntó, casi sin aliento.

–Me duelen –dijo él, apagando la luz. Se tumbó a su lado–. La próxima vez apiádate de mí un poco y hazme todo el trabajo.

–Parecía que a ti se te daba muy bien –Lexi no pudo resistirse a deslizar los dedos por su pecho al tiempo que él los cubría a los dos con las mantas.

Franco se apoyó en un codo y la miró en la oscuridad. Los ojos le brillaban y se estaba mordiendo el labio inferior.

–Eres una golosa.

Lexi se rio, sonrojándose.

–Bueno, si crees que no vas a poder dar la talla...

Sin previo aviso, la agarró de las muñecas y giró sobre sí mismo hasta quedar boca arriba. Lexi quedó de rodillas a su lado. A pesar de todas esas heridas, tenía más fuerza en los brazos de lo que Lexi hubiera podido imaginar.

–De acuerdo, *bella mia*. Toma lo que quieras. Soy todo tuyo.

Cuatro días más tarde, Lexi estaba sentada en el borde de la piscina, mordiéndose el labio inferior mientras observaba a Franco. Él estaba nadando de un lado a otro de la piscina. El sol acariciaba su espalda brillante y bronceada.

El funeral de Marco era al día siguiente. Llevaban cuatro días de maravilla. Desde aquella noche parecía que habían recuperado esa vieja armonía, sin tocar ningún tema espinoso... Pero la situación no podía continuar. Tenía que salir a comprar algo de ropa apropiada para el sepelio, pero la única vez que se había atrevido a pedirle un coche para ir a Livorno, él le había dicho que le pidiera a Zeta lo que necesitara, y después había cambiado de tema.

Su padre tenía que llegar ese día. Le había oído hablar de ello por teléfono, en el mismo tono hermético que había usado para decirle lo de Zeta. Llevaba todos esos días sin hablar con nadie; Zeta y Pietro contestaban a todas las llamadas de la gente.

–Franco... –le dijo cuando él nadó hasta el borde de la piscina.

–¿Qué? –dijo él, echando a nadar de nuevo.

Era toda una demostración de arrogancia. Llevaba quince minutos surcando el agua sin parar y todavía no parecía cansado. Los hematomas ya se habían disuelto en su tez dorada y la herida del muslo no era más que una fina línea violácea.

Cuando volvió a pasar por su lado, Lexi se metió en

el agua en el momento en el que él se sumergía y se le metió delante cuando iba a tocar el borde. Él la agarró de la cintura y la levantó, emergiendo del agua como Neptuno.

–Mmm, creo que acabo de capturar a una sirena de verdad.

–Vaya cursilada has dicho –Lexi ladeó la cabeza, lejos de su alcance–. Tenemos que hablar de... de mañana.

–A ti te gustan las cursiladas –le dijo él, capturando sus labios con un beso sensual y perezoso–. Te gusta dar paseos a la luz de la luna, caminar de la mano... Una cursilada romántica, *cara*.

–Tenemos que hablar de mañana, Francesco.

La expresión de Franco cambió, se volvió tensa.

–Por favor, escúchame –le dijo ella, sujetándole el rostro con ambas manos–. No puedes seguir ignorando el hecho de que Marco va a ser enterrado mañana. Toda la gente a la que has estado evitando desde el accidente va a estar allí.

–Sí que puedo seguir ignorando el hecho –dijo Franco, frunciendo el ceño.

–Bueno, entonces soy yo quien no puede permitirse seguir ignorándolo –Lexi cambió de táctica–. Tengo que comprarme algo para el funeral. Necesito saber qué quieres que diga cuando me pregunten por nosotros.

–No vas a ir –abrió los brazos y la apoyó en el suelo de nuevo.

–¡Sí que voy!

–Te quedas aquí.

Estaba a punto de meterse en el agua, pero Lexi le agarró el brazo.

–No es tu decisión. Marco también era mi amigo. ¡Me caía bien!

Echando a un lado su mano, Franco se dio la vuelta y echó a nadar.

Frustrada y molesta, Lexi salió de la piscina, agarró una toalla y se envolvió con ella. Echó a andar hacia la casa. Entró por la parte de atrás y se dirigió hacia la cocina. Pietro estaba allí, tomando un aperitivo a media mañana. Le preguntó si le importaría llevarla a Livorno.

El esposo de Zeta no podía negarse, pero, a juzgar por la expresión de su rostro, era fácil adivinar que la idea no le hacía mucha gracia. Al verle mirar más allá de su hombro derecho, Lexi supo por qué estaba tan serio. Franco estaba a unos metros de distancia, detrás de ella. Lexi se volvió de golpe. Apretó los labios, le pasó por delante y se dirigió hacia las escaleras. Si era preciso, llamaría a un taxi.

Mientras buscaba algo que ponerse, sintió la presencia de Franco, parado junto a la puerta del dormitorio. Era la habitación contigua a la que llevaban días compartiendo.

–Ya no voy a jugar más a este juego –anunció ella, mirándole–. Ya te he dejado salirte con la tuya durante mucho tiempo.

–Lo sé.

–Hace días me aseguraste que no ibas a hacer ninguna estupidez, así que ya puedes dejar esas tácticas de bloqueo.

Lexi se dio la vuelta de golpe y entonces tuvo que contener la respiración. Él estaba allí parado, con un bañador de cintura muy baja y una toalla alrededor del cuello. Se parecía tanto al Franco que había conocido aquel verano...

Él se encogió de hombros.

–No soportas a ninguno de los que van a estar allí.

–No voy a presentarles mis condolencias a ellos.

–Presiento que, más que un funeral, va a ser un circo. La prensa estará acechando desde todos los rincones, y además tendrías que soportar a Claudia.

–Puedo soportar a cualquiera cuando sé que tengo que hacerlo –dijo Lexi en un tono tenso–. Y ya la soporté sin problema cuando se presentó aquí y me la encontré en tu regazo, llorando desconsoladamente. Soy consciente de que ella también ha perdido a su hermano. Se te olvida que yo también he estado ahí. Perdí a mi madre no hace mucho. Sé lo que sientes cuando pierdes a un ser querido.

–Muy bien... –Franco se movió. Se quitó la toalla del cuello y empezó a secarse el pelo–. No te quiero allí.

Lexi sintió que sus palabras se le clavaban en el corazón.

–¿Es que te avergüenzas de mí o algo así?

Él no contestó y el silencio resultó tan afilado como la hoja de un estilete. Lexi se volvió hacia el armario y escogió la primera prenda que tocó. Los dedos le temblaban. La falda se le cayó de la percha y tuvo que agacharse para recogerla.

–No se trata de vergüenza, Lexi. Solo quiero protegerte de cualquier cotilleo cruel que pueda surgir.

Lexi pensó que aquella explicación llegaba demasiado tarde. Aquello no tenía sentido a no ser que...

–¿Cotilleos sobre ti y esas otras mujeres? Bueno, como pusiste ese tema en la lista negra, al igual que todo y todos los demás, déjame decirte, Franco, que yo sí que tengo imaginación. ¡Y ya se me ha ocurrido pensar que seguramente muchas de las mujeres que estarán allí te conocen mejor que Claudia y que yo!

–Maldita sea. ¡No es eso lo que quería decir!

–Bueno, pues entonces intenta explicarte mejor. Porque todo lo que has hecho desde que yo regresé a Italia es lanzarme estos mensajes crípticos, así que... ¿Cómo voy a saber lo que quieres decir? Oh, sí que recuerdo que fuiste muy elocuente sobre mi relación con Bruce.

–No le metas en esto –dijo Franco, cada vez más irri-

tado–. Hay algo que tengo que decirte, pero he hecho
todo lo posible por esperar hasta después del funeral. El
caso es que no sé cuánta gente más lo sabe, así que no
quiero que te vayas a asustar.

–Bueno, termina de una vez y dímelo.

–No.

–¿Por qué?

–¡Porque quiero esperar! Maldita sea –Franco perdió
tanto la compostura que Lexi parpadeó, anonadada–.
Santa cielo... –Franco levantó las manos al cielo–. ¿Es
que no podemos pasar este día sin atacarnos? ¿Por qué
no confías en mí por una vez? ¿Es mucho pedir que me
apoyes durante un día más?

Estaba hablando de Marco. Al final Lexi se dio
cuenta de que tenía algo que ver con su mejor amigo.

–Muy bien. No volveré a preguntar hasta que estés
listo para contármelo todo.

Por alguna razón, su promesa no pareció alegrarle.

–Puedes venir al funeral si es eso lo que quieres.
Pero te digo una cosa, Lexi, si te apartas de mi lado un
segundo, haré algo de lo que nos arrepentiremos los
dos, ¿lo entiendes?

Lexi quería preguntarle por qué había cambiado de
idea, pero al sentir la tensión que manaba de su cuerpo,
apretó los labios y se limitó a asentir.

Una hora más tarde llegó un coche con un conjunto
de vestidos apropiados para un funeral. Franco se había
encerrado en su estudio, y no volvió a verle durante el
resto del día. Era como si la estuviera castigando por
plantarle cara y arruinar la felicidad que tanto les había
costado conseguir. Cuando volvieron a verse, Salvatore
ya había llegado.

La cena transcurrió en un ambiente de tensión. Los
dos hombres se levantaron de la mesa en cuanto terminaron de comer y se encerraron en el estudio, para ha-

blar de negocios... O eso suponía Lexi... Esa noche durmió en la habitación de al lado. Franco tardaba mucho en volver, así que decidió irse al suyo propio. Se figuró que querría estar solo.

Pero la convicción no le duró mucho. En mitad de la noche, tras pasar varias horas en vilo, ya no pudo resistir más la tentación que la carcomía desde el momento en que había oído la puerta del dormitorio de al lado. Se levantó de puntillas y se coló en su cama.

Él estaba despierto, pero no era ninguna sorpresa.

–Shh –susurró antes de que él pudiera decirle nada–. No tienes que hablar. Solo necesitaba abrazarte.

Y él la dejó hacerlo...

Capítulo 10

TODO el mundo fue a llorar a Marco. Cientos de personas abarrotaban la puerta de la iglesia. Siempre había sido muy querido y todos lamentaban mucho que hubiera tenido una muerte tan trágica a una edad tan temprana. Lexi estaba parada junto a Franco. Su padre estaba al otro lado. Detrás estaba el equipo completo de White Streak, todos vestidos de negro... Lexi apenas los había reconocido al llegar a la iglesia. Uno a uno se habían acercado a Franco para darle sus condolencias, y le habían lanzado miradas curiosas a Lexi. Delante de ellos estaba la familia Clemente. La madre de Marco y su padre, su hermana Claudia y el resto de parientes. Todos estaban muy afectados, pero ninguno quería dejar de mostrarle su apoyo a Franco por la pérdida de su mejor amigo. Al llegar a la iglesia, la madre de Marco se había arrojado sobre el pecho de Franco, llorando desconsoladamente. Él la había sujetado con fuerza, murmurando palabras de consuelo.

Pero también le había dejado claro a Lexi que aquella situación era demasiado para él.

La culpa del superviviente... Ella sabía que él no quería la compasión de nadie, pero no tenía más remedio que aceptarla. A medida que el sepelio se dilataba, podía sentir la tensión que manaba de él. Parecía que en cualquier momento iba a dar media vuelta y se iba a marchar sin decir ni una palabra. Fue el padre de Marco

quien finalmente se volvió hacia él y le invitó a decir
unas palabras por su difunto hijo. Franco debía de estar
esperando algo así. Nada más ver el gesto del padre de
Marco, se levantó de su banco y se dirigió hacia el altar
sin la más mínima vacilación. Habló en un tono tranquilo y grave sobre su amigo Marco, comentó recuerdos memorables... Incluso Salvatore se conmovió.

Después de la misa, se dirigieron al cementerio, pero
el día no terminó ahí. Más tarde fueron a la finca de los
Clemente, llena de hermosos viñedos y de *cascina*.

–¿Estás bien? –se atrevió a preguntarle a Franco.
Iban en el coche de Salvatore. Este estaba a su lado.

–Sí –contestó, pero eso fue todo lo que dijo.

–Lo has hecho bien, Francesco –dijo Salvatore–. Estoy orgulloso de ti.

Esa vez Franco guardó silencio. ¿Qué podía decir?
Aquello no había acabado todavía... Tenían un velatorio
al que asistir, tiempo de relajarse y de socializarse. Pero
lo único que él quería en realidad era decirle a Pietro
que diera la vuelta y se dirigiera de vuelta a Monfalcone.

Logró aguantar la primera hora evitando a la gente
que conocía a Lexi de aquel verano. Todos estaban allí,
la panda de oro, como ella misma solía llamarles. La
mayoría seguían siendo amigos suyos, pero por suerte
parecían dispuestos a mantener la distancia y a respetar
su momento de duelo. Debían de sentir curiosidad por
Lexi, no obstante... Era evidente... Y seguramente también se sentirían un poco incómodos, porque ninguno
la había tratado demasiado bien. Incluso Claudia man-
tenía las distancias, lo cual era de lo más divertido.

Lexi y él tomaban aperitivos de las bandejas que pasaban los camareros, hablaban cuando era necesario...
Y de pronto ya no pudo soportarlo más. Estaba de pie,
con Lexi a su lado, cuando pasó, hablando con un abo-

gado amigo suyo. Por el rabillo del ojo vio que Claudia se dirigía hacia ellos y entonces supo que no podría ser agradable con ella, por mucho que ese día debieran dejar a un lado todas las diferencias personales. Se disculpó abruptamente, agarró a Lexi de la mano y salió a la terraza. No se detuvo hasta dejar atrás a la mayoría de la gente. No sabía por qué, pero de repente tenía mucho calor y su corazón retumbaba. Inclinó un hombro contra una de las columnas y soltó la mano de Lexi para poder aflojarse la corbata y desabrocharse un par de botones de la camisa. Respiró hondo.

–¿Te encuentras bien? –Lexi sintió una gran preocupación. Parecía que se iba a desmayar en cualquier momento.

–Bien... Es que hace calor y...

–No parece que estés caliente –le dijo ella, tocándole la mejilla–. Estás helado.

–Por dentro no. ¿Cuánto tiempo más tenemos que quedarnos?

Lexi se sorprendió de que le hiciera esa pregunta. Miró hacia los jardines, y más allá. Las líneas de los viñedos se extendían hasta el horizonte.

–Tú eres el jefe –le dijo ella, recordándole que no le había dado oportunidad de hablar con nadie. Cada vez que se alejaba un poco, se lo encontraba a su lado unos segundos después–. Yo no soy más que tu compinche.

Él esbozó una sonrisa lenta que la hizo derretirse por dentro.

–Tú eres la mandona en este matrimonio. Tiraste a todos mis amigos de mi barco cuando te cansaste de ellos. Me sacaste de todos los pubs y discotecas sin siquiera preguntarme si estaba listo para irme. Incluso te pusiste a flirtear con todos los que se pasaban por delante y me echaste la bronca cuando me atreví a quejarme.

Lexi se sonrojó.

–No me extraña que les cayera tan mal a tus amigos.

–Vaya tontería –se echó a reír–. Los chicos, por lo menos, estaban fascinados y sentían celos de mí. Estaban deseando que te los llevaras en vez de a mí.

Lexi bajó la vista.

–Pero yo no los quería.

–Lo sé.

–Y, si fui un poco mandona contigo, no recuerdo que pusieras mucha resistencia.

–Eso es porque no quería resistirme. Me gustaba que llevaras la voz cantante y que me llevaras de compinche, *bella mia*.

–Entonces te estás vengando de mí –Lexi sonrió.

–No. Hoy es día de honrar a Marco –le dijo, repentinamente serio–. Hay que pasar por esto y... –se detuvo, tragó en seco y entonces hizo un gesto con una mano–. Salgamos de aquí.

Sin darle tiempo a reaccionar, la agarró de la mano y echó a andar por la terraza a toda velocidad; tan rápido que Lexi apenas podía seguirle.

–Pero ¿adónde vamos?

–Vamos al frente de la casa. Pietro nos llevará de vuelta.

–Pero no podemos irnos así como así, sin decírselo a nadie. No quedaría bien... ¿Y qué pasa con tu padre? ¡Franco! –suspiró al ver que él seguía adelante–. ¿Quieres parar y escucharme?

Pero él no lo hizo. En cuestión de minutos estaban en la parte de atrás del coche de Salvatore, huyendo de la finca de los Clemente. Pietro conducía, sorprendido.

–Pietro volverá a por mi padre –dijo Franco antes de que Lexi le repitiera la pregunta–. Estamos a media hora.

–Pero... te acabas de ir del sepelio de Marco –dijo Lexi, sin poder creérselo todavía.

Él no hizo ningún comentario y permaneció en silencio durante el resto del viaje. Su mirada era tan seria y sombría que hasta el mismísimo Pietro pareció preocuparse.

El coche se detuvo frente a la puerta principal. Franco bajó rápidamente y fue a abrirle la puerta del vehículo. La agarró del brazo y la ayudó a salir.

—Muy bien, haremos lo siguiente —le dijo por fin cuando entraron en la casa—. Haz la maleta, mete ropa ligera, informal, y yo voy a buscar a Zeta. Te veo aquí dentro de quince minutos.

—Pero... ¿Adónde voy ahora? —le gritó Lexi, viéndole alejarse rumbo a la cocina.

—Nos vamos por unos días. Quince minutos, Lexi, o vienes tal y como estás.

Lexi se le quedó mirando, perpleja. A lo mejor debía llamar al doctor Cavelli y pedirle consejo... Franco regresó poco después y se la encontró allí, pálida como la leche y ansiosa.

—¿Has decidido venir así? —le preguntó, soltando un suspiro.

Aquello era un desafío y una amenaza al mismo tiempo, pero algo le decía que ese era el verdadero Franco, decidido, desenfadado, el que nunca perdía el tiempo dando explicaciones. No estaba loco. Era firme.

—Si voy contigo, será mejor que no vuelvas a perder la cabeza, ¡porque no me va a hacer ninguna gracia! —le espetó, ansiosa.

—No estoy loco —le dijo él de forma incisiva—. ¿Vienes?

—Claro que voy —Lexi echó a andar hacia las escaleras.

—Diez minutos, Lexi.

—Maldito seas, Franco.

Poco menos de diez minutos más tarde estaba de

vuelta en el vestíbulo, con unos vaqueros, unas sandalias y un bolso de fin de semana, lleno de cosas. Él también se había cambiado y la estaba esperando. Salieron fuera. Su Ferrari rojo estaba aparcado frente a la casa, brillando bajo el sol.

—No puedes conducir hasta dentro de una semana. Es una de las cosas que está en la lista que te trajiste del hospital.

Franco le lanzó las llaves, le quitó el bolso de las manos y fue a meterlo todo en el maletero.

Anonadada, Lexi se le quedó mirando mientras subía al vehículo por el lado del acompañante. ¿Acaso esperaba que condujera un coche como ese? Respirando hondo, se puso al volante.

Franco le tiró encima unas gafas de sol. Se le caían un poco en la nariz, porque la montura era un poco pesada, pero no se atrevió a decir nada. A continuación le indicó cómo regular el asiento, cómo arrancar esa bestia de motor... Lexi echó a andar, temerosa al principio, pero no tardó en darse cuenta de que el coche iba como la seda. Cuando pasaron por delante del lugar donde ella había estrellado su viejo coche, la tensión se mascaba en el ambiente.

—Ahora que has vuelto, voy a hacer que pongan un seto delante de ese agujero. Y el próximo coche que te compre será un todoterreno.

Lexi se atrevió a mirarle un instante y vio que estaba muy pálido.

—No perdí el bebé porque me caí en un agujero. Y lo sabes.

—Nunca lo sabremos con certeza.

—Sí que lo sabemos —dijo ella, insistiendo—. Perdí el bebé porque hubo un problema con la placenta. A veces pasa, *caro*...

Al oír esa palabra, Franco se volvió hacia ella. Era

la primera vez que usaba un apelativo tan cariñoso. La miraba tan intensamente que Lexi tuvo que aflojar el pie del acelerador.

–Bueno, pondré el seto de todos modos.

Lexi miró al frente y se concentró en la carretera, preguntándose si la tensión sexual era mala para la salud... La cabeza empezaba a darle vueltas. Atravesó el estrecho puente con sumo cuidado, el ceño fruncido.

–Te empeñas en hablar de nosotros como si realmente volviéramos a estar juntos, pero eso no es lo que acordamos –le recordó, contenta de no haberle hecho ningún arañazo al coche.

–¿Entonces sigo en período de prueba? ¿Es eso lo que me estás diciendo?

¿Era eso lo que le estaba diciendo? Lexi pensó en ello un segundo.

–Nuestro matrimonio está a prueba.

Llegaron a la intersección que enlazaba con la carretera principal.

–¿Por dónde? –le preguntó Lexi.

–Nos vamos a Livorno.

–¿A tu apartamento?

–Vamos a los muelles Tolle.

Lexi explotó.

–Ni hablar. ¡No vamos a acercarnos a la chatarra de esa estúpida superlancha, Francesco!

–¿Y quién te ha dicho que quiero ver al *White Streak*? –exclamó él, sorprendido.

–¿Entonces por qué quieres ir allí?

–Porque... El *Miranda* está allí.

–¿Todavía tienes el *Miranda*?

–Listo para navegar –asintió–. Vamos a sacarlo a pasear. Llámame cuando necesites que te guíe –le dijo y se estiró en el asiento. Cerró los ojos.

Lexi se mordió el labio inferior con fuerza. El *Mi-*

randa... Habían pasado los mejores momentos de aquel verano en ese barco, navegando por la costa francesa e italiana junto a una pequeña flota de lanchas y yates en los que iban sus amigos, ni muy cerca ni muy lejos.

–Pensaba que a estas alturas ya te habrías construido un yate más grande y más potente.

–Sí. Lo he hecho –dijo él, sin abrir los ojos–. Pero el *Miranda* es especial.

Mientras conducía rumbo a Livorno, Lexi se vio a sí misma como aquel día en que la había invitado a pasar el día en el *Miranda*. Llevaba un diminuto biquini rojo con un pareo rojo y ceñido alrededor de la cintura. Sentía tanta vergüenza que apenas se atrevía a mirarle a los ojos. La emoción de estar a solas con él por primera vez la había abrumado de tal manera... Temblaba por dentro, se le cortaba el aliento, se sonrojaba...

–Gracias –le había dicho, subiendo a bordo–. ¿Do... dónde puedo dejar esto? –en aquel bolso de lona llevaba todo lo que había creído apropiado para pasar un día navegando.

–Déjame a mí –le había dicho Franco, quitándole el bolso del hombro y llevándolo hacia el mamparo que daba acceso al espacio que había debajo, fuera lo que fuera.

Lexi había tratado de mirar un poco, pero él había subido rápidamente, obligándola a echarse atrás.

–Eres caprichosa –le dijo, frunciendo el ceño–. No me tienes miedo, ¿verdad?

–Claro que no –contestó ella con firmeza.

Él señaló el asiento de cuero color crema que abrazaba la cubierta.

–Entonces siéntate y relájate.

Lexi recordaba haberlo hecho, y también recordaba haber pensado...

«Claudia Clemente me va a matar cuando se entere de esto...».

Incluso entonces ya sabía que Claudia estaba detrás de Franco...

De vuelta al presente, Lexi giró hacia la calle que llevaba a los muelles Tolle. Por aquel entonces, no sabía la clase de enemiga que se estaba ganando. Había salido a pasar un día en el mar con Francesco Tolle y se había convertido en su amante antes de regresar a Cannes.

–Rápido –dijo.

–*Scuzi?*

–Tú. En nuestra primera cita me llevaste a navegar, pero no recuerdo que navegáramos mucho. Me tuviste en la cama en un abrir y cerrar de ojos.

–Dos horas y veinte minutos. Lo estaba contando... Para delante de las puertas, justo ahí –se incorporó–. Creo que fui muy paciente.

–Con una apuesta sobre la mesa, no me extraña.

–Lexi, sabes que no hice el amor contigo por una estúpida apuesta –Franco suspiró, irritado.

Lexi detuvo el vehículo frente a las puertas. Un guardia de seguridad se acercó a ellos. Se tocó la sien, a modo de saludo, y sonrió al ver a Lexi al volante. Abrió.

–Este lugar es enorme –dijo Lexi, echándose un poco adelante para ver mejor.

Nunca antes había estado allí, y no hacía más que torcer el cuello a la derecha y a la izquierda.

–¿No te pierdes nunca?

–Nunca –dijo Franco–. Gira a la izquierda a la próxima. Por ahí vamos a mi puerto deportivo.

Lexi hizo una mueca al oír la última palabra. Puerto privado...

–¿Dónde están las oficinas? –le preguntó.

Hubo una pausa y entonces él contestó.

–A unos cinco kilómetros en la otra dirección, *cara*.

No tienes ni idea de la familia en la que te has metido, ¿verdad?

–Construís barcos grandes –le dijo Lexi.

–Ah, sí –dijo Franco en un tono burlón–. A veces incluso construimos algunos pequeños... Y ahí está...

Al ver aquel yate tan blanco y resplandeciente a la luz del sol, Lexi sintió un nudo en la garganta. Había otros barcos en el puerto; algunos de ellos impresionantes, pero Lexi solo tenía ojos para el *Miranda*.

–Está intacto, perfecto.

Fue como toparse con un viejo amigo cuando menos lo esperas. Lexi se rio para sí. Detuvo el coche y bajó. Subió al *Miranda* sin pensárselo dos veces y miró a su alrededor.

Mientras sacaba las cosas del coche, Franco la vio sonreír. Por lo menos aún le quedaban buenos recuerdos del *Miranda*, y no quería arruinárselos.

–Toma –le dijo, lanzándole las bolsas una a una.

Ella las puso sobre la cubierta.

–Mete esto en la galera y yo me ocupo de lo demás –añadió Franco, entregándole la bolsa de comestibles fríos.

Salió caminando con el resto de bolsas en la mano. Lexi le siguió y bajó los estrechos peldaños que conducían al nivel inferior. Nada había cambiado. La misma madera, el mismo olor a barniz fresco... Una mesa que también hacía la función de cama abarcaba la mayor parte del espacio junto a la diminuta cocina. En las paredes estaban las cartas náuticas de siempre. Mientras Franco caminaba hacia el otro lado del barco, Lexi puso la bolsa de frío sobre la pequeña encimera y se inclinó para abrir la puerta de la nevera.

–Voy a encender el motor –le dijo, pasando por su lado de nuevo–. Ven a reunirte conmigo en la cubierta cuando termines.

Desapareció. Y Lexi se quedó mirando la nevera.
Estaba funcionando, y bien abastecida. Debía de haber
planeado ese viaje mucho antes... El motor arrancó y
Lexi se apresuró a meter las comidas preparadas de
Zeta en el frigorífico. Después volvió a la cubierta.
Franco estaba junto al timón, con la cabeza ladeada, es-
cuchando el ronroneo suave del yate.

–Alguien ha llenado de comida la nevera. ¿Cuánto
tiempo llevas planeando este viaje?

–Ven un momento y ocúpate del timón. Tengo que
soltar amarras.

Se marchó sin contestar a su pregunta. Lexi agarró
la rueda de aluminio, firme y fría, y le observó mientras
recogía el cabo.

El *Miranda* empezó a deslizarse sobre el agua.

–Muy bien. Afloja un poco el estrangulador.

–No –dijo ella–. Ven tú y lo haces. No he vuelto a
estar en un barco desde la última vez que estuve en este.
¡Ya no sé qué hacer!

–Sí que lo sabes –fue hacia ella y se paró justo detrás–. Mira al frente y afloja un poco el estrangulador...
El médico me ha dicho que yo no puedo hacerlo, ¿recuerdas?

–Oh... ¿En el mar también?

–No sé. Pero, ya que fuiste tú quien sacó el tema por
primera vez, ahora tienes que ocuparte de todo. Sácanos
de aquí para que podamos aprovechar el viento y des-
plegar las velas.

Era imposible discutir... Lexi sintió que le habían
dado de su propia medicina. Mordiéndose el labio, agarró el timón con una mano y con la otra asió el estrangulador. El estómago se le revolvió un poco cuando el
motor tomó el control y el barco salió adelante.

Echándose atrás el pelo, Lexi se concentró en atravesar el espacio entre los dos rompeolas... Los ojos le

escocían, pero no le importaba. Había olvidado lo largo que era el *Miranda*, lo sensible que era a cualquier giro del timón.

–Ni se te ocurra alejarte de mí –le advirtió ella en un tono de tensión.

–Estoy aquí –la agarró de la cintura–. Llévanos hacia mar abierto, *cara*. Disfrútalo.

Franco se alegró de que Lexi no pudiera verle la cara, pues ya no podía soportarlo más. Había guardado silencio durante demasiado tiempo... En cuanto encontraran un lugar donde se pudiera echar el ancla, donde ella no pudiera saltar al agua, se lo diría todo. No se hablaba mal de los muertos... Eso decían los italianos... Y él lo había cumplido al pie de la letra. Lo había hecho por respeto, y porque también había necesitado tiempo para que Lexi volviera a confiar en él.

–Estamos llegando a los rompeolas –susurró ella, como si fuera el comienzo de una aventura fabulosa.

Franco se acercó más.

–Va como la seda, *cara*. Prepárate para sentir la diferencia entre las aguas calmas del puerto y el primer golpe del océano irreverente.

–¿En qué dirección iremos?

–No tengo ni idea.

–Entonces nos dirigimos hacia... ¿La puesta de sol? ¿Vamos a huir al igual que huimos del funeral de Marco?

–Concéntrate en lo que estás haciendo.

–¿Por qué te empeñas en irte por la tangente cuando te pregunto algo? –le espetó Lexi, frustrada–. Antes no eras así. Eras un tipo abierto, con quien se podía hablar.

–Sigo locamente enamorado de ti. ¿Te parezco abierto ahora?

Lexi estuvo a punto de chocar contra los rompeolas.

Franco se vio obligado a poner las manos sobre las suyas encima del timón, para guiar al *Miranda* por un camino seguro. Podía sentir cómo temblaba... El golpe del mar no se hizo esperar. Franco tomó el control. Lexi seguía atrapada entre el timón y él. El viento le agitó el cabello y se lo echó atrás sobre los hombros. Él bajó la vista y vio que ella estaba muy pálida.

–¿Nada que decir? –le preguntó–. La señorita ha dejado de hablar por fin.

–¡Podría habernos matado a los dos!

–Es que se me da muy bien llevar a la gente al borde del asesinato.

Aquel comentario directo la golpeó como un puño en el estómago. Lexi se giró y se volvió hacia él.

–No mataste a Marco.

–¿Crees que no? –la miró un instante. Fue una mirada cínica–. Tú no estabas allí. No sabes lo que pasó.

–Fue un accidente. Disteis con unas turbulencias y...

–Es hora de subir el velamen.

–¡Deja de hacer eso! –apretó el puño y le golpeó en el pecho. Él hizo una mueca–. Lo siento –le puso la palma de la mano sobre la zona en que le había golpeado–. Pero tienes que dejar de excluirme.

–Lo sé –suspiró–. Solo quiero que sepas de dónde vengo antes de dejar de hacerlo.

–¿Qué es lo que te resulta tan difícil decirme, Franco? ¿Qué es eso que es peor que cualquier cosa que nos hayamos dicho hasta ahora?

Él bajó la vista y arrugó los párpados para protegerse del reflejo del sol sobre el agua. Ella sintió cómo se le levantaba el pecho y bajaba bajo la palma de su mano. Él entreabrió los labios y miró hacia el horizonte.

–Creo que Marco quería matarse –tragó con dificultad.

Demasiado conmocionada como para poder responder, Lexi tardó unos segundos en reaccionar.

–No. No digas cosas así, por favor –dijo finalmente.

–O a lo mejor quería matarme a mí y le salió mal la cosa... –soltó una risotada tensa.

–Por Dios, Franco. ¿Por qué ibas a sospechar algo así? ¡Era tu amigo!

–No. No lo era. Mira... –suspiró de nuevo–. ¿Podemos terminar con esto más tarde? Necesito encontrar un sitio para echar el ancla. No querrás arriesgarte a terminar como Marco...

Esa vez no estaba tratando de irse por la tangente. Lexi notaba la diferencia en su voz. Realmente estaba haciendo un esfuerzo por concentrarse.

–¿Quieres que suba las velas? –le preguntó, esbozando una sonrisa tensa.

–Lo que quiero es que seas maravillosamente impulsiva, tal y como solías ser... Que me agarres, me beses y me digas lo mucho que me quieres. Pero supongo que no...

–Muy bien. Te quiero, ¿de acuerdo? Pero deja de... deja de pensar cosas horribles.

–Luego te vas a arrepentir de haber dicho algo así.

–No, no me voy a arrepentir, porque no soy yo el loco que anda por aquí. Porque no puedo pensar en otro motivo para soportar lo que he tenido que soportar esta semana. Debo de quererte todavía.

–Silenciada por el médico, atada a mi cama, manipulada por mi padre para que te quedaras conmigo... Ahora te tengo atrapada en el *Miranda* en medio del océano, así que no tienes escapatoria –le dijo Franco en un tono irónico.

–Gracias por disculparte –murmuró Lexi–. ¿Voy a subir las velas ahora?

–No hace falta –dijo Franco–. He visto un sitio donde podemos echar el ancla.

A medida que el barco viraba hacia tierra firme, Lexi

giró entre sus brazos y vio los acantilados que se alzaban ante ellos; una vista espectacular. El color del océano se hizo más verde y oscuro a medida que se adentraban en una pequeña cala recortada en la roca. Franco paró el motor, le dio instrucciones para que se hiciera cargo del timón y fue a echar el ancla.

Un profundo silencio se apoderó de todo de repente. El *Miranda* se mecía suavemente bajo los pies de Lexi. Observó a Franco, dirigiéndose hacia ella. Él se detuvo de repente. A pesar del sol, que caía a plomo sobre ellos, Lexi sintió un escalofrío al mirarle a la cara.

–Muy bien. Aquí está–. Marco dejó de ser mi amigo en San Remo, cuando me dijo que se había acostado contigo la noche en que tuve que dejarte sola para ocuparme de unos negocios en Milán.

FRANCO contempló el rostro de Lexi y vio exactamente lo que quería ver. Primero fue el ceño fruncido, confusión, después la sorpresa, la pregunta... Él esperaba la pregunta.

–¿Le creíste?

–Sí.

–Pero ¿por qué?... Era lo más cercano que tenías a un hermano. Yo solo era una distracción de verano que se complicó con un estúpido embarazo.

–Me lo dijo antes de que supieras que estabas embarazada.

Lexi bajó la cabeza y cerró los ojos. Recordó el cambio que había dado Franco en aquella época, volviéndose frío con ella. Respiró hondo.

–Pensaste que el bebé era de Marco.

–Pensé que podía ser posible. Sí –le dijo, mesándose el cabello–. Siempre había sido tan dulce contigo. Tenía sentido.

–¿Le contaste tu sospecha?

–No.

–¿Por qué no? Si creías que me había acostado con él, que llevaba a su hijo en mi vientre, ¿por qué no se lo dijiste? ¿Por qué ibas a cargar con esa responsabilidad?

–Tú me necesitabas a mí, no a él.

–¡Oh, bueno, gracias por ser tan noble, Franco! ¡Gracias por casarte conmigo y por convertir esos cuatro meses siguientes en los peores días de mi vida!

No podía discutirle eso. Era cierto que se había casado con ella y que le había hecho la vida un infierno. No quería estar cerca de ella, pero tampoco quería que ningún otro hombre estuviera cerca, sobre todo Marco.

—Estaba enamorado de ti.

—Oh, no me vengas con eso —le dijo Lexi, temblando de rabia—. Yo era la apuesta que todos queríais ganar ese verano. ¡Lo bien que os lo pasasteis a mi costa!

—Empezó así —admitió él finalmente—. Pero solo duró hasta que empecé a conocerte.

—Hasta que me metiste en tu cama, querrás decir.

—No —dijo él, negándolo.

—¡Sí! —dijo Lexi, insistiendo. Bajó los peldaños y fue hacia la galera. Tenía miedo de marearse. Oyó los pasos de Franco justo detrás.

—No sé cómo pudiste vivir con ello después —le dijo con furia al tiempo que sacaba una botella de agua de la nevera. Estaba temblando, blanca como la leche, y odiándole.

—No pude.

Se volvió hacia él rápidamente. También odiaba verle tan tranquilo e impasible, como si la cosa no fuera con él, mientras ella se rompía en mil pedazos.

—¿Cómo es que yo me llevé todo el castigo mientras que Marco siguió siendo tu mejor amigo? —le espetó—. ¡Hicimos falta los dos para engañarte!

—Te lo dije. Dejó de ser mi amigo.

—¿Entonces esa historia de que te llevó a casa y te metió en la cama la noche en que yo perdí el bebé era mentira?

—Bueno, no se te escapa una, para estar como estás —le dijo, sonriendo—. Lexi... —le dijo, levantando una mano.

—No te atrevas a decir mi nombre como si quisieras disculparte.

—Nos encontramos por casualidad en el bar donde yo

estaba. No quedamos en vernos allí –decidido a seguir adelante con la historia, Franco ignoró la forma en que ella le dio la espalda–. Cuando le vi, quise golpearle, pero estaba demasiado borracho, y fallé. Me caí al suelo y me desmayé. Marco me recogió y me llevó de vuelta al apartamento. No recuerdo nada más después de caer en la cama.

–La pobre Claudia vio cómo su deseo de dormir contigo se hacía realidad, y no le importó que estuvieras casi en coma –volvió a darse la vuelta–. ¿Es así como piensas contarlo?

–Solo así podía pasar, porque yo nunca sentí nada por ella... Por lo menos, nada sexual. Dime algo. ¿Estaba desnudo?

Apretando los labios, Lexi se apoyó contra la pared y bajó la vista. Guardó silencio.

–Pregunto porque a la mañana siguiente me desperté con la cabeza adolorida, con los vaqueros puestos.

–Pero no llevabas camiseta –susurró ella. En el vídeo solo lo había visto de la mitad para arriba; su piel bronceada contra las sábanas. Claudia estaba en sujetador y pantalones.

–Entonces usa la cabeza, *cara*, y piénsalo bien...

–Quédate ahí –le dijo ella al verle dar un paso hacia ella.

–Lo planearon todo, Lexi. Te querían fuera de mi vida. Ese vídeo en el que yo aceptaba la apuesta fue cosa de Claudia, por despecho, pero el otro fue idea de Marco. Estaba confabulado con su hermana, para que me dejaras. Y no dudó ni un momento. ¿Quién crees que grabó el vídeo?

Marco... Lexi respiró profundamente.

–¿Por qué? –tenía que hacer la pregunta aunque le doliera–. Era tu mejor amigo, y yo pensaba que le caía bien.

–Me he dado cuenta de que a Marco solo se preocupaba por sí mismo. Le conocí durante más de veinte años y hacía la vista gorda cuando no daba la talla. Era mi amigo y yo... Yo me preocupaba por él. Hasta que pensé que se había acostado contigo. ¿Qué clase de amigo te traiciona haciendo algo así?

–¿Y qué clase de persona es capaz de creer algo así de la persona a la que quiere y en quien confía?

–De acuerdo. Ahí te doy la razón –extendió los brazos hacia ella–. Era joven y arrogante, prepotente. No veía por qué iba a mentirte sobre algo tan importante. Él te echaba la culpa, y yo estaba demasiado dispuesto a escuchar cuando me dijo que me fijara en todos los hombres con los que flirteabas, la forma en que coqueteabas con ellos, fingiendo no saber lo que hacías.

–¡Yo no hacía eso!

–¿Tú me viste a mí alguna vez insinuándome a alguna mujer?

–No –Lexi bajó la cabeza–. Era yo quien te sacaba de allí cuando ellas empezaban a insinuarse.

–Bueno, para mí fue muy fácil creer que podías haber llevado ese flirteo con Marco a un nivel superior.

¿Había flirteado con Marco también? Sí. Lo había hecho... Lexi no tuvo más remedio que admitirlo. Siempre había sido el más alegre y divertido de todos... El mejor amigo de Franco, alguien en quien ella confiaba, el que siempre se reía y se metía con ella, diciéndole que usaba con él sus recién descubiertas armas de mujer a modo de entrenamiento.

–También estaba enamorado de ti. Claro.

–¿Qué? –Lexi parpadeó, perpleja.

–Marco. Cuando dos hombres se pelean por una mujer, normalmente significa que ambos están enamorados de la misma. Pero nada de eso justifica cómo me comporté durante los meses que pasamos casados. Eso no tiene justificación. Pero ahora, si quieres, podemos empezar de nuevo e intentar hacerlo mejor esta vez.

–¿Es por eso que estamos aquí, en el *Miranda*? ¿Para empezar de nuevo? ¿Mismo lugar, un comienzo distinto?

–Eso depende de ti, Lexi –parecía tan serio, tan distante–. Quiero que trabajemos. Pero lo que tienes que preguntarte es... ¿Quieres que trabajemos juntos? Tengo que comprobar algunas cosas en cubierta –dio media vuelta y se marchó.

Lexi sí que quería que funcionara... Un prolongado suspiro brotó de sus pulmones. ¿Qué podía hacer al respecto? Vio la botella de agua que tenía en la mano. No tenía ganas de beber en realidad, así que volvió a meterla en el frigorífico, preguntándose quién lo había abastecido. Casi todo el espacio estaba ocupado por botellas de la cerveza favorita de Franco.

De repente tuvo una idea. Agarró dos botellas, las puso en lo alto de la galera y atravesó el barco hasta llegar a una puerta que daba a un camarote. Allí solo cabía una cama doble y una cómoda situada junto a un armario.

Sus dos bolsas estaban en el suelo. Lexi agarró la suya y la puso sobre la cama con la intención de cambiarse de ropa... De repente las vio... Las seis ranas hechas de toda clase de materiales, de todos los tamaños y formas, alienadas sobre la estrecha estantería que abarcaba el cabecero de la cama. Era una estupidez sentir el calor de las lágrimas en la garganta, pero no podía evitarlo. Estaban tal y como ella las había dejado, como si llevaran mucho tiempo esperando su regreso. Y allí estaba en conejito gris también. Franco lo había puesto junto a las ranas. Debía de haber sido una de las primeras cosas que había hecho a su llegada.

Un ruido la hizo volverse. Él estaba en la puerta, observándola.

–Las tienes todavía.

–¿Qué esperabas? ¿Que las tirara? –le preguntó. Su voz era casi un desafío–. Son tuyas, Lexi. Te pertenecen. En ellas está el sueño de un príncipe apuesto y un amor ideal... Yo nunca estuve a la altura de ese sueño.

–¿Es por eso que pusiste aquí el conejito?

Franco esbozó una sonrisa, mirando el conejo gris, tres veces más grande que las ranas.

–El conejo soy yo. Dentro está mi sueño. Con un poquito de suerte, terminarás besando al conejo a medida que avances por la fila. Piensa en mí. Estoy esperando mi turno.

–Siempre pensaba en ti cuando besaba a las ranas.

–¿Era tu príncipe apuesto? –esbozó una sonrisa maliciosa–. No lo creo. Te defraudé de tal manera que me convertí en un villano perfecto en tu mundo de fantasía... He venido a decirte que tengo que mover el barco. Hay rocas cerca de la superficie. No puedo arriesgarme a dañar el casco. Voy a usar las velas. Navegaremos mucho más rápido mientras haya viento. Tengo que encontrar un sitio más seguro donde echar el ancla antes de que anochezca.

–Muy bien –Lexi asintió, pero él ya había dado media vuelta–. Iré a ayudarte. Solo... solo quiero cambiarme, quitarme estos vaqueros... –su voz sonaba tan estresada que finalmente se apagó. Tuvo que hacer un esfuerzo por seguir hablando–. Y tú... Eres el único hombre con el que he estado... el único con el que he querido estar... ¿Podemos... podemos hablar de eso en vez de hablar de príncipes, villanos y ranas?

A juzgar por la pose rígida de sus hombros, Franco estaba deseando escapar de allí.

–Todavía te quiero, Franco, de verdad –susurró.

–*Madre di Dio!* –masculló él, apoyándose contra el marco de la puerta y atravesándola con una mirada–.

¡Tengo que mover este maldito barco, Lexi! ¿Y me sueltas esto ahora?

–No te lo suelto ahora. Solo te lo digo para que lo sepas –dijo ella, casi tartamudeando.

–Esto es una venganza por la declaración de antes –dijo él, cerrando los ojos.

–Bueno, si quieres tomártelo así, ¡vete a jugar con tus velas y amarras! ¡Porque no pienso repetirlo! –dio media vuelta, pero él la hizo volverse de nuevo de un tirón y la sujetó contra su pecho.

–Eso no ha sido justo.

–Lo sé –admitió ella–. Me he dejado llevar por...

Franco la atrajo más hacia sí y le dio un beso ardiente.

–Bueno, esto sí que es dejarse llevar –le dijo y entonces la soltó y salió por la puerta.

Cuando Lexi se atrevió a subir, las velas ya estaban desplegadas y estaban navegando con el viento. Parado frente el timón, Franco la vio detenerse y levantar la barbilla. La brisa marina le apartó el pelo de la cara. Se había puesto un biquini blanco, el mismo que había llevado en la piscina y llevaba un pareo de flores alrededor de las caderas. Franco sonrió para sí. Ella llevaba dos botellas de cerveza en las manos. Ya les había quitado las chapas.

–*Grazie* –dijo él, cuando ella le entregó una de las botellas.

–¿Quieres que haga algo?

–No, ven aquí para que pueda verte –la agarró de la cintura y la hizo pararse justo delante de él.

Lexi vio que él estaba en su salsa... El rugido del viento en las velas y el burbujeo del agua contra el casco del barco eran los unidos sonidos que alteraban aquel hermoso silencio. Ese era el mundo de Franco.

–¿Sabes adónde vamos?

–Sí. Hay una cala preciosa con una pequeña playa y un restaurante. Podemos llegar antes de que se ponga el sol.

–Oh –dijo Lexi–. Realmente no quería abandonar el barco para comer en un restaurante. No he traído nada apropiado para comer fuera.

Él la miró de arriba abajo, pero no se dejó engañar por ese tono de vergüenza.

–No tenía intención de comer allí. Solo te estaba describiendo el sitio. Tengo otros planes para la cena.

–¿La pasta de Zeta?

Él arqueó una ceja con esa arrogancia que le caracterizaba, y Lexi no pudo hacer más que reírse. Le dio un beso en la barbilla y se volvió, apoyándose contra él.

–Como en los viejos tiempos –murmuró después de unos minutos–. Quiero que esto empiece de nuevo.

–¿No más preguntas? ¿No más dudas? –le preguntó en un tono ligero, pero Lexi sabía que había algo serio detrás de sus palabras.

–Lo que dije antes lo decía de verdad, cuando dije que quería hablar de nosotros, de nuestros sentimientos, no de los sentimientos de los demás. Ya nos han puesto la vida patas arriba bastantes veces, pero ahora mismo tengo... miedo.

–¿Miedo de qué?

–De que estemos tratando de recuperar algo que no deberíamos recuperar.

–¿No crees que te quiero todavía?

–Creo que no llevamos juntos suficiente tiempo como para saber lo que sentimos de verdad –le confesó.

–¿Entonces todavía estoy de prueba? –le preguntó. Sus dedos se tensaron sobre el timón.

–Yo no he dicho eso.

–Bien podrías haberlo dicho.

–Deberías haberme dicho lo que Marco dijo de mí.

–Lo sé –Franco bajó la cabeza y le dio un beso en lo alto de la cabeza.

–Tenía derecho a defenderme –murmuró Lexi.

–Sí.

–Y yo tenía más derecho a que confiaras en mí.

–Lo sé –admitió él–. Marco conocía todos mis puntos débiles y jugó con ellos. Él era la única persona a la que le había dicho que estaba enamorado de ti. Le dije que iba a casarme contigo y... ¿Sabes lo que hizo? –puso la botella de cerveza sobre el mamparo para poder agarrarla mejor–. Se rio a carcajadas. Y después me preguntó si seguiría queriendo casarme contigo después de saber que te habías acostado con él cuando yo estaba de viaje. Yo le di un puñetazo y lo tiré a la piscina. Cuando salió seguía riéndose. Me dijo que no tenía derecho absoluto sobre ti, que una apuesta era una apuesta.

–Pero por aquel entonces ya tenías que saber que habías ganado. No nos habíamos escondido de nadie.

–Yo no pensaba con claridad. Quería matarte. Quería matarle a él. Y en vez de eso me convertí en ese hombre de hielo y reuní al grupo para cobrar mi premio. Sabía que Claudia estaba grabando, y sabía que no podría resistirse a enviártelo. Aquello fue una forma de aliviar mis heridas, el peor castigo que se me ocurrió. Me decía... Mira lo poco que significas para mí, Lexi Hamilton...

–Funcionó –Lexi reprimió un sollozo–. Me destrozaste.

–Y entonces pasó todo lo demás –añadió Franco–. Tu madre y Philippe Reynard murieron. Para entonces yo ya me había distanciado de ti, pero parecías tan perdida que tuve que darte todo mi apoyo.

–Y entonces yo descubrí que estaba embarazada.

–Y yo me comporté como un sinvergüenza, un canalla. Te quería, pero me daba miedo quererte. Estaba deseando casarme contigo, pero te hice sentir como si me hubieras arruinado la vida. Cuando me dejaste, me quise dar de golpes contra la pared por haberte dejado marchar así, pero mi orgullo herido no me dejaba ir detrás de ti. Cuando finalmente reuní las agallas que necesitaba para venir a verte, me encontré con Dayton.

–Mejor no hablemos de él –dijo Lexi rápidamente–. He hablado con él. Sabe que sé lo que hizo, y también sabe que nuestra amistad ha terminado para siempre.

–Igual que Claudia... Igual que Marco cuando discutimos, justo antes de la carrera –respiró hondo y se lo contó todo–. Sabía que iba a hacer algo estúpido cuando me dijo adiós. Nunca quise llevarle hasta el punto de...

–No fue culpa tuya –Lexi le rodeó con los brazos y le miró con ansiedad–. Tienes que dejar de pensar eso. Lo que dijiste hoy de él fue tan bonito –le recordó con sutileza–. Tienes que recordar a Marco de esa manera, como el hombre al que querías como a un hermano.

En ese momento llegaron a su destino y el yate reclamó toda su atención. Trabajaron bien juntos, como en los viejos tiempos. Cocinaron la pasta de Zeta y la comieron en cubierta, bajo las estrellas, bebiendo cerveza de la botella, igual que siempre, igual que antes. Fue como aquel verano... Lexi, sentada en el suelo con las piernas cruzadas, Marco a su lado... Las luces del restaurante de la cala brillaban en la distancia.

Pero aún quedaba una pregunta sin respuesta.

–¿Qué te hizo pensar que Marco estaba mintiendo sobre mí?

Franco guardó silencio durante unos segundos. Lexi empezó a sentir esa vieja tensión, pero entonces él respiró profundamente, la agarró de la cintura y la sentó sobre sus muslos. Le apartó un mechón de pelo de la cara.

–Prefiero decirte lo que significaba quererte para mí.

Quererte significaba perder la habilidad de centrarme en algo durante mucho tiempo. Significaba tener que mirar el teléfono cien veces por si acaso habías llamado. Significaba entrar en una habitación y buscarte, por si estabas allí, despertarme en mitad de la noche con tu nombre en los labios, tu perfume en la nariz, y el sabor... *Dio*... El sabor de tu piel en la boca. Significaba que estaba solo en medio de una multitud. Quererte era la broma de la que me reía mientras lloraba por dentro, y ese dolor pulsante que se me pegaba al estómago, volviéndome loco. Pero lo peor de todo es que no quería que pasara.

Al borde de las lágrimas, Lexi le puso los dedos sobre los labios.

–Por favor, no digas nada más –susurró–. Me estás rompiendo el corazón.

–Mi corazón estaba roto –le dijo él, agarrándole los dedos y besándoselos uno a uno–. No llores. Cuando lloras me rompes en dos. Quererte era desear, odiarme por ello, desearte desesperadamente. Solía imaginar ese momento que Marco me había metido en la cabeza... De él contigo en la cama... Pero la imagen siempre se esfumaba y solo quedabas tú. Solo quedaba esta Lexi, la chica del pelo color miel y los ojos verdes... Solo quedabas tú, y me querías. Me querías, Lexi. Y nunca dejaste de hacerlo. Después de todo lo que hice para matar esos sentimientos, me seguiste queriendo. Lo vi en cuanto miré tu preciosa cara.

–¿Me estás diciendo que no me trajiste de vuelta a Italia porque te habías dado cuenta de que Marco te estaba mintiendo?

Franco deslizó la yema del dedo sobre sus labios.

–Te dije varias veces que ya tenía pensado ir a verte antes de lo del accidente. Solo quería que volvieras. Esos papeles de divorcio fueron un golpe para mí. Me hicieron darme cuenta de que era hora de dejar de luchar contra mí mismo. Era hora de dejar atrás lo de Marco y luchar por recuperarte. Y después, mientras volaba por los aires ese día y me preguntaba si iba a sobrevivir, me di cuenta de golpe de que Marco me había mentido. Me lo había insinuado antes de la carrera, pero...

—No tiene importancia —dijo Lexi rápidamente. No quería tener esa imagen de él, creyendo que iba a morir—. Te quiero, Franco —murmuró con urgencia—. De todas las formas que acabas de describir, pero no quiero...

Franco capturó sus labios con un beso apasionado. En cuestión de segundos, Lexi había perdido la parte superior del biquini y estaba tumbada sobre la cubierta... Franco le hacía el amor en la oscuridad, como antes.

Más tarde se dirigieron al camarote, tomados de la mano a través de ese estrecho pasillo.

—Olvidaste besar a las ranas —le dijo Franco cuando se metieron en la cama.

—Al diablo con las ranas —le contestó Lexi—. Es a ti a quien quiero besar.

BIANCA

SUSANNE JAMES
LEGADO ENVENENADO

Años después de abandonar a Helena, Oscar Theotokis reapareció con sus ojos negros y su sonrisa arrebatadora, desafiando su determinación de no volver a caer bajo sus encantos.

Pero Oscar no había podido borrar a la preciosa inglesa de sus pensamientos. Y se había prometido que, si alguna vez se casaba, no sería por sentido de la responsabilidad, sino por simple y puro deseo.

MICHELLE REID
EL HOMBRE QUE LO ARRIESGÓ TODO

Para Franco Tolle, el chico de oro de la *jet set* europea, la vida era solo una carrera de lanchas motoras que surcaban el Mediterráneo más azul. Rico y famoso, el joven heredero era un hombre temerario al que nada le importaba. Pero una vez corrió un riesgo demasiado alto… Presa de un arrebato de pasión, le puso un anillo de boda a Lexi Hamilton… Unos meses más tarde, sin embargo, serían unos perfectos extraños.

Y la vida le pasaría factura; una factura muy larga…

N.º 504

DESEO
JESSICA LEMMON

INTERCAMBIO DE GEMELOS

La representante Kendall Squire necesitaba desesperadamente que el actor Max Dunn saliera del retiro que él mismo se había impuesto. Como representante de su gemelo, cabía la posibilidad de que hubiera cerrado un acuerdo para que su cliente hiciera un anuncio sin concretar un pequeño detalle: su disponibilidad. Max sería el sustituto perfecto, pero cuando Kendall fue a su cabaña en la montaña para proponerle la idea, acabaron atrapados en una tormenta de nieve. Pronto convencer a Max para que se hiciera pasar por su hermano dio paso a una negociación mucho más íntima.

N.º 568

LOS SUEÑOS SE CUMPLEN

Conseguir una entrevista con el actor Isaac Dunn era un sueño hecho realidad para la creadora de pódcast Meghan Squire. Pero cuando él le pidió hacerse pasar por su novia, ¡tuvo que pellizcarse para saber si estaba o no soñando! Sería un acuerdo temporal, lo justo para contentar a la prensa. Sencillo. Al menos hasta que su atracción demostró ser de todo menos fingida y acabó en embarazo. De pronto la pregunta del millón era si estaban preparados para un compromiso de verdad.

JAZMÍN

SUSAN FOX
POR EL AMOR DE UNA MUJER

Oren McClain sabía que Stacey Amhearst no tenía más remedio que aceptar su matrimonio de conveniencia. Pero Stacey estaba secretamente enamorada de él y estaba dispuesta a hacer lo posible para que el matrimonio funcionara. ¿Conseguiría ser la mujer de McClain en algo más que el nombre?

SHIRLEY JUMP
SEGUNDO AMOR

Anita Mercado se había mudado al pueblo para darle un hogar a su futuro bebé. Estaba sola, pero había aprendido que no necesitaba a nadie, ni siquiera a Luke Dole, un padre soltero con quien una vez había fantaseado. Pero ¿cómo podía una mujer embarazada y sola evitar a su primer amor, cuando él era tan irresistible? Luke nunca había soñado con que volvería a ver a Anita… y menos que esta estuviese embarazada. La había dejado escapar una vez, pero no iba a cometer de nuevo el mismo error. Porque ahora Anita lo necesitaba, y él iba a enseñarle lo que significaba ser padre.

N.º 588

JESSICA HART
PARAÍSO TROPICAL

Martha Shaw era una madre soltera que acababa de convertirse en la niñera de la sobrina del guapísimo Lewis Mansfield… y estaba a punto de pasar seis meses en una isla tropical con él y con los niños. Martha no tardó en enamorarse locamente de su atractivo jefe, pero él parecía feliz en su condición de soltero despreocupado y sin planes de pasar por el altar. ¿Sería capaz de arriesgarlo todo y decirle lo que sentía por él?

JACQUELINE BAIRD

Comprada por un magnate

El multimillonario griego Luke Devetzi estaba dispuesto a cualquier cosa con tal de compartir otra noche de pasión con Jemma Barnes…

Fue entonces cuando descubrió que el padre de Jemma tenía graves problemas económicos y necesitaba ayuda urgentemente. Luke estaba dispuesto a ayudar… pero sólo si Jemma accedía a convertirse en su esposa.

KAY THORPE

Comprada por un millonario

Leonie había rechazado la atrevida proposición de Vidal porque era un hombre arrogante, mujeriego… y con un atractivo sexual tan arrollador, que la hacía temblar.

Ahora el millonario portugués había vuelto a su vida… y Leonie no podría escapar. Vidal podría saldar viejas deudas y convertirla en su amante, y ella no podría hacer otra cosa que aceptar…

Pero Vidal no quería una amante, quería una esposa. Y tenía intención de conseguirlo.

N.º 93

BIANCA™

¿Su dilema?
Casarse con él

SIN RESISTENCIA

LYNNE GRAHAM

N.º 3178

Mujeres espectaculares caían rendidas a los pies del multimillonario griego Jace Diamandis, pero los diamantes y el champán no parecían impresionar a la veterinaria Gigi Campbell. Así que Jace tuvo que hacer un gran esfuerzo para persuadir a Gigi de que accediese a pasar una inolvidable velada en su lujoso yate.

Gigi, que era una persona sensata, desconfiaba de la fama que precedía a Jace… hasta que descubrió lo vulnerable que podía llegar a ser ante su arrollador magnetismo. E iba a tener que afrontar las consecuencias de haberse rendido a una tentación tan peligrosa. Estaba embarazada e iba a ser incapaz de resistirse a la atractiva propuesta de Jace.

BIANCA™

*Ella le hizo una propuesta de alto riesgo:
«Cásate conmigo y habrás ganado».*

JUEGO DE VENGANZAS

TARA PAMMI

N.º 3179

El magnate griego Apollo Galanis había amasado una fortuna con el único propósito de arruinar a la familia Shetty. ¿Su objetivo? Obtener el control de la empresa de la familia mediante un matrimonio de conveniencia con la hija mayor de su enemigo. Pero el plan se le desbarató, cuando Jia, la vehemente hija menor, le propuso que se casara con ella, en vez de con su hermana.

Proponerle matrimonio al vengativo Apollo era la última de las decisiones que Jia había tomado para proteger a su familia. Pero un seductor y apasionado beso le indicó que negociar aquel contrato de matrimonio podía costarle muy caro.